Elizabeth Camden

DIE LADY VON BOLTON HILL

Elizabeth Camden

DIE LADY VON BOLTON HILL

francke

Über die Autorin:
Elizabeth Camden studierte Geschichte und Bibliothekswissenschaft. Heute ist sie als Professorin für Bibliothekswesen tätig. Ihre Romane schreibt sie in ihrer freien Zeit. Zusammen mit ihrem Mann lebt sie in Florida.

Bibliografische Information Der Deutschen Nationalbibliothek
Die Deutsche Nationalbibliothek verzeichnet diese Publikation in der Deutschen Nationalbibliografie; detaillierte bibliografische Daten sind im Internet über http://dnb.dnb.de abrufbar.

ISBN 978-3-96362-044-7

Originally published in English under the title
The Lady of Bolton Hill
a division of Baker Publishing Group,
Grand Rapids, Michigan, 49516, U.S.A.

35037 Marburg an der Lahn
Deutsch von Julian Müller
Cover design by Jennifer Parker
Cover photography by Mike Habermann
Cover background: The Summit Room, courtesy of the University Club, St. Paul, MN
Umschlaggestaltung: Verlag der Francke-Buchhandlung GmbH / Christian Heinritz
Satz: Verlag der Francke-Buchhandlung GmbH
Printed in Czech Republic

www.francke-buch.de

Für meinen Mann Bill.

Seit dem Tag unserer Hochzeit hast du mich unterstützt,
mich angespornt und bist mir auch auf Umwegen
nie von der Seite gewichen. Danke dafür. Von Herzen.

PROLOG

Baltimore, Maryland, 1867

„Na komm, Junge. Dein Vater braucht dich."

Ungläubig sah Daniel von seinem Prüfungsbogen auf. Sein Vater konnte ihn doch unmöglich gerade jetzt aus der Schule holen lassen. Aber Joe Manzetti stand mit ernster Miene an der Tür, und Schweißtropfen hinterließen helle Spuren auf seinem rußgeschwärzten Gesicht. Dass er geholt wurde, um die alten Maschinen im Stahlwerk zu reparieren, war für Daniel nichts Neues, aber dies war ein denkbar ungünstiger Zeitpunkt.

„Ich komme gleich. Etwa eine Stunde brauche ich noch", erwiderte Daniel und bemerkte die missgünstigen Blicke seiner Mitschüler, die mit ihm um das Stipendium wetteiferten. Sie hatten alle eine vernünftige Schulbildung und waren von Privatlehrern unterrichtet worden, während sein Wissen über Maschinenbau einzig und allein aus den Reparaturversuchen in den Stahlwerken im Osten Baltimores stammte.

„Es gab einen Unfall", sagte Manzetti. „Dein Vater ist eingeklemmt. Du musst sofort kommen." Daniel wurde blass. Die ganze Belegschaft im Stahlwerk wusste, wie wichtig ihm diese Prüfung war. Wenn er geholt wurde, ging es um Leben und Tod. Ohne zu zögern, ließ er den Bleistift fallen, sprang auf und stürmte aus dem Klassenzimmer. Die Prüfungsaufsicht würdigte er keines Blickes.

„Ein Kessel ist explodiert", erklärte ihm Manzetti auf dem Weg nach draußen. „Sie haben das Feuer gelöscht, aber der Kessel ist umgefallen und hat deinen Vater eingeklemmt. Er liegt immer noch drunter."

Daniel überkam ein kalter Schauer. Wenn der Heizkessel seine Ummauerung gesprengt hatte, hatte es jede Menge Dampf gegeben. Mit Sicherheit hatte sein Vater schwere Verbrennungen erlitten. „Wie schlimm ist es?"

„Sieht nicht gut aus. Wir kriegen den Kessel erst von ihm runter, wenn die Flammrohre zu sind. Der Kessel hat bei der Explosion ordentlich Schaden genommen, also müssen wir schnell sein, bevor sich der Druck wieder aufbaut."

Das war also der Grund, warum sie ihn holen ließen. Unter normalen Bedingungen konnte jeder die Kesselanlage bedienen, aber wenn irgendetwas kaputtging, musste Daniel auf Fehlersuche gehen. Er war zwar erst neunzehn, aber er war schon immer ein Tüfftler gewesen, im Umgang mit Maschinen äußerst geschickt.

Nachdem sie die dreieinhalb Kilometer zum Stahlwerk gerannt waren, zitterten Daniel die Beine, er hatte Seitenstiche und seine Lunge wollte zerspringen. Die Arbeiter traten beiseite, als Manzetti und er in den Kesselraum kamen. Die Luft war ruß- und dampfgeschwängert, überall lagen Backsteine verstreut, und auf dem Steinboden, unter einem massiven Kupferkessel, lag sein Vater. Wie eine dahingeworfene Puppe.

„Dad?"

Seine Augenlider flatterten. „Die Rohre sind noch dran", röchelte er. „Mach vorsichtig, hörst du."

Daniel betrachtete die verbogenen Flammrohre und den zerstörten Heizkessel. Eine Möglichkeit war, die Rohre zuzuschweißen, aber das würde Stunden dauern. Er musste einen anderen Weg finden, wie er sie vom Kessel trennen konnte. Jedenfalls konnten die Kameraden ihn nicht anheben, um seinen Vater darunter hervorzuziehen, denn dann würde es eine weitere Explosion geben.

„Ich brauche einen Hammer und einen Bolzen", rief Daniel. „Und ein paar Schraubventile und Lederhandschuhe", ergänzte er mit Blick auf die glühenden Flammrohre. Unter den umstehenden Arbeitern gab es ein Gemurmel, aber einige eilten los, um das Werkzeug zu holen. Seine ungewöhnliche Lösung zu erklären, dafür fehlte die Zeit. Er war sich selbst nicht sicher, ob sie funktionieren würde, aber die Rohre einfach abzuschlagen kam einem Selbstmord gleich. „Und ich brauche jede Menge Wasser … zur Sicherheit." Eigentlich war es Unsinn, sich darüber Sorgen zu machen. Er und sein Vater wären augenblicklich tot, sollte sein Plan schiefgehen.

Die Männer brachten das verlangte Werkzeug und gingen auf sichere Distanz. Ein Zittern ging durch den Körper seines Vaters. „Du weißt, was du tust, Kleiner?"

Daniel sah seinen Vater nicht an, sondern stellte den Stahlstift auf das erste Flammrohr. Die Hitze fraß sich durch die Lederhandschuhe. „Klar. Ich steche nur kurz Moms Kuchen an, damit der Dampf rauskann." Er legte den Hammerkopf auf den Stift. Der erste Schlag ließ nur ein helles *Pling* durch den Kesselraum gellen. Der zweite Schlag verhallte ebenso ohne Ergebnis, aber der dritte Schlag durchbohrte das Rohr. Mit einem hohen Pfeifen schoss der Dampf aus dem Loch. Daniel wandte sich ab. „Schnell, das Sicherheitsventil!", rief er gegen den Lärm an. Zwei kräftige Arbeiter kamen herbei und drehten mit großen Schraubenschlüsseln ein Ventil ins Rohr. Es dauerte ein wenig, aber dann fiel der Druck ab, das Pfeifen wurde leiser und verstummte schließlich ganz. Das Flammrohr war entschärft.

Er hörte, wie hinter ihm applaudiert wurde, aber Daniel sah unentwegt auf den zerstörten Kessel. Noch war ein Flammrohr aktiv. Der Schweiß lief ihm in die Augen, und er wischte ihn mit dem Unterarm fort, bevor er wieder den Stahlstift ansetzte.

„Nur damit du es weißt ...", röchelte sein Vater. „Ich bin stolz auf dich."

Daniel konzentrierte sich auf das Rohr und wünschte sich, sein Vater würde nicht so reden. Das klang so, als wäre es gleich zu Ende. „Ja, ich weiß", sagte er und holte aus. Der erste Schlag saß, genau wie der zweite. Beim dritten Schlag setzte das Pfeifen wieder ein.

Einen Augenblick später schoss ihm der Stift genau ins Gesicht. Daniel wurde nach hinten geworfen und landete unsanft auf dem Rücken. Aus einer Wunde über dem Auge rann Blut. Die Männer brachen in Jubel aus, was bedeuten musste, dass auch das zweite Flammrohr entschärft war.

Daniel rappelte sich lächelnd auf und versuchte, das Blut aus dem stechenden Auge wegzublinzeln. Ein Dutzend Männer räumte Steine beiseite und hob den Kupferkessel an. Daniel versuchte, einen Blick auf seinen Vater zu erhaschen.

Da hockte sich ein Arbeiter mit rußverschmiertem Gesicht vor ihn und drückte ihm die Schulter. „Tut mir leid, Junge. Dein Vater hat es nicht geschafft."

Das muss der schönste Ort sein, den ich je gesehen habe, dachte Daniel und ließ den Blick über die Friedhofsmauer, den schattigen Rasen und die Kirche schweifen, die wie eine mittelalterliche Burg aussah. Claras Vater war der Pfarrer dieser Kirche, und das war der einzige Grund, warum Daniels Vater in einer so schönen Gegend wie Bolton Hill begraben werden konnte. Daniel wusste nicht, was eine Bestattung kostete, aber billig war sie jedenfalls nicht. Und er sollte dankbar sein, dass Reverend Endicott seinem Vater eine Ruhestätte an einem so hübschen Ort ermöglichte. Ohne dass es ihn etwas kostete.

Daniel drehte den Kopf, damit er Clara mit seinem guten Auge besser sehen konnte. Sie stand auf der anderen Seite des Grabs, und ihr herzförmiges Gesicht verzerrte sich jedes Mal vor Trauer und Mitgefühl, wenn sie ihn ansah. Er verfluchte im Stillen den Verband über seinem anderen Auge. Vielleicht würde er darauf nie wieder sehen können, aber es war noch immer so angeschwollen, dass der Arzt es nicht vernünftig untersuchen konnte. In jedem Fall sah sein Gesicht schrecklich aus, und das schien Clara zu belasten. Sie war erst sechzehn und konnte seinen Anblick sicher nur schwer ertragen.

Als der Sarg in das frisch ausgehobene Grab hinuntergelassen wurde, umklammerte Daniel die schmalen Schultern seiner Mutter noch fester und wünschte sich, sie würde aufhören zu weinen. Er hatte dieselben schwarzen Haare und graublauen Augen wie sie, aber da endete die Ähnlichkeit auch schon. Drei Tage lang hatte seine Mutter nichts getan, außer abwechselnd vor sich hin zu starren und herzzerreißend zu schluchzen, während Daniel sich um die Mädchen gekümmert hatte. Er hatte gar keine Zeit gehabt, die Trauer an sich heranzulassen. Seine Schwestern hatte er zumindest zeitweilig aufmuntern können, aber an den Schmerz seiner Mutter kam er nicht heran. Er würde sich etwas einfallen lassen müssen, aber im Augenblick konnte er sich nur auf eins konzentrieren: Er wollte sich mit Clara treffen. Der Gedanke machte ihm Schuldgefühle, aber er musste Zeit mit ihr verbringen, wenigstens ein paar Stunden.

Als die Zeremonie beendet war, gingen die Leute auseinander. Wenn er Clara jetzt nicht erwischte, würde sie nach Hause fahren.

Frühestens in einer Woche würde er sie wiedersehen. Clara war seine beste Freundin, aber sich in ihrer Nähe aufzuhalten, wenn seine Familie ihn brauchte, war schändlich.

Und der wahre Grund, warum er ihre Nähe suchte, war noch schändlicher.

Am Tag vor dem Unfall hatte Clara ihm die Nachricht zukommen lassen, dass sie jetzt ein Stück von Frédéric Chopin übte, dem polnischen Komponisten, den sie beide so sehr liebten. Ohne ihre gemeinsame Begeisterung für Chopin hätte Daniel einen Menschen wie Clara Endicott gar nicht erst kennengelernt. Er kam von der East Side in Baltimore, einem heruntergekommenen Viertel, sie aus dem privilegierten Bolton Hill. Hier war der Geldadel zu Hause, die Rasenflächen vor den Villen gepflegt und die Luft sauber. Sie kamen aus völlig unterschiedlichen Welten, aber beide kauften sie ihre Noten im selben Geschäft in Merchant's Square. Jeden Dienstag brachte ein Schiff neue Noten aus Paris, und Daniel stürzte nach der Schicht atemlos ins Notengeschäft, um zu sehen, ob es etwas Neues von Chopin gab, was er noch nicht hatte. Vor fünf Jahren, kurz nach seinem vierzehnten Geburtstag, hatte ihm der Verkäufer eröffnet, dass er gerade einen ganzen Stapel neuer Chopin-Noten an eine junge Dame verkauft habe. Daniel hatte dem Angestellten ihren Namen entlockt und sie noch am selben Abend aufgesucht.

Das war ihm nicht komisch vorgekommen. Schließlich war sie ja eine Chopin-Liebhaberin. Wie er. Was konnte natürlicher sein, als jemanden kennenlernen zu wollen, der dieselbe Leidenschaft für einen bestimmten Komponisten hatte? Erst als er Claras Haus gesehen hatte – ein imposantes Herrenhaus auf einem großen Anwesen —, war ihm bewusst geworden, dass er auf der Schwelle zu einer anderen Welt stand. Er nahm all seinen Mut zusammen, klopfte und bat, Miss Clara Endicott sehen zu dürfen. Zu seiner Überraschung war Clara ein junges Mädchen, keine zwölf Jahre alt. Sie war ein dünnes kleines Ding, hatte Haare wie gesponnenes Gold und trug ein so weißes Rüschenkleid, dass ihm die Augen wehtaten. Aber sie liebte offensichtlich Chopin, also musste irgendwo hinter all den albernen Haarschleifen etwas Vernünftiges stecken.

„Guten Abend, ich heiße Daniel Tremain. Ich habe gehört, dass du Frédéric Chopin magst, und da dachte ich, wir sollten uns einmal kennenlernen."

„Magst du auch Chopin?" Sie strahlte ihn an, als hätte der Weihnachtsmann geklopft.

Von diesem Tag an waren die beiden unzertrennlich. In den folgenden fünf Jahren verbrachte Daniel jede freie Minute bei Clara. Sie arbeiteten sich durch Chopins Balladen, Etüden und Sonaten. Bevor Daniel Clara kennengelernt hatte, war sein Klavier der verstimmte Klotz in der Schule gewesen. Er hatte sich alles selbst beigebracht. Clara hatte Unterricht bei Privatlehrern und half ihm, seine Spieltechnik zu verbessern. Und damit nicht genug: Clara durfte im Musikkonservatorium gegenüber der Kirche ihres Vaters die Instrumente nutzen, und so wurde Daniel mit der Zeit auch zu einem passablen Cellisten.

Auf der Suche nach Clara ließ er seinen Blick über den Friedhof schweifen. Clyde, ihr Bruder, zog sie gerade in Richtung einer Kutsche. Enttäuscht ließ Daniel die Kiefermuskeln spielen. Er *musste* Clara einfach sehen, aber ihr Bruder konnte so lästig sein. Seitdem er mit Clara befreundet war, hatte er immer wieder von Clydes Errungenschaften gehört. Clyde durfte nach Harvard, Clyde gewann ein Stipendium vom Smithsonian und so weiter und so weiter. Clyde bekam die beste Bildung, die man für Geld kaufen konnte, während Daniel Kohlen in einen Ofen schippte.

Er rannte über den Friedhof und fing Clara ab, als sie gerade in die Kutsche steigen wollte. „Clara, warte!"

Sie wirbelte herum. Ihre Unterlippe bebte. „Oh Daniel, es tut mir so leid wegen deines Vaters", sagte sie und legte ihm eine Hand auf den Arm.

„Ist schon gut. Ich muss mit dir reden."

Und zusätzliche Ohren konnte er nicht gebrauchen. Er zog Clara ein Stück weg, aber Clyde sah ihm wie ein Wachhund nach. „Nicht zu weit, Tremain", warnte er.

Daniel warf Clyde einen genervten Blick zu. Es sollte ihn nicht überraschen, dass Claras Familie allmählich misstrauisch wurde. In den letzten Jahren war er so oft bei ihnen zu Hause gewesen, dass er praktisch schon als Familienmitglied galt, aber Clara kam nun langsam ins heiratsfähige Alter. Er zog sie noch ein Stück fort.

„Hast du die Noten von der Nocturne?“, raunte er ihr zu. Eigentlich sollte er geteert und gefedert werden, dass er jetzt an Musik denken konnte, aber er brauchte unbedingt dieses Stück. Die Musik war das Einzige, was ihm helfen konnte, das Stahlwerk, die Beerdigung und das verzweifelte Gesicht seiner Mutter zu vergessen. Sie war wie eine Oase, in der es um nichts anderes ging als die nächste Notenzeile.

Clara zögerte. „Ja, habe ich. Aber die ganze Woche über richtet mein Vater eine politische Konferenz aus, und die Räume im Konservatorium sind belegt. Wir können nicht zusammen spielen.“

Noch eine weitere Woche ohne Musik würde er nicht ertragen. Er hatte die schlimmsten Tage seines Lebens hinter sich, und er brauchte diese Oase. Daniel sah sich um. Seine Mutter wartete auf ihn und er sah ihr an, dass sie jeden Augenblick zusammenbrechen würde.

„Komm heute Nacht zum Konservatorium“, flüsterte er. „Ich sorge dafür, dass wir reinkommen.“

Clara sah ihn an, als hätte er sie gebeten, ihr Haus anzuzünden. „Wir können doch nicht ins Konservatorium einbrechen. Das ist verboten!“ Aber so, wie sie auf ihrer Lippe kaute und die Hände rang, wusste er, dass sie es wollte. Es fehlte ihr nur der Mut.

„Sei nicht so ängstlich. Um Mitternacht am Konservatorium. Und vergiss die Noten nicht!“ Ohne sich noch einmal umzudrehen, lief er zu seiner Mutter und wusste, Clara würde ihn nicht im Stich lassen.

Der zerbrechliche Körper seiner Mutter erinnerte ihn daran, wie viel Verantwortung in den nächsten Jahren auf seinen Schultern lasten würde. Selbst wenn er irgendwann noch einmal die Chance bekam, sich um ein College-Stipendium zu bewerben, konnte er von nun an seine Familie nicht einfach zurücklassen. Er würde einen Weg finden müssen, den drückenden Stapel an Rechnungen zu bezahlen, der nach dem Tod seines Vaters immer schneller wachsen würde. Nun war es an ihm, den Rest seiner Familie zu ernähren. Eine Zeit lang hatte er vom College und einer besseren Zukunft geträumt, aber das war nun vorbei. Das Leben, das auf ihn wartete, spielte sich in den nackten Mauern eines Stahlwerks ab.

Aber heute Nacht würde er wenigstens für ein paar Stunden in die

Zauberwelt der Musik entfliehen, und das war genug Motivation für den Augenblick.

Clara umklammerte die Noten und eilte mit Blick auf den Boden auf das Musikkonservatorium zu, das oben auf dem Hügel lag. Der Mond schien so hell, dass sie auf ihrer Abkürzung quer durch die Nachbargrundstücke sehen konnte. Auch wenn sie es nicht wahrhaben wollte, sie hatte noch immer Angst vor der Dunkelheit. Es war schrecklich, so herumzuschleichen, aber noch schlimmer wäre es, ihren besten Freund im Stich zu lassen.

Als sie die nächste Kreuzung erreichte, konnte sie im Mondschein schon das Konservatorium sehen. Es gehörte der Stadt und war ein weitläufiges gotisches Gebäude mit Übungsräumen und einem übergroßen Auditorium für Konzerte. Sie und Daniel nutzten jede Gelegenheit zum Üben, die sie bekamen, und die gemeinsamen Stunden mit Beethoven, Chopin und manchmal auch mit ihren eigenen ersten Kompositionsversuchen gehörten zu ihren schönsten Erinnerungen. Normalerweise war das Konservatorium für sie wie ein zweites Zuhause, aber in dieser Nacht wirkte es wie ein Geisterschloss. Sie konnte sich nicht vorstellen, wie sie da hineingelangen sollten, aber Daniel hatte sicher schon eine Idee. Das hatte er immer.

Mit klopfendem Herzen und feuchten Händen huschte sie über die Straße. Daniel würde ihr bestimmt sagen, sie solle nicht so ein Angsthase sein. Und das würde ihr schon helfen.

Sie hörte ein leises Lachen. „So, wie du dich duckst, könnte man denken, Pinkertons ganze Agentenarmee sei hinter dir her." Sie drehte sich um und sah, wie Daniel hinter einigen Platanen hervortrat. Er strahlte so eine ruhige Selbstsicherheit aus. Clara lächelte. Noch vor wenigen Augenblicken hatte sie sich vor Angst fast in die Hosen gemacht, aber Daniel verstand es immer wieder, ihre im Grunde lächerlichen Sorgen zu vertreiben.

„Das Türschloss am Hintereingang habe ich schon erledigt", sagte Daniel. „Komm."

Er musste schon eine ganze Weile da sein, denn das Cello stand bereits neben dem Klavier. „Willst du Chopin spielen oder wollen wir uns etwas Neues ausdenken?“, wollte Clara wissen. In den letzten Monaten hatten sie angefangen, gemeinsam zu komponieren, Daniel am Cello und sie am Klavier.

„Lass uns Chopin spielen. Ich kann heute Nacht nicht denken.“

Sie hatte befürchtet, dass er das sagen würde. „Es gibt leider ein Problem mit der Cellostimme“, druckste sie herum. „Sie steht in einer anderen Tonart als das Klavier.“

Daniel griff nach den Noten und überflog die Zeilen. „Macht nichts. Ich transponiere das beim Spielen.“

Clara nahm seit Jahren Musikunterricht, aber vom Blatt transponieren konnte sie noch immer nicht. Helles Mondlicht schien durch die bodentiefen Fenster auf ihre Partitur, nur Daniel musste seine ganz nah vors Gesicht halten, den Kopf schief gelegt, während er mit seinem guten Auge Zeile für Zeile prüfte.

„Hast du genug Licht?“, fragte Clara. „In der Kammer stehen Lampen.“

„Ich sehe genug. Zum Beispiel diese hässliche Haube auf deinem Kopf. Sie sieht aus wie ein Kartoffelsack.“

Clara zog die Haube ab. „Ich wollte nicht, dass man meine Haare im Mondlicht sieht. Ich weiß, dass sie hässlich ist. Jemand hat mich mal gefragt, ob ich sie aus dem Müll geholt habe.“

„Was? Wer wagt es? Sag mir den Namen und ich prügle ihn windelweich.“

„Clyde war das. Und das Verprügeln kannst du dir sparen. Du warst auch nicht netter zu meiner armen Haube.“

„Ja, aber ich darf so etwas Gemeines sagen. Sonst keiner.“

Clara nickte. Daniel zog sie ständig auf, aber es machte ihr nichts aus, weil sie wusste, dass er es nicht so meinte. Daniel würde für sie gegen Drachen kämpfen, wenn sie ihn darum bat. Clyde war auch ständig gemein zu ihr, aber sie wollte jetzt nicht über ihren unerträglichen, blitzgescheiten Bruder sprechen. Clara wusste, wie neidisch Daniel auf Clyde war, weil dieser die besten Schulen der Gegend besuchen durfte. Jetzt, wo Daniel den Test für ein Yale-Stipendium hatte sausen lassen müssen, blieb ihm dieser Weg wohl auf ewig versperrt.

„Wie geht es deiner Mutter? Und deinen Schwestern … verstehen sie überhaupt, was passiert ist?“

Daniel ließ die Schultern hängen. „Bitte, Clara, nicht heute Nacht. Alles, aber nur nicht das.“ Er richtete sich auf. „Erzähl mir von Edmond Dantès. Das Letzte war, dass er gerade Villeforts Frau überreden wollte, ihn zu vergiften.“

In den letzten Wochen hatte Clara Daniel die Geschichte vom *Graf von Monte Cristo* erzählt, während sie Kapitel um Kapitel las. Daniel hatte keine Zeit zum Lesen, aber er liebte ihre Zusammenfassungen, egal von welchem Buch. Abenteuergeschichten mochten sie am liebsten, und Clara hatte schon fast alles von Victor Hugo und Daniel Defoe verschlungen.

„Was würde ich dafür geben, so schreiben zu können wie Victor Hugo“, meinte sie. „Habe ich dir erzählt, dass meine Tante Helen ihn in Paris getroffen hat?“ Tante Helens Gedichte hatten ihr in Europa und Amerika Aufmerksamkeit verschafft, und Clara hielt die Schwester ihres Vaters für eine ganz außergewöhnliche Person.

„Wann kommt sie eigentlich wieder nach Hause? Seit ich dich kenne, gondelt sie wie ein Landstreicher durch Europa.“

Clara zuckte mit den Schultern. Sie fürchtete sich davor, Daniel zu eröffnen, dass nicht mehr viel fehlte, und sie würde zu Tante Helen nach London ziehen müssen. Daniel hatte einmal gesagt, ihre Freundschaft sei der einzige Sonnenstrahl in seiner Welt aus Kohlenkesseln und schäbigen Hütten, aber Claras Vater war nun einmal entschlossen, sie nach Europa zu schicken. Er wollte, dass die Endicotts die Welt veränderten, und auf diese Aufgabe hin hatte er Clara und ihren Bruder erzogen, seit sie laufen konnten.

„Mein Vater meint, Tante Helen soll sich weiter in den Kreisen der Mächtigen in Europa vorarbeiten“, sagte Clara schließlich. „Und überall, wo sie hingeht, versucht sie die Menschen für seine Idee zu begeistern: kostenlose Bildung für alle. Clyde geht nächsten Monat nach Südamerika, um die Ureinwohner gegen Pocken zu impfen. Nur ich bin die große Enttäuschung in der Familie. Einer gescheiter als der andere, und ich bin wie ein Knallfrosch, der nur kurz zischt, wenn man ihn anzündet. Ich kann noch nicht mal vom Blatt transponieren.“

„Clara, du bist sechzehn. Du sollst noch gar nicht erfolgreich sein … das würde dir doch zu Kopfe steigen."

„Aber du hast Erfolg bei allem."

Daniel zwinkerte. „Ja, ich weiß."

Sie stieß ihm empört den Ellbogen in die Rippen. Trotzdem musste sie sich eingestehen, wie gut er aussah, wenn er sie so spitzbübisch angrinste. Mit seinen strubbeligen schwarzen Haaren und der Augenbinde sah er genauso verwegen aus wie ein Pirat aus einem Abenteuerroman. Den Mädchen aus ihrer Schule, Miss Carlton's Academy, würde er reihenweise den Kopf verdrehen, aber Clara hatte sich verboten, für ihn zu schwärmen. Das würde nur alles ruinieren. Daniel hatte viele Freundinnen, und sich hinten anzustellen, kam für sie nicht infrage. Lieber wollte sie seine beste Freundin sein.

Sie rutschte auf der Klavierbank hin und her und stellte die Noten so hin, dass ihr Schatten nicht auf das Notenblatt fiel. Daniel setzte sich auf eine Ecke der Bank und legte seine Noten auf einen Notenständer. Während Clara ein paar Akkorde spielte, um ihre Hände an die Klaviatur zu gewöhnen, lehnte Daniel sich in ihre Richtung. „Fertig?" Sie nickte. „Auf drei."

Daniel zählte ein und die ersten Töne von Chopins Nocturne erfüllten den Raum. Kurz darauf stimmte das Cello seinen traurigen Gesang an und webte warme Töne zu einer Melodie. Das lyrische Stück fing die triste Grundstimmung von Chopins Werk gekonnt ein.

Es hatte etwas Magisches, allein in diesem dunklen Raum zu spielen, der nur vom Mondschein erhellt wurde. Die klagende Melodie erhob sich in die Höhe, dann wieder ging sie in den Keller, und Clara hatte das Gefühl, sie wären die einzigen Menschen auf dieser Welt. So fühlte es sich immer an, wenn sie zusammen musizierten.

Darum erschrak sie auch so, als Daniel einen Ton nicht erwischte. Die Melodie wurde falsch und verstummte schließlich ganz. Daniel ließ den Bogen sinken und vergrub das Gesicht in der Armbeuge.

Er schluchzte.

Clara sprang auf und kniete sich vor ihn, aber er wandte sich ab. „Clara, nicht. Sieh mich nicht an."

Daniel sackte zusammen. Das Schluchzen kam tief aus seinem

Brustkorb und war nicht aufzuhalten. Sogar seine Schultern bebten. Clara setzte sich hinter ihn und schlang die Arme um ihn. „Bitte, nicht weinen", sagte sie, obwohl das nichts nützte. Daniel war der stärkste, schlauste Mensch der Welt, und ihn so zu sehen, ließ auch bei ihr die Tränen kullern.

„Mein ganzes Leben zerbricht und ich weiß nicht, was ich dagegen tun soll", brachte Daniel mühsam heraus. „Meine Mutter ist ein einziges Wrack, und die Mädchen heulen ununterbrochen. Ich sehe meinen Vater da liegen, völlig zerquetscht", sagte er mit tränenerstickter Stimme. „Dieses Bild bekomme ich nicht mehr aus dem Kopf. Die Verbrennungen in seinem Gesicht waren so schlimm, dass sie schon Blasen schlugen."

Die Bilder, die er heraufbeschwor, ließen Clara zusammenzucken. „Daniel, dein Vater ist jetzt im Himmel. Er wird nie wieder leiden."

So schnell, wie sie gekommen waren, schluckte Daniel die Tränen wieder herunter. Das Schluchzen verebbte und er wischte sich mit dem Ärmel das Gesicht ab. „Ich glaube nicht an den Himmel", sagte er so leise, dass Clara es fast nicht hörte.

Clara schluckte und suchte nach einer Antwort. Sie glaubte fest an Gott und ein Leben nach dem Tod. Das hatte sie noch nie infrage gestellt. Insgeheim wünschte sie sich, ihr Vater wäre hier. Er wusste immer das Richtige zu sagen.

„Also, ich glaube an den Himmel", meinte sie schließlich behutsam. „Und dein Vater auch, und wir beide wissen doch, dass er schlauer war als ein Stapel Enzyklopädien. Er hat sich garantiert nicht geirrt." Daniel verschluckte sich beim Lachen. „Vertrau mir, Daniel. Dein Vater ist im Himmel und muss nicht mehr leiden."

Daniel seufzte und nickte. „Vielleicht hast du recht." In seiner beiläufigen, spontanen Art klang es, als gebe er nur klein bei. Er strich sich die dunklen Haare nach hinten. „Noch mal?", fragte er und hob den Bogen auf.

Als Clara zögerte, sah er sie mit seinem rot geweinten Auge eindringlich an. „Bitte, Clara, ich brauche das heute."

Es gab nichts, was Clara nicht für Daniel tun würde, aber sie fühlte sich wie eine Verräterin. Bald schon würde sie ihn verlassen, und der Zeitpunkt war denkbar schlecht.

Sie drehte sich zurück zum Klavier und schob die Noten zurecht.

„Dann auf drei.“ Das Cello setzte wieder kurz nach dem Klavier ein, dieses Mal stark und selbstbewusst. Die sanfte, wogende Melodie erfüllte den Raum, und die melancholische Nocturne traf Claras Nerv. In einer guten Welt würde Daniel Musik studieren dürfen, und sie würde ihr Innerstes in großen literarischen Werken nach außen kehren.

Clara hatte keine Ahnung, was die Zukunft bringen würde, aber einer Sache war sie sich sicher: Daniel Tremain war ihr bester Freund, und kein Geld der Welt konnte etwas daran ändern, egal, wie weit sie voneinander entfernt waren.

KAPITEL 1

London, 1879
Zwölf Jahre später

Das metallische Klacken des Schlosses ließ Clara aufschrecken. Auch die anderen beiden Frauen in der Zelle rührten sich. Besuch um diese Uhrzeit war ungewöhnlich. Clara war sofort auf den Beinen, während ihre Mitinsassen auf ihren Pritschen liegen blieben. Nellie und Rosina hatten ihr Urteil längst bekommen und saßen ihre Strafen ab, während Claras Fall immer noch seinen Weg durch die Mühlen des Rechtssystems suchte. Seit mehreren Wochen wartete sie nun schon auf ihr Urteil, und ihr blieb nichts anderes übrig, als zu hoffen und zu beten.

Mit guten Nachrichten rechnete sie nicht. Schließlich konnte sie ihre Unschuld nicht beweisen. Üble Nachrede, so lautete die Anklage, und ihr ganzes Beweismaterial, das sie beim Belauschen der Minenbesitzer und beim Beobachten der Vorgänge in den Kohleminen gesammelt hatte, war zerstört worden. Die Tür der Zelle ging auf und gab den Blick auf die grobe Gestalt von Mr Loomis frei, dem Wärter. Er zeigte auf Clara.

„Mitkommen“, knurrte er. „Und die Sachen können Sie auch gleich mitnehmen. Sie kommen nicht zurück.“

Clara wurde blass. So schrecklich diese Zelle war, der Gedanke an eine Versetzung machte ihr noch größere Angst. Würden sie sie aus London verbannen? Hier hatte sie wenigstens einige Verbündete, die ihre Sache unterstützten. Wenn sie auf eine der Gefängnisinseln gebracht werden würde, wäre sie endgültig vom Rest der Welt abgeschnitten. Ängstlich schoss ihr Blick durch die kleine Zelle. Nellie und Rosina waren ihr einziger Halt. Clara umklammerte Nellies Hand, Rosina legte ihr tröstend einen Arm um die Schulter. Claras Herz schlug ihr bis zum Hals.

„Wohin komme ich denn?“, fragte sie Mr Loomis.

„Der Richter hat das Urteil gesprochen. Schuldig. Jetzt wird’s Zeit, die Zeche zu zahlen.“

Claras letztes Fünkchen Hoffnung erlosch. Einen Monat lang hatte sie insgeheim gehofft, dass der Kläger auf wundersame Weise seine Meinung änderte oder weitere Beweise auftauchten, die die Strafe mildern würden. Clara verspürte eigenartigerweise keinerlei Drang zu weinen oder wegzulaufen. Wie eine nasse, schwere Decke legte sich die Hoffnungslosigkeit auf sie und zwang sie in die Knie.

Nellie drückte ihr die Hand. „Mach dir keine Sorgen, Clara. Das Urteil fällt bestimmt milde aus, weil du Amerikanerin bist."

„Darauf würde ich mich nicht verlassen", knurrte Mr Loomis. „Das macht die Tat nur noch abscheulicher." Mr Loomis hatte recht. Ihre Artikel in der *London Times* hätten in jedem Fall für eine Welle der Empörung gesorgt, aber weil sie von einer Außenstehenden stammten, waren die Beschimpfungen besonders heftig.

„Glaub ihm kein Wort", flüsterte ihr Nellie zu. „Du bist schneller draußen, als du glaubst. Hab keine Angst."

Clara zwang sich zu einem Lächeln. „Ich weiß. Das wird schon werden", sagte sie, konnte aber keiner der beiden Frauen in die Augen sehen. Sie richtete sich auf und reckte das Kinn nach vorn. „Also schön. Es wäre wohl schlechtes Benehmen, wenn ich zu meiner eigenen Urteilsverkündung zu spät komme."

„Vergiss dein Kissen nicht", meinte Rosina und gab ihr den zusammengerollten Mantel, den Clara am Abend ihrer Verhaftung getragen hatte. Rosina gehörte eigentlich in die Schule, nicht als Prostituierte auf die Straße, und doch konnte Clara nicht anders, als ihre liebenswürdige Art zu mögen.

„Danke", erwiderte Clara und zog mit zitternden Händen den Mantel an. Einen Monat lang hatte er ihr als Kissen, als Fußwärmer und sogar als improvisierte Waffe gegen Mäuse gedient, und trotzdem hatte er seinen eleganten Schnitt behalten.

„Machs gut, Kleines", sagte Rosina und umarmte Clara. „War schön, dich als Zellengenossin gehabt zu haben. Auch wenn du bei jeder kleinen Maus einen halben Herzinfarkt gekriegt hast. So eine Heidenangst vor diesen Tierchen, das habe ich noch nie erlebt."

Clara kämpfte gegen die Verzweiflung an, die sie übermannen wollte. Warum war es auf einmal so schwer, die fensterlose Zelle zu verlassen? „Versprich mir, dass du zur Schule gehst, wenn du hier rauskommst“, flüsterte sie Rosina ins Ohr. „Du bist so ein tolles, schlaues Mädchen und hast viel mehr verdient, als du glaubst.“

Sie schob Rosina von sich und sah sie beschwörend an. „Wenn du hier rauskommst, steht dir die ganze Welt offen, hörst du? Lass dir bloß nichts anderes einreden. Du bist genauso wertvoll wie jeder andere Mensch auch.“

Rosina wurde rot und sah zu Boden. „Wenn eine Dame wie du das sagt …“

Clara lächelte, und dieses Mal fiel es ihr nicht schwer. „Ich habe seit dem ersten Augenblick an dich geglaubt.“ Dann wandte sie sich an Nellie, eine Taschendiebin, die ihre zweijährige Strafe fast abgesessen hatte. „Danke, dass du mir gezeigt hast, wie man hier überlebt. Ohne dich hätte ich es nicht geschafft.“

Nellie grinste sie an, dabei wurden ihre Zahnlücken offenbar. „Hättest du auch so gelernt. Aber ich war es dir schuldig. Für meine zwei Jungs und dass du gegen die Mine geschrieben hast, wo sie sich halb kaputt schuften. Also wenn es nach mir ginge, würdest du gar keine Strafe kriegen.“

Clara umarmte sie dankbar. Eine Taschendiebin und eine Prostituierte. In ihrer alten Welt der Konzertsäle und Adelstitel wäre sie mit solchen Frauen niemals in Kontakt gekommen; nun war es Nellie, an die sie sich verzweifelt klammerte. Vielleicht hatte dieses schreckliche Martyrium doch sein Gutes. Sie hatte gelernt, hinter all der Armut, die selbst herzensgute Frauen zu schlimmen Taten zwang, dennoch den Menschen zu sehen.

„Hab nicht den ganzen Tag Zeit.“ Mr Loomis' Worte ließen ihr einen neuen Schauer über den Rücken laufen. Ihn hinzuhalten machte die Sache kein bisschen leichter.

„Ich versuche euch zu schreiben, sobald ich angekommen bin, wo auch immer das sein wird.“

„In Ordnung“, meinte Nellie. Aber sie wussten alle, dass das nur leere Worte waren. Nellie würde man in Kürze in die Unterwelt von London entlassen, und Rosina konnte noch nicht einmal lesen. Trotzdem machte es den Augenblick ein wenig erträglicher. Weniger endgültig.

Clara verließ die Zelle, ohne sich noch einmal umzudrehen. Den mitleidvollen Blick ihrer Zellengenossinnen konnte sie einfach nicht ertragen. Wenigstens durften sie hier in London einsitzen. Gott allein wusste, wohin Clara gebracht werden würde.

„Darf ich mich einen Augenblick sammeln?“, fragte Clara den Wärter und blieb in dem trostlosen Gang stehen. Der Mantel war hoffnungslos zerknittert, aber zumindest bedeckte er ihr schmutziges Hemd. Ihre Arbeit war abgelehnt worden, ihr sorgfältig aufbereitetes Recherchematerial konfisziert und zerstört, und nun stand ihr ein neues Leben als verurteilte Straftäterin bevor. Und trotzdem war sie eine Endicott, und Endicotts gingen nicht daher wie Lumpenpack, egal, wie jämmerlich die Umstände auch waren.

Vergebens zog Clara an dem Mantel, um die Falten zu glätten. Sie steckte einige blonde Strähnen zurück in den Haarknoten und atmete durch. „Nun denn. ‚Es ist etwas weit, weit Besseres, was ich tue, als was ich je getan habe.‘“

Mr Loomis sah sie ausdruckslos an.

„*A Tale of Two Cities*“, erklärte Clara. „Die Gefängnisszene, in der Sydney Carton zur Hinrichtung geführt wird.“

„Die werden Sie nicht hinrichten, Miss. Zehn Jahre Arbeitslager, sagen die Quotenmacher.“

Clara musste schlucken. Zehn Jahre. Das bedeutete, sie würde mit achtunddreißig freikommen. Aber so schlimm war das doch gar nicht, oder? Sie musste an das unerschütterliche Selbstvertrauen des Jungen denken, in den sie mit sechzehn verschossen war. Fast konnte sie Daniels Stimme hören, der sie ermahnte, sich am Riemen zu reißen und nicht so eine Heulsuse zu sein.

Sie versuchte zu lächeln. „Und? Haben Sie eine Wette abgeschlossen?“

Mr Loomis zuckte mit den Schultern. „Wetten ist nichts für mich. Vielleicht sind’s zehn Jahre, vielleicht zwanzig. Hab schon zu viele verrückte Dinge im Gerichtssaal erlebt, als dass ich mein hart verdientes Geld drauf setzen würde.“

Clara nickte nur und wusste nichts zu erwidern. Zwanzig Jahre, das konnte nicht sein, oder? Nicht dafür, dass sie ihr Leben riskiert hatte, um die unmenschlichen Verhältnisse aufzudecken, unter denen Kinder in den Minen nach Kohle schürfen mussten. Wem vor Augen geführt wurde, was diese Plackerei für die Wirbelsäule eines Kindes bedeutete, konnte ihr unmöglich so ein Schicksal aufbürden.

Und dank ihres brillanten Anwalts Robert Townsend waren dem Gericht zu ihrer Verteidigung Beweise dafür präsentiert worden. Clara konnte nur Gott danken, dass sie der beste Anwalt Londons vertrat. Normalerweise verlangte er astronomische Summen für seine Dienste, aber ein anonymer Spender, dem das Wohl der Kinder am Herzen lag, hatte alle seine Rechnungen beglichen. Das war glücklicherweise nichts Ungewöhnliches. Tausende von fortschrittlich denkenden Menschen wollten etwas für die soziale Gerechtigkeit tun. Dafür war Clara dankbar. Ihr bescheidenes Gehalt als Journalistin hätte niemals für Mr Townsends Stundensatz gereicht, und ihren Vater wollte sie nicht fragen.

Clara trat ins Morgenlicht hinaus und musste die Augen zukneifen. Ein Monat Haft in der fensterlosen Zelle hatte ihre Sehkraft geschwächt, und es dauerte eine Weile, bis sich ihre Augen an das Licht gewöhnt hatten. Als sie sie schließlich öffnete, wollte sie angesichts der Schönheit des einfachen Gefängnishofs fast in Tränen ausbrechen. Zartgrüner Efeu rankte an der Gefängnismauer empor, und der Duft von frisch gemähtem Gras kitzelte ihr in der Nase. Und der Himmel ... *der Himmel.* Wie hatte sie nur achtundzwanzig Jahre ihres Lebens zugebracht, ohne das atemberaubende Blau über ihrem Kopf wahrzunehmen? Hätte sie früher begriffen, was für ein Geschenk das Himmelszelt war, hätte sie Gott täglich dafür gedankt. Clara sog das Licht durch alle Poren auf. Sie versuchte, sich die Wolken und das Blau des Himmels einzuprägen, damit sie in den folgenden Jahren der Dunkelheit und Isolation von der Erinnerung zehren konnte.

Eine Kutsche hielt vor dem Gefängnis und ihr Anwalt sprang heraus. Er eilte schnurstracks auf sie zu und griff sie am Arm. „Kommen Sie“, sagte er und zog sie in Richtung Kutsche. „Wir müssen sofort von hier verschwinden.“

Clara sah zum Gerichtsgebäude hinüber. „Ich dachte, ich bekomme jetzt mein Urteil“, stammelte sie.

Mr Townsend zog sie unbeeindruckt weiter. „Das ist unwichtig. Das Parlament hat meinem Amnestiegesuch stattgegeben, vorausgesetzt, Sie verlassen bis zum Sonnenuntergang das Land. Kommen Sie, schnell.“

Clara wirbelte mit fragendem Blick zu Mr Loomis herum und

sah, dass sich seine Mundwinkel nach oben kräuselten. Er hatte gewusst, dass sie freigelassen wurde! „Sehen Sie?", freute er sich hämisch. „Gut, dass ich mit Wetten nichts am Hut habe, sonst wäre ich fünf Mäuse los."

Ein zweiter Mann stieg aus der Kutsche und versetzte ihr den nächsten Schock. Die unverwechselbaren Wildlederhosen, der lange Zopf, das lange Messer am Bein: Was um alles in der Welt machte ihr *Bruder* hier?

„Clyde?", entfuhr es ihr.

Bevor sie noch etwas sagen konnte, hatte Clyde sie schon geschnappt und durch die Luft gewirbelt. „Hallo, Darling. Ich wollte doch mal sehen, wie so ein kleines Mädchen so einen großen Krawall machen kann. Aber komm, lass uns gehen, bevor die alten Perücken im Parlament ihre Meinung ändern."

Clyde hob sie in die Kutsche und Clara landete ungraziös auf dem Sitz. Die Männer kletterten ebenfalls hinein.

Clara hatte so verzweifelt auf einen Augenblick wie diesen gehofft, dass sie kaum zu atmen wagte, um ihn nicht zu zerstören. Sie zwang sich, ruhig zu bleiben und nicht der Euphorie freien Lauf zu lassen. Mr Townsend landete auf dem Sitz ihr gegenüber. „Träume ich?", fragte sie betont ruhig. Theatralisches Getue kam nicht infrage, noch nicht einmal im Traum.

Clyde zog die Tür zu und klopfte gegen die Scheibe, um dem Kutscher das Signal zum Aufbruch zu geben. „Du träumst nicht. Wir sind auf dem Weg zurück nach Amerika."

„Also sind Sie doch Ihre unverschämt hohen Stundensätze wert", sagte Clara und lächelte Mr Townsend dankbar an. „Bei den Kosten für mein Verfahren können Sie sich wahrscheinlich ein kleines Anwesen kaufen."

Mr Townsend richtete seinen gestärkten Kragen. „Ach was. Das sollte für ein mittleres Schloss reichen." Er zog das Fenster nach unten und kühle Frühlingsluft strömte in die Kutsche. Clara wurde bewusst, wie streng sie riechen musste und es war ihr fürchterlich peinlich.

„Schade, dass das Parlament nicht früher von meiner Sache Wind bekommen hat. Sie hätten mich schon vor Wochen zur unerwünschten Person erklärt und aus dem Land geworfen", stellte Clara fest.

Ein Lächeln umspielte die Lippen ihres Anwalts. „Miss Endicott, wenn doch alle unsere unerwünschten Personen mit so viel Herzblut für unsere Gesellschaft eintreten würden; unser Land wäre ein viel besserer Ort."

Clara bekam bei seinen freundlichen Worten einen Kloß im Hals. Er hatte wie ein Löwe für sie gekämpft. Sie war als Lügnerin, als Spionin und Aufrührerin gebrandmarkt worden. Selbst als sein Büro verwüstet und er in wüsten Drohbriefen aufgefordert worden war, den Fall abzugeben, hatte Mr Townsend nicht aufgehört

Clara hatte gar keinen Skandal im Sinn gehabt, als sie mit ihren Nachforschungen begonnen hatte, sondern nur eines gewollt: die Welt ein kleines bisschen sicherer machen. Zumindest an einem Ort und wenigstens für die Kinder. Sie war kein berühmter Prediger wie ihr Vater und kein Missionsarzt wie Clyde, aber sie konnte mit ihrer Feder auf die Ungerechtigkeit aufmerksam machen, die sie sah. Vor Jahren hatte es neue Gesetze gegen Kinderarbeit in England gegeben, aber verändert hatte sich wenig. Zwei Jahre lang hatte Clara das Alter der Arbeiter in den Kohleminen ausgewertet und herausgefunden, dass sogar zwölfjährige Kinder die Loren unter Tage durch Gänge schieben mussten, in die Erwachsene nicht hineinpassten. Als Clara ihre Ergebnisse in der *Times* veröffentlicht hatte, hatte dies eine hitzige Debatte ausgelöst.

Nicht dass sie journalistische Bekanntheit im Sinn gehabt hatte, als sie mit sechzehn als einsames, verwirrtes Mädchen in England angekommen war. Niemand hier kannte den wahren Grund, warum ihr Vater sie nach England geschickt hatte, und sie war gewiss die Letzte, die die Geschichte herumerzählen wollte.

„Ich habe schon dafür gesorgt, dass Ihr Besitz nach Portsmouth an den Hafen geschickt wurde", erklärte Mr Townsend. „Ihr Kleidung, Ihre Habseligkeiten, es sollte alles da sein. Ich denke, es ist besser, wenn Sie nicht noch einmal zu Ihrer Wohnung fahren."

„Also meinen die es ernst mit Sonnenuntergang?"

„Wollen Sie es darauf ankommen lassen?", fragte Mr Townsend.

Clara lachte nervös. „Lieber nicht."

Das hier war also ihre letzte Kutschfahrt in England. Ihr Blick wanderte nach draußen auf das Land, das sie so lieben gelernt hatte. Sie war achtundzwanzig und hatte fast ihr halbes Leben hier in London verbracht. Hier war sie erwachsen geworden und hatte schließlich gelernt, ihrem Vater die Stirn zu bieten. Hier hatte sie ihren Herzschmerz überwunden und sich ihren Traum einer Karriere als Journalistin erfüllt. Und für einige Jahre hatte sie durch ihre Arbeit für die Presse tatsächlich die gute Sache unterstützen können. Ihre Artikel hatten Zustimmung gefunden, aber ihr auch Feinde beschert. Doch insgesamt blieb das zufriedene Gefühl, für das Gute zu kämpfen.

Und doch hatte sie versagt. Ihre Notizen über die Beobachtungen in den Kohleminen waren konfisziert und vernichtet worden. Ohne das Beweismaterial waren ihre Anschuldigungen nur Schall und Rauch. Kein Kind war gerettet, kein Minenbesitzer vor Gericht gestellt worden. Es war, als wäre sie nie hier gewesen. Sie hatte versagt.

„Was werden Sie tun, wenn Sie wieder in Amerika sind?", wollte Mr Townsend wissen.

Hatte sie überhaupt eine Wahl? „Ich habe geschmeckt, wie es ist, die Welt zu verändern, und damit werde ich jetzt nicht aufhören. Ich werde für die Zeitung meines Vaters in Baltimore schreiben." Reverend Lloyd Endicott war ein bekannter Gottesmann, und *The Christian Crusade*, seine Zeitung, die wöchentlich erschien, hatte eine loyale Leserschaft über die Stadtgrenzen von Baltimore hinaus. Es schien ihr das Naheliegendste zu sein, für ihren Vater zu schreiben. Wenn der Herr sie zum Schweigen hätte bringen wollen, säße sie jetzt für zehn Jahre im Gefängnis.

Der innerliche Entschluss gab ihr neue Kraft. Clara war besiegt worden, verurteilt und trug vor Dreck starrende Kleider, aber sie hatte das Geschenk der Freiheit erhalten, und das würde sie gewiss nicht vergeuden.

„Gab es schon immer so viele Sterne am Himmel, oder sind sie mir einfach noch nie aufgefallen?", fragte Clara.

Clyde lehnte an der Reling und sah gar nicht nach oben. „Das sind genauso viele wie immer. Willst du nicht langsam nach unten kommen? Es ist bitterkalt hier draußen."

Clara lehnte sich in den Wind, genoss die frische Ozeanluft im

Gesicht und das Rauschen vom Bug, wo das Schiff Welle um Welle durchpflügte. Winzige Tröpfchen Seewasser sprühten ihr ins Gesicht und waren in der kalten Brise bald wieder verdunstet. Sie mochte nicht an die beengte Kabine denken, solange sich hier der Himmel mit Tausenden blinkenden Sternen über ihr ausbreitete. Die unendliche dunkle Weite fesselte sie. „Ich kann noch nicht“, erwiderte Clara. „Ich habe immer noch Angst, dass das nur ein Traum ist und ich wieder in dieser Zelle aufwache. Lieber möchte ich die Nacht noch so lange genießen, wie es geht.“

Clyde sah aufs Meer hinaus. „Na schön.“ Er zog ein Taschenmesser und ein kleines Stück Holz aus der Manteltasche und fing an zu schnitzen. Eins seiner vielen Talente. „Hast du eigentlich noch Kontakt zu Daniel Tremain?“, fragte er.

Der Name klang so vertraut. Einst hatte sie sich kein Leben ohne Daniel vorstellen können. Aber das war schon über zehn Jahre her. „Hat Vater dir diesen Floh ins Ohr gepflanzt?“

„Nein“, entgegnete Clyde. „Ich möchte nur endlich wissen, was aus der Prinzessin und dem Bettelknaben geworden ist.“

Clara versuchte, beiläufig zu klingen. „Was in den Zeitungen über ihn stand, habe ich gelesen.“

Es war schwer zu glauben, dass aus einem einfachen Kohlenträger einer der mächtigsten Industriellen Amerikas geworden war, aber Clara hatte nie daran gezweifelt, dass Daniel zu Großem bestimmt war. Sie erinnerte sich noch gut an den winzigen Artikel in der *Times*, in dem von einem Patent für eine neue Stahllegierung die Rede war, mit der ein junger Erfinder Eisenbahnschienen haltbarer machen wollte. Diese Erfindung war die Grundlage für ein ganzes Imperium gewesen, an dessen Spitze Daniel stand. Clara hatte an seinem Erfolg keinen Anteil, aber trotzdem war sie ungeheuer stolz auf ihn. Der Gedanke an alles, was er erreicht hatte, ließ ihr Herz höherschlagen.

„Ein paarmal habe ich ihm von London aus geschrieben“, bekannte Clara. „Aber geantwortet hat er nie.“

Es waren mehr als nur ein paar Briefe gewesen. Sie und Daniel hatten früher gemeinsam Stücke geschrieben. Vor ihrer Abreise hatte er sie inständig gebeten, ihm weiterhin ihre Ideen für Klavier zu schicken, damit er die passende Cellostimme komponieren konnte.

Das war vor dem Tod seiner Mutter gewesen. Clyde hatte ihr von ihrem Ableben berichtet und dass Daniel noch mehr arbeitete, um seine Schwestern zu ernähren. Wie sollte er da Zeit für so etwas Albernes wie Musik finden?

„Ich dachte eigentlich, dass Tremain jetzt, wo er im Reichtum badet, sich mal in England blicken lassen würde", stellte Clyde konsterniert fest.

Clara sah ihren Bruder an. „Du mochtest Daniel doch noch nie. Wieso eigentlich?"

„Habe ich das jemals gesagt?"

„Das musst du nicht. Du kannst ja kaum seinen Namen aussprechen, ohne das Gesicht zu verziehen."

Clyde schnitzte weiter und Clara wartete geduldig. Das Rauschen der Wellen füllte das Schweigen.

„Für mich war er immer ein wenig zu hitzköpfig", gab Clyde schließlich zu. „Er ist brillant, keine Frage, aber das hat ihn arrogant gemacht. Rücksichtslos."

Clara biss sich auf die Lippe. Clyde war um die halbe Welt gereist, um sie zu retten. Da wollte sie sich nicht wegen ihrer jugendlichen Schwärmerei für Daniel Tremain mit ihm anlegen.

„Vielleicht war es Daniels Unverfrorenheit, die auch Vater störte", stellte sie fest. „Wir wissen doch alle, dass ich nicht nur wegen der Ausbildung nach London geschickt wurde."

Clara hatte immer vermutet, dass ihr Vater sie als Musikerin gesehen und deswegen die Freundschaft zu Daniel anfangs gefördert hatte. Daniel ermutigte sie zum Komponieren, liebte wie sie Chopin und Beethoven und brachte sie mit seiner Begleitung auf dem Cello zu neuen kreativen Höhen. Aber noch mehr als musizieren wollte Clara schreiben, wie Margaret Fuller oder viele andere Frauen, denen gerade erst gestattet worden war, als Journalistinnen für die Zeitungen zu arbeiten. Als Daniel sie ermutigt hatte, ihrem Traum vom Schreiben nachzujagen, hatte ihr Vater das als Bedrohung aufgefasst und sie nach London geschickt.

Clara sah den kleinen Holzspänen nach, die ins Wasser fielen. „Ich frage mich, ob Vater immer noch etwas gegen Daniel hat, jetzt, wo er so wohlhabend ist."

„Die Antwort ist ein klares Ja", erwiderte Clyde. „Tremain spinnt immer noch wegen der Sache mit *Forsythe Industries*. Und jeder, der auch nach zwölf Jahren das Kriegsbeil nicht begraben kann, ist für meine Begriffe nicht ganz beisammen."

„Wenn du der Meinung wärst, Alfred Forsythe hätte deinen Vater ermordet, würdest du genauso wenig Frieden geben, oder nicht?"

„Es war kein Mord, Clara. Es war ein Unfall."

„Sagt auch das Gericht." Aber das bedeutete noch lange nicht, dass es die Wahrheit war. Alfred Forsythe hatte eine ganze Armada von Anwälten eingeschaltet, um die Ursachen für die Boilerexplosion zu vertuschen, und Daniel war ein neunzehnjähriger Junge ohne Geld und mit drei kleinen Schwestern, für die er verantwortlich war. Welche Chance hatte er schon gehabt?

Clydes Klinge grub sich immer tiefer in das Holzstück. „Nach dem, was ich gehört habe, hat Tremain es sich zur Lebensaufgabe gemacht, Alfred Forsythe und sein Unternehmen in Grund und Boden zu stampfen. Über siebentausend Menschen gehören zu seinem Unternehmen, und sie sind allesamt Bauernopfer in Tremains privatem Rachefeldzug." Clyde klappte das Taschenmesser ein und steckte es zurück in die Manteltasche. „Du bist erwachsen und kannst selbst entscheiden", meinte er. „Aber sieh dich vor. Du bist viel zu sanft und freundlich für einen Tornado wie Tremain."

Vielleicht hatte Clyde recht. Einst kannten Daniel und sie sich so gut, dass sie gegenseitig ihre Gedanken erraten und einer den Satz des anderen beenden konnte. Wenn es zwei Seelen gab, die miteinander verwandt waren, dann waren es ihre und Daniels.

Aber seitdem waren zwölf Jahre vergangen, und heute war er ein überaus vermögender Mann auf einem Rachefeldzug. Es fiel ihr schwer zu glauben, dass er sich derart drastisch verändert hatte, andererseits hätte sie auch niemals erwartet, dass er sich von ihr abwenden würde, ohne ihr ein einziges Lebenszeichen zu geben.

Ob er sich überhaupt noch an sie erinnerte? Er war so eine treibende Kraft in ihrem Leben gewesen, ein Erdbeben, nach dem kein Stein mehr auf dem anderen stand. War sie ihm damals genauso wichtig gewesen?

Clara atmete tief ein. Letztlich war es auch egal. Sie hatte ihre Berufung gefunden und ihre Verbannung war beendet. Nun war es an der Zeit, in Amerika ein neues Leben anzufangen.

KAPITEL 2

Wenn Blicke töten könnten, hätte Daniels letztes Stündlein geschlagen.

Lou Hammond, der leitende Anwalt seiner Firma, stand in Daniels mit Gold verziertem Privatwaggon und hatte nur mit Mühe seine Stimme unter Kontrolle. Draußen zog die Landschaft von Pennsylvania vorbei. „Mr Tremain, die von Ihnen verlangte Lizenzvereinbarung wird uns um gewaltige Profite bringen", dröhnte er.

Daniel zog eine Augenbraue hoch. „Aber wir fahren nicht gerade ins Armenhaus, oder?"

Ein Blick in den opulenten Waggon war Beweis genug, dass es *Carr & Tremain Polytechnic* sehr gut ging. Einige der fähigsten Handwerker hatten die Messinggarnituren und glänzend lackierten Teakholzleisten hergestellt, die das Interieur des Waggons bestimmten. Samtvorhänge rahmten die vorbeirollende Landschaft. Schneller zurück nach New York wäre es über die Bahnverbindung zwischen Philadelphia und Baltimore gegangen, aber jedermann wusste, dass Daniel niemals über ein Gleis rollen würde, das Alfred Forsythe gehörte. Bevor er diesem Mann auch nur einen Cent in den Rachen warf, würde er lieber mit dem Eselskarren nach Baltimore fahren.

Nach den Terminen dieser Woche bei Bankiers, Anwälten und Richtern stand die Firma kurz davor, an der New Yorker Börse gehandelt zu werden. Wenn dieser Deal unter Dach und Fach war, würden Daniel und sein Partner Ian Carr zu den reichsten Männern des Landes gehören.

Aber nur dann, wenn Daniel sein Einverständnis gab. „Solange ich diese Firma leite", sagte Daniel bestimmt, „werde ich niemals zulassen, dass Alfred Forsythe auch nur für eins meiner Patente eine Lizenz bekommt. Das ist nicht verhandelbar. Jeder in diesem Waggon wusste das, bevor wir nach New York gefahren sind."

„Aber nach dem Börsengang wird es nicht mehr *Ihre* Firma sein", hielt der Anwalt dagegen. „Sie wird den Aktieninhabern gehören.

Und jede Entscheidung, die den Wert der Firma verändert, muss der Öffentlichkeit zugänglich gemacht werden."

Daniel zuckte mit den Schultern. „Dann buchen Sie eben eine Anzeige in der *New York Times* und posaunen es in die Welt hinaus. Es ist kein Geheimnis, dass ich Forsythe verachte und mit ihm keinerlei Geschäfte mache. Ich würde den Deal lieber platzen lassen, als Forsythe meine Technologie nutzen zu lassen."

„Bist du sicher?" Ian Carrs schottischer Akzent klang freundlich und Daniel vernahm darin eine Spur von Bedauern. Ian war nicht nur sein Partner; Ian war derjenige, der ihm den Start ins Geschäftsleben überhaupt erst ermöglicht hatte. Er hatte ihn als mittellosen Neunzehnjährigen eingestellt, um die Streckensignale seiner jungen Eisenbahngesellschaft zu warten. Innerhalb von einem halben Jahr hatte Daniel ein Signal entwickelt, das automatisch funktionierte. Dadurch wurde die Signaltechnik nicht nur günstiger, sondern auch sicherer, weil der Mensch als Fehlerquelle ausschied. Die Tausende von Dollar, die die Lizenzen dieser Erfindung in die Firmenkasse spülten, hatten den Weg für immer mehr Neuerungen frei gemacht und die Eisenbahnindustrie revolutioniert.

Das Unternehmen gedieh deswegen so prächtig, weil Ian die technische Entwicklung komplett Daniel überließ, während Daniel auf Ians unternehmerische Fähigkeiten vertraute, um die Erfindungen zu lizenzieren, zu bewerben und zu verkaufen. Zusammen waren sie der Marktführer für Signale, Schienen und Schienennetze.

Daniel wandte sich seinem Partner zu. „Ian, ich überlasse dir gern jede geschäftliche Entscheidung, aber nicht diese. Ich kann Forsythe die Patente nicht zur Verfügung stellen. Und selbst wenn der Börsengang deswegen platzt. Ich kann einfach nicht."

Mr Hammond räusperte sich. „Mr Tremain, Sie sind ein brillanter Erfinder …"

„Hören Sie auf, sonst muss ich noch heulen", ging Tremain dazwischen.

Der Anwalt hob mahnend die Hand. „Der Ruf von *Carr & Tremain* wird Schaden nehmen, wenn wir die Firma für einen privaten Rachefeldzug missbrauchen. Das wird negative finanzielle Konsequenzen haben."

„Seit fast zehn Jahren nehmen wir finanzielle Einbußen hin", sagte Daniel, „aber sie sind nur ein Bruchteil dessen, was Forsythe verloren hat. Er muss seine Schienen doppelt so häufig austauschen wie Bahngesellschaften, die meine Erfindungen nutzen. Jedes Mal, wenn er einen neuen Kauf genehmigen muss, denkt er an meinen Vater und bereut, was er getan hat. Und genau das bezwecke ich." Bei allem, was recht war, es fühlte sich gut an, Alfred Forsythe beim Schlafittchen zu haben, und freiwillig würde er ihn niemals, *niemals* vom Haken lassen.

Jamie Carr, der Sohn seines Partners, rutschte auf seinem Stuhl herum. „Aber der Unfall ist doch nun schon zehn Jahre her. Kannst du nicht seine Entschuldigung annehmen und die Sache vergessen?"

Plötzlich herrschte eine gespannte Stille. Nervöse Blicke flogen hin und her. Alle wussten, wie empfindlich Daniel auf das Thema Forsythe reagierte. Daniel räusperte sich, wies den Jungen aber nicht zurecht. Schließlich war Jamie erst neunzehn und kannte den Geruch von verbrannter Haut nicht, wusste nicht um die Qualen, verbrüht zu werden, bis der Körper aufgab. Er hatte nie miterlebt, wie leer der Blick einer Witwe wurde, die schließlich im Selbstmord den einzigen Ausweg sah.

Daniel zwang sich, ruhig zu bleiben. „Mein lieber Jamie, Mr Forsythe hat sich noch nie entschuldigt, und ich bin überzeugt, dass er das auch nie tun wird."

Alfred Forsythe wollte sich im kommenden Jahr als Gouverneur von Maryland aufstellen lassen. Seinen Lebenslauf mit wohltätigen Werken und öffentlich unterstützten Krankenhäusern aufzubessern, darin war er gut. Den Tod seiner Arbeiter einfach hinzunehmen passte nicht in das öffentliche Bild, das er von sich geschaffen hatte.

Daniel wandte sich wieder Ian zu. „Ich weiß, dass mein Problem mit Forsythe dich einiges gekostet hat. Das tut mir auch leid. Tu, was immer du für richtig hältst, was den Gang an die Börse betrifft. Aber die Lizenzen für Forsythe bleiben tabu." Daniel kannte Ian als absolut vertrauenswürdigen Firmenlenker, und er würde sicher einen Weg finden, wie er auf Daniels Bedingung Rücksicht nehmen konnte.

Als die Sonne hinter dem Horizont verschwand, wurden Kerosinlaternen angezündet. Das Geschäftstreffen war längst vorüber. Einige Männer spielten Karten am Tisch, andere waren durch das leichte Schaukeln des Waggons auf ihren weichen, dick gepolsterten Sitzen eingenickt. Es waren noch über drei Stunden Fahrt bis Baltimore.

Daniel saß mit seinem Assistenten Joe Manzetti und seinem Anwalt zusammen. Wer hätte gedacht, dass er, der oft noch eine Schicht dranhängte und Kohle in den Ofen schippte, eines Tages diverse Anwälte haben würde? Einen Fachanwalt für die Firma, einen für seine Immobilien, einen Spezialisten für Patentrecht und einen für seine persönlichen Angelegenheiten. Aber sie alle waren vonnöten. Niemand schwang sich zu solchen Höhen wie er auf, ohne sich auf seine Anwälte verlassen zu können, die ihm den Rücken freihielten. Manzetti war sein Beschützer, Assistent und ein zusätzliches Paar Augen. Nach der Boilerexplosion hatte Daniel seine Sehkraft auf einem Auge nie wiedererlangt, und bei Dämmerlicht fiel ihm das Lesen bei dem Licht von Laternen schwer.

„Die Rechnungen für die Hochzeit Ihrer Schwester sind in voller Höhe beglichen, aber der Kaufpreis für Miss Lornas Haus, Ihr Hochzeitsgeschenk, steht noch aus“, erklärte der Anwalt. „Wollten Sie das auf einmal begleichen oder soll ich Ratenzahlung vereinbaren?“

Daniel hasste es, jemandem etwas schuldig zu sein, aber der größte Teil seines Kapitals steckte in der Firma. Das war auch der Grund, warum alle auf den Börsengang hinfieberten. Als er letzten Sommer das Haus für seine Schwester erworben hatte, fehlte es ihm an Bargeld, aber sobald Ian die Firma an die New Yorker Börse gebracht und Aktien verkauft hatte, würde er genug haben. „Ich möchte eine Einmalzahlung, aber wir müssen damit warten, bis der Aktienverkauf angelaufen ist. Hoffentlich im September.“

„Sehr wohl.“

Der beste Nebeneffekt des Börsengangs im Herbst war ohne Zweifel, dass er dann stets für seine Schwestern sorgen konnte.

„Miss Kate hat übrigens darum gebeten, dass du deine Mitgliedschaft im Colchester Sportklub verlängerst“, meinte Manzetti.

„Entweder das, oder sie schlägt vor, einen Tennisplatz auf eurem Grund und Boden zu errichten."

„Sie glaubt, ich würde ihr einen eigenen Tennisplatz bauen lassen?"

„Das hofft sie jedenfalls", antwortete Manzetti. „Sie kennt dich eben nicht so gut wie ich." Daniel und Manzetti hatten schon damals bei *Forsythe Industries* zusammengearbeitet. Manzetti hatte ihn nach der Boilerexplosion aus der Prüfung geholt. Auch wenn er durch seine Anstellung bei Daniel kräftig profitiert hatte, vergaß keiner von beiden das Elend und die Beklommenheit eines Lebens in Armut.

„Erneuere die Mitgliedschaft", ordnete Daniel an. „Ich werde Kate nicht noch mehr verhätscheln als sowieso schon." Wenn Kate ihren Willen bekam, hatte er bald einen Golfplatz, einen Krocketrasen und Tennisplätze hinter dem Haus. Seine Schwestern zu verwöhnen war eins der wenigen Vergnügen, die er sich gestattete. In den vergangenen zehn Jahren hatte er sich dem unersättlichen Verlangen gewidmet, seine Erfindungen immer weiterzuentwickeln. Dabei war viel zu wenig Zeit für die Erziehung seiner Schwestern übrig geblieben, und er beruhigte seine Schuldgefühle, indem er ihnen hier und da ein wenig Luxus ermöglichte. Er konnte sich noch gut daran erinnern, als er ihnen von seinem Ersparten glasperlenbesetzte Retiküle kaufen konnte. Auf diese Kleinigkeiten folgten bald der Privatschulbesuch, Musikunterricht, Ausflüge nach Washington. Als würde das Überhäufen mit Luxus den Tod ihrer Eltern wettmachen, und in gewisser Weise den Verlust ihres Bruders, weil er die meisten Abende mit Geschäftspartnern und Anwälten verbrachte.

„Mit dieser Antwort hat Miss Kate gerechnet", sagte Manzetti. „Und fragt an, ob sie die Kutsche nehmen kann, um zum Tennis zu fahren, wenn du im Büro bist."

Daniel rieb sich die Stirn. „Ehrlich, Manzetti, ich kann meine Firma leiten oder Kate im Zaum halten. Beides zusammen geht nicht. Sag ihr, sie darf die Kutsche nicht nehmen, wenn ich nicht dabei bin. Sie wird schmollen und zetern, aber das machen sechzehnjährige Mädchen nun mal. Was noch?"

Der Anwalt zog ein Blatt aus dem Stapel. „Die Rechnung für

Miss Endicotts Verteidigung letzten Monat. Beängstigend hoch, aber der Anwalt hatte die besten Empfehlungen."

Bei der bloßen Erwähnung von Claras Namen war Daniel sofort hellwach und sein Blick sprang zu den Zeitungsausschnitten, die auf dem Tisch lagen. Er überflog sie. Von ihrer Abschiebung hatte er natürlich schon gehört. Das war in Baltimore Tagesgespräch gewesen. Nachdem sie sich in London als Journalistin einen Namen gemacht hatte, hatte Reverend Endicott ihre Artikel über die grausame Kinderarbeit in seiner Zeitung *The Christian Crusade* veröffentlicht. Clara war zu einem weiteren glänzenden Ornament im Familienbaum der Endicotts geworden, ganz wie der Vater es gewollt hatte.

Daniel hatte Claras berufliche Entwicklung natürlich mitverfolgt. Warum sie ihm nicht ein einziges Mal aus London geschrieben hatte, hatte er nie erfahren, aber verdenken konnte er es ihr nicht. Jedenfalls nicht zu sehr. Sie war in Europa von den besten Schriftstellern und Musikern umgeben. Dass sich eine junge Frau in diesem Umfeld noch an den armen Jungen erinnerte, der einst auf ihrem Klavier spielen durfte, war abwegig.

Und trotzdem war er stolz auf sie. Clara hätte ein Leben des Nichtstuns wählen können. Den finanziellen Hintergrund und die nötigen Verbindungen dazu hatte sie. Sie hätte wie Kate Tennis und Golf lernen können, ohne je einen Gedanken daran zu verschwenden, was die gebeugte Arbeit im Minenschacht für die Wirbelsäule eines Kindes bedeutete.

„Und was genau haben die Anwaltsgebühren Clara gebracht? Nur die Abschiebung?"

„Eine auf Bewährung ausgesetzte Haftstrafe. Ohne Mr Townsends Bemühungen hätte sie aller Wahrscheinlichkeit nach einige Jahre im Gefängnis gesessen."

Der Gedanke an Clara mit ihren strahlend blauen Augen und dem sprühenden Humor in einer kalten, kahlen Gefängniszelle jagte ihm einen Schauer über den Rücken. „Dann hat es sich ja gelohnt."

Daniel griff nach einem der Artikel und stellte sich vor, wie Clara im Gerichtssaal stand und die Anklage verlesen wurde – sicher ein Moment, in dem ihre Augen nicht gestrahlt hatten.

Er ließ den Artikel auf den Tisch gleiten. „Finde heraus, ob sie nach Baltimore zurückkehrt“, ordnete er an.

Auf einmal wollte er unbedingt wissen, was aus dem Mädchen geworden war, das einst geschworen hatte, seine beste Freundin zu bleiben, selbst wenn sie auf dem Mond leben müsste.

KAPITEL 3

Nach zwei Wochen auf See kehrte Clara nach Baltimore zurück und machte sich auf einen Abend gefasst, an dem sie offensichtlich die Hauptattraktion sein würde. Der Bürgermeister von Baltimore lebte in einem imposanten Herrenhaus aus grob gehauenen Granitsteinen, die aussahen, als hätte man eine mittelalterliche Burg bestohlen. Fackeln erhellten den Weg zum Eingang, und im Innern strahlten gewaltige Kronleuchter. Angeblich sollte die Abendgesellschaft eine Willkommensfeier für die Heimgekehrte werden, aber Clara kannte den wahren Grund, warum sich die Crème de la Crème die Klinke in die Hand geben würde. Reverend Lloyd Endicott war noch immer einer der einflussreichsten Geistlichen des Landes und sich bei ihm einzuschmeicheln war ein wichtiger Erfolgsfaktor für die Politiker, Angehörigen der feinen Gesellschaft und Großindustriellen von Maryland. Florence Wagner, die Ehefrau des Bürgermeisters, hätte auch ihren Erstgeborenen dafür verkauft, um an diesem Abend die Gastgeberin sein zu dürfen. Alle wollten Reverend Endicott auf ihrer Seite haben, und Florence Wagner als die wohl entschlossenste soziale Aufsteigerin der Ostküste war vom Kopf bis zu ihren perlenbesetzten Satinpumps hochzufrieden darüber, dass sie die Gesellschaft zu Claras Ehren ausrichten durfte.

„Guck nicht so nervös“, schalt Claras Vater vom gegenüberliegenden Sitz in der Kutsche. „Ich weiß, du freust dich in etwa so darauf wie auf den Besuch beim Zahndoktor, aber heute werden genau die richtigen Leute anwesend sein. Wenn du als Journalistin neu anfangen willst, kannst du hier die besten Verbindungen knüpfen.“

Clara sortierte die Falten, die sich auf der Wespentaille ihres Seidenkleids wölbten. Der Überrock bestand aus einfachem türkisem Brokat, der hinten über der Tournüre gerafft war, gleichzeitig aber vorn den Blick auf einen kunstvoll genähten Unterrock aus Seidencharmeuse freigab. Ihre Hände steckten bis zu den Ellbogen in weißen Handschuhen. Die feinen Korsettstäbe zwangen sie zwar zu einer aufrechten Haltung, aber Clara war dankbar für das kleine Quäntchen Selbstsicherheit, das ihre Garderobe ausstrahlte.

Die Kutsche hielt vor dem Haus des Bürgermeisters. Clara zwang sich zu einem Lächeln. „Du hast ja recht", pflichtete sie ihrem Vater bei. „Aber ich war schon so lange nicht mehr hier, dass ich vermutlich gar niemanden mehr kenne." Sie fühlte sich wie eine Fremde. Abgesehen von ihrer unmittelbaren Verwandtschaft konnte sie sich an niemanden mehr erinnern. Daniel Tremain natürlich ausgenommen.

Von allen Menschen in Baltimore freute sie sich am meisten auf die Begegnung mit ihm. Obwohl aus ihm ein Industriemagnat geworden war, hatte Claras Vater berichtet, dass er nur selten an gesellschaftlichen Ereignissen teilnahm. „Er passt einfach nicht dazu", hatte Lloyd festgestellt, und Clara glaubte ihm sofort. Daniel war zu frech und eigensinnig gewesen, um sich auf die komplizierten Gepflogenheiten der feinen Gesellschaft einzulassen.

„Ich wünschte, Clyde wäre mit hier", sagte Clara. „Dann würde ich wenigstens einen Menschen kennen." Als jemand, der die letzten zehn Jahre als Missionsarzt in den Indianerreservaten verbracht hatte, hatte Clyde für die „gesellschaftliche Schaumschlägerei" wenig übrig und war zu Hause geblieben.

„Clyde muss heute nicht dabei sein", erwiderte ihr Vater. „Er kehrt bald in das Navajoreservat in Arizona zurück und wird dort seine Spuren hinterlassen, nicht unter den Blaublütigen. Und auch wenn du auf die Gesellschaft heute wenig Lust hast, als Journalistin darfst du dir so eine Gelegenheit nicht entgehen lassen. Deine Arbeit in London hat mich sehr stolz gemacht, und mit den richtigen Beziehungen kannst du auch hier in Amerika Hervorragendes leisten, davon bin ich überzeugt."

Und das wollte sie, mehr als alles andere. Manch einer mochte es für seltsam halten, dass eine Frau so zielstrebig war, aber ihr Vater hatte ihr den Ehrgeiz in die Wiege gelegt. Gott hatte Großes mit ihr vor, aber seit der Verbannung hatte sie nur ihre Wunden geleckt und sich selbst bedauert. Sie wollte endlich wieder etwas Konstruktives beitragen und die Welt verbessern, und weil ihr Vater einer der wenigen im Land war, die bereit waren, Texte einer Frau zu veröffentlichen, wollte sie so schnell wie möglich zurück an den Schreibtisch.

Das Desaster in London war keine Entschuldigung für das Selbstmitleid, in dem sie gebadet hatte. Wenn sie je wieder auf ihre Arbeit stolz sein wollte, musste sie durch die imposante Tür schreiten und zumindest so tun, als sei sie keine Versagerin. Clara machte die Schultern gerade und reckte das Kinn ein Stück nach oben. Selbstbewusstsein konnte man glücklicherweise spielen, auch wenn man sich innerlich so charismatisch fühlte wie eine Auster.

Kaum hatte Clara das Haus betreten, da rauschte schon Florence Wagner im Foyer heran. Sie war in ein enges Kleid aus saphirblauer Dupionseide gehüllt und krönte ihren mädchenhaften Körper mit einem Berg aus hochgesteckten roten Locken, in die sie perlenbesetzte Kämme derart strategisch gesteckt hatte, dass sie tatsächlich eine Krone ergaben. „Clara, Darling", hauchte sie affektiert und eilte mit ausgestreckten Armen auf Clara zu. Es machte den Eindruck, als wären sie gute alte Freunde, dabei hatte Clara mit sechzehn Baltimore verlassen. „Willkommen daheim, Liebes." Florence wandte sich an die versammelte Menge. „Alle mal herhören … das ist unsere geliebte Clara Endicott, frisch zurück aus London."

Köpfe drehten sich und Monokel wurden gehoben, um sie in Augenschein zu nehmen. Überall sah Clara fein gekleidete Damen, die wie bunte Schmetterlinge Moiréseide und Satinkleider trugen, während von ihren Hälsen Diamanten blinkten und Fächer die jasmingetränkte Luft verteilten. Im Hintergrund spielte ein Streichquartett. Clara fühlte sich völlig fehl am Platz. War es wirklich erst einen Monat her, dass sie im kalten Steinverlies gefangen war? Es wollte nicht in ihren Kopf, dass es solche Pracht und gleichzeitig die fensterlose Zelle gab, in der sie mit Rosina und Nellie gefangen gewesen war.

Florence nahm Clara am Arm und führte sie geradewegs auf die wartenden Gäste zu. „Kommen Sie, Liebes. Ganz Baltimore ist gekommen, um Sie willkommen zu heißen. Ich stelle Sie Senator Bronson vor."

Clara tauschte Höflichkeiten mit dem Senator aus, aber ihr Blick schweifte durch den Raum. Konnte es sein, dass zu „ganz Baltimore" auch Daniel Tremain gehörte? Auch wenn er sich offensichtlich wenig aus Gesellschaften machte, war er womöglich trotzdem gekommen, um sie zu sehen? Clara war sich nicht sicher, ob sie ihn überhaupt erkennen würde. Der Junge, für den sie als Mädchen geschwärmt hatte, hatte stets nur grobe Hosen und ein einfaches Hemd getragen, während die Herren in diesem Raum in schwarzen Cutaways und gestärkten hohen Kragen gesteckt hatten. Auch Daniel war längst ein erwachsener Mann und kein schlaksiger Junge mehr. Es waren sicher mehr als hundert Personen hier, aber keiner erinnerte sie an Daniel. Enttäuscht ließ sie die Schultern sinken. Sie hatte seine Abwesenheit zwar erwartet, aber doch …

Florence führte Clara rings um das Foyer und stellte ihr Dutzende Personen vor, an deren Namen Clara sich kurz darauf schon nicht mehr erinnern konnte. „Darf ich Ihnen Mr Joshua McAllister vorstellen?“, setzte Florence an, als sie vor einem jungen Mann stehen blieben, der mit seiner roten Seidenweste wagte, dem Meer aus schwarzen Gehröcken zu trotzen. „Mr McAllister gehören zwei Baumwollfabriken im Süden Baltimores. Er ist ein aufstrebender junger Mann, möchte man sagen.“

Mr McAllister deutete einen Handkuss an. „Habe die Ehre, Miss Endicott. Ich habe Ihre Artikel über London gelesen und war ganz beeindruckt von Ihrer Arbeit. Die armen Kinder … Schrecklich. Was für eine Erleichterung es sein muss, diesen Nonsens hinter sich zu lassen und wieder in den Schoß Ihrer Familie zurückzukehren.“

Clara rang nach Worten. „Ich freue mich ebenfalls, meinen Vater wiederzusehen, ja.“

„Beeindruckende Leistung für eine Frau“, fuhr Mr McAllister fort. „Aber von einem Sprössling des großen Lloyd Endicott hat man auch nichts anderes erwartet. Ich schätze, Sie werden nun heiraten und sich niederlassen?“

Heiraten war so ziemlich das Letzte, was Clara wollte. In London hatte sie eine desaströs gescheiterte Beziehung überwinden müssen. Von der Liebe hatte sie genug, aber das konnte sie Joshua McAllister kaum ins Gesicht sagen. Die Arbeit als Journalistin war ihre Rettung gewesen, nachdem ihr Stolz durch die von Nicholas Spencer gelöste Verlobung schwer verletzt worden war. Clara hatte zwar aus lauter falschen Gründen in seinen Heiratsantrag eingewilligt – das wusste sie heute –, aber dennoch war es ein harter Schlag gewesen, als er sie wie eine heiße Kartoffel fallen ließ. „Ich hoffe, ich kann meinem Beruf als Journalistin hier wieder nachgehen“, antwortete Clara. „Wenn möglich, möchte ich für die *Christian Crusade* schreiben."

Mr McAllister tat freudig überrascht. „Tatsächlich? Bewundernswert. Wissen Sie, ich für meinen Teil würde Ihren Vater ebenfalls gern näher kennenlernen. Was für ein Segen er für unser Land ist." Mr McAllister setzte zu einer Lobrede über Reverend Endicott an und Clara fragte sich allmählich, ob er an ihr oder ihrem Vater Interesse hatte. Zum Glück war das nicht wichtig. Sie wollte nur die Bekanntschaft von so vielen Menschen wie möglich machen, um berufliche Beziehungen zu knüpfen.

Die beiden unterhielten sich, bis die Gastgeberin Clara wieder weiterzog. „Das lief doch erstaunlich gut", stellte Florence fest. Auf Claras fragenden Blick hin fuhr sie fort: „Mr McAllister wird in einigen Jahren eine hübsche Erbschaft machen. Er ist sehr geistreich und aus bestem Hause." Florence beugte sich näher. „Und er ist wohl der heiratswürdigste Junggeselle der Stadt", raunte sie. „Es macht Ihnen doch nichts aus, wenn ich ein klein wenig nachhelfe, oder?"

Clara bekam große Augen. Die Nachricht von ihrer gelösten Verlobung schien Baltimore offensichtlich noch nicht erreicht zu haben, denn sonst würde ihr niemand heiratswillige Männer vorstellen. Wann immer eine Frau ohne viel Federlesens von ihrem Verlobten sitzen gelassen wurde, sahen die Leute sie nur noch missbilligend an, ganz egal, auf wessen Konto die gescheiterte Beziehung ging. „Ich bin doch gerade erst zurückgekehrt", versuchte Clara den Eifer der Gastgeberin zu bremsen. „Ich möchte mich erst einmal eingewöhnen und ein wenig Zeit mit meinem Bruder verbringen, bevor ich in irgendeiner Art die Fühler ausstrecke."

Florence spitzte sofort die Ohren. „Ist Dr. Endicott etwa auch zurück in Baltimore?" Sie sah dabei aus, als hätte sich Königin Victoria höchstpersönlich angekündigt.

Clara schüttelte den Kopf. „Er ist hier, ja, aber er möchte wohl erst einmal in Ruhe gelassen werden."

„Ach, Darling", hauchte Florence. „Ihr Bruder war vor drei Jahren in der Stadt, als er vor einem Ausschuss des Kongresses in Washington aussagen musste … irgendetwas über die armen Indianer. Er hat unter unseren jungen Damen für einigen Aufruhr gesorgt. Meinen Sie, man könnte ihn überreden, etwas länger zu bleiben? Der Arme muss doch nicht sein ganzes Leben für die Heiden opfern. Es wird Zeit, dass er sich in der zivilisierten Gesellschaft niederlässt."

Clara war es peinlich, nichts über Clydes Pläne sagen zu können, aber sie wusste mit Sicherheit, dass er die Menschen, unter denen er arbeitete, nicht als Heiden abtat. „Ich fürchte, das müssen Sie ihn selbst fragen", sagte sie.

Die bloße Erwähnung ihres Bruders sorgte dafür, dass eine ganze Reihe junger Damen Clara und Florence wie Bienen umkreisten, die eine besonders nektarreiche Blume entdeckt hatten. „Dr. Endicott? Er ist wieder da?" Eine hübsche Frau mit hochgesteckten blonden Haaren klang besonders interessiert. Sie sah aus wie eine griechische Göttin.

„Clyde Endicott?", tönte es von einer anderen. „Nicht zu fassen. Wo ist er?"

Eine dritte junge Frau schob sich an den anderen vorbei. „Ist das wahr? Ihr Bruder kommt zurück nach Baltimore?"

Clara stand einem halben Dutzend Frauen gegenüber, die gespannt auf ihre Antwort warteten, und fragte sich, wie Clyde sie davon überzeugt hatte, kein Scheusal zu sein. „Ja, er ist wieder da, aber nur für einen kurzen Besuch." Sie begann zu begreifen, warum Clyde seinem Vater aufgetragen hatte, seinen Besuch geheim zu halten. Wenn er jedes Mal für derartigen Aufruhr sorgte, war es kein Wunder, dass er lieber an- und abreiste, ohne entdeckt zu werden. Clara fühlte sich jetzt schon eingeengt von den jungen Damen, die atemlos auf Neuigkeiten von Dr. Clyde Endicott warteten.

„Ich wusste, dass er wiederkommt", meinte die griechische Göttin zufrieden. „Miss Endicott, Sie müssen unbedingt eine Teegesellschaft ausrichten, um Ihren Bruder willkommen zu heißen. Der arme Mann darf nicht zu den Wilden zurück, ohne ein paar Damen seines eigenen Standes getroffen zu haben."

Eine andere junge Frau fächerte sich aufgeregt Luft zu. „Bei Gott, man bekommt bei seinem Anblick sofort den Wunsch, die Frau zu sein, die ihn endlich zähmt. Er ist ein Traum von einem Mann … oder wird es zumindest sein, wenn ihm jemand Kultur beibringt. Wir dürfen ihn nicht wieder entwischen lassen."

Nun war Clara rot geworden. Ihr Bruder mochte vieles sein, aber ein *Traum von einem Mann* wäre ihr nie eingefallen. Und doch schien die bloße Erwähnung seines Namens Grund genug zu sein, um eine ausgedehnte Diskussion über die verschiedensten heiratswilligen Junggesellen von Baltimore in Gang zu setzen. Die Damen scharten sich um Clara und verglichen Clydes Rauheit mit der Sicherheit von Joshua McAllisters komfortablem Leben als Besitzer einer Baumwollfabrik. Mehrere andere Namen wurden in den Topf geworfen und ausgiebig ihre jeweiligen Vorzüge diskutiert. In Baltimore schien es einen unerschöpflichen Vorrat an Kandidaten zu geben, die für aufgeregte Kommentare, Seufzer und leidenschaftliche Spekulationen sorgten.

Da ließ die griechische Göttin das Gespräch abrupt verstummen. „Und was ist mit Daniel Tremain? Für mich ist er ja das allergrößte Mysterium. Oh, wie sehr ich es aufdecken möchte; und zwar Stück für Stück."

Offensichtlich genügte der Name Daniel Tremain, um alles andere unwichtig werden zu lassen. Florence Wagner war die Erste, die ihre Fassung wiedererlangte. „Elizabeth Ginallette, du weißt genau, dass der Mann kein angemessener Umgang ist. Die jungen Dinger finden ihn weiß Gott attraktiv und anziehend, aber es gibt schließlich einen Grund, warum er sich bei keiner Gesellschaft blicken lässt. Der Mann ist so gefährlich wie eine Schlange."

Die andere ließ sich nicht beeindrucken. „Ich habe gehört, dass er ein Vermögen für das neue Opernhaus gespendet hat. Ein Mann, der dafür Geld übrig hat, kann so schlimm nicht sein, oder?"

„Vielleicht wirft er mit Geld um sich, aber das macht noch lange keinen Gentleman aus ihm." Die Schärfe in Florence Wagners Stimme missfiel Clara. Lag es daran, dass Daniel aus armen Verhältnissen stammte, während diesen jungen Damen Blut durch die Adern floss, das blauer war als kalte Lippen? Daniel hatte härter gearbeitet als jeder andere Mann, härter als Clyde und ihr Vater. Es war nicht richtig, dass eine privilegierte Frau ihn verleumdete, nur weil er nicht im richtigen Viertel von Baltimore geboren worden war.

„Ich kannte Daniel Tremain, bevor ich nach London zog", sagte Clara. „Er war ein brillanter junger Mann und hat sich nicht ein einziges Mal unfein benommen." Alle Köpfe drehten sich zu ihr um.

„Sie haben tatsächlich mit ihm *gesprochen*?“, wollte Miss Ginallette wissen. Ihre Stimme klang erstaunt, als hätte Clara Kontakt mit einer Gottheit gehabt.

„Ja, natürlich“, erwiderte Clara. „Wir waren Freunde.“ Das Wort klang so armselig – Daniel hatte an dem Abend, als sein Vater beerdigt worden war, in ihren Armen geweint.

„Ich habe ihn bei der Hochzeit seiner Schwester gesehen, vergangenes Jahr“, meinte eine junge Dame, „aber niemand hat sich getraut, ihn anzusprechen. Er sah unwiderstehlich aus, schien aber gleichzeitig schrecklich unnahbar.“

Mr Wagner, der Bürgermeister von Baltimore, gesellte sich dazu. Im Gegensatz zu seiner mädchenhaften Frau war er ein fettleibiger Mann, über dessen gewaltigem Bauch sich eine goldene Uhrkette spannte. „Weil er sein ganzes Leben in einem Labor verbringt, wo er neue Pläne ausbrütet, wie er reich werden und *Forsythe Industries* schaden kann“, spottete er. „Tremain kommt nie aus seiner Festung heraus, es sei denn, er kann irgendjemandem eine Stange Dynamit zwischen die Beine werfen. Und dann verschwindet er wieder in seinem Versteck, um eine neue Form der Weltherrschaft auszuhecken.“

„Weltherrschaft?“ Clara konnte ihre Zweifel nicht verbergen. „Ist das nicht ein wenig hoch gegriffen für unser kleines Baltimore?“

Der Bürgermeister kniff die Augen zusammen. „Miss Endicott, Sie müssen verstehen, dass wir heutzutage völlig abhängig sind vom Eisenbahnwesen. Mr Tremain gehören noch nicht viele Bahngesellschaften, aber er kauft immer neue dazu. Und die, die ihm nicht gehören, kontrolliert er, indem er ihnen die Technologien verschafft oder vorenthält, die den Transportweg mit der Eisenbahn profitabel machen. Er ist nichts weiter als ein Räuberbaron, der die Industrie im Würgegriff hat und seine Mitbewerber nach Lust und Laune bestraft.“

Claras Blick huschte durch die luxuriös ausgestattete Empfangshalle, die mit den führenden Unternehmern und Vorreitern der Stadt gefüllt war. Jeder, den sie bisher gesprochen hatte, war in eine Welt der Seidenlaken geboren worden und bekam morgens das Frühstück auf einem Tablett serviert. Was verstanden diese Leute schon von Armut? „Vielleicht wäre Daniel Tremain gar nicht so bedrohlich, wenn man ihn zu Versammlungen wie dieser einladen würde", gab sie zu bedenken.

Mrs Wagner hob das Kinn. „Sie sind schon viele Jahre nicht mehr in Baltimore gewesen, Miss Endicott. Wahrscheinlich wissen Sie gar nicht, was hier vorgefallen ist. Daniel Tremain ist so warmherzig und freundlich wie eine Spinne. Man könnte ihm Einladungen mit Blattgold überreichen, und er würde sie in den Abfall werfen."

„Das ist nicht wahr", entgegnete die griechische Göttin. „Jedes Mal, wenn ich in der Oper bin, sehe ich ihn. Immer sitzt er in der letzten Reihe."

„Ja, aber er kommt und geht allein", ereiferte sich Mrs Wagner. „Und er würde den Teufel tun, um noch fünf Minuten nach der Vorstellung dort zu bleiben und womöglich ein Wort mit jemandem zu wechseln."

Clara reckte das Kinn nach vorn. „Ich glaube nicht, dass man fehlende Umgangsformen als böse Absichten auslegen sollte."

„Natürlich nicht", pflichtete ihr der Bürgermeister bei. „Aber wenn Sie im vergangenen Jahr hier gewesen wären, hätten Sie Tremains Boshaftigkeit aus nächster Nähe miterleben können. Alfred Forsythe hat ein Vermögen ausgegeben, um dieser Stadt ein College zu bauen. Er hat das Land gekauft und das Schulgebäude und die Unterkünfte bezahlt. Es sollte Forsythe College heißen und hätte Baltimore bereichert. Aber kurz bevor man die ersten Mitglieder des zukünftigen Lehrkörpers einstellte, trat Tremain auf den Plan und ruinierte das ganze Projekt. Er hatte irgendein altes Dokument gefunden, auf dem stand, dass dieses Land in den 1790ern einem Indianerstamm abgetreten wurde. Der Stamm ist längst aus der Gegend verschwunden, aber Tremain schnappte sich einen Anwalt und brachte die Sache vor Gericht. Der Richter befand, dass nichts mit dem Land passieren durfte, bis die Nachfahren des Besitzrechts gefunden worden waren. Kein College, kein Verkauf, nichts. Die Gebäude stehen heute noch leer, weil Daniel Tremain vor nichts zurückschreckt, um Alfred Forsythe zu schaden."

Die Gesichter der anderen Frauen bestätigten, was der Bürgermeister gesagt hatte, und Clara kämpfte gegen den Impuls an, dem Druck nachzugeben. Daniels Name allein schien eine derartige Feindseligkeit auszulösen, die sie sich nicht erklären konnte. Doch sie kannte ihn nicht mehr gut genug, um ihn verteidigen zu können. Der unnahbare Fremde, den sie beschrieben, hatte keine Ähnlichkeit mit dem jungen Mann, für den sie einst geschwärmt hatte.

Clara hatte berühmte Komponisten kennengelernt, den Erfolg als Journalistin geschmeckt und die Welt bereist. Und doch waren die heimlichen glücklichen Stunden mit Daniel ihr größter Erinnerungsschatz.

KAPITEL 4

Clara lief über die kleine Anhöhe am neuen Opernhaus und musste zugeben, dass Baltimores neue Musikstätte das alte Konservatorium in Bolton Hill um Längen übertraf. Eine Welle der Nostalgie hatte sie überrollt, nachdem sie gehört hatte, dass das geliebte alte Gemäuer verlassen und verkommen war. „Es war feuergefährdet und hätte schon vor Jahren abgerissen werden sollen“, hatte ihr Vater gesagt. Im neuen Opernhaus gab es einen richtigen Konzertsaal inklusive Hinterbühne und Licht. Er hatte bequeme Sitze und es passten mehr als dreimal so viele Besucher hinein. Das Amphitheater im Freien vor dem Opernhaus wurde nicht nur für Konzerte, sondern auch für Theatervorstellungen und politische Versammlungen genutzt.

Heute fanden hier die Feierlichkeiten zum Unabhängigkeitstag statt. Es war schon am Morgen drückend warm gewesen, aber wenigstens schützte ihre Haube sie vor der direkten Julisonne. Clara blieb weiter hinten in der Menge stehen und lauschte einem Streichquartett, bis die Kirchenglocken in der Nähe den Mittag verkündeten. Die Menge strömte ins Opernhaus, wo der Hauptakt, das Orchester der Marineinfanterie, mit patriotischer Musik gastierte.

Im Saal setzte sich Clara in den Mittelblock. Immer wieder ließ sie ihren Blick nach hinten in die letzte Reihe wandern, wo Daniel Tremain angeblich bei jeder Vorstellung Platz nahm. Keine der Silhouetten machte einen vertrauten Eindruck. Er war nicht da. Sie hätte ihn sofort erkannt, da war Clara sich sicher. Auch wenn zwölf Jahre vergangen waren.

Sie rutschte auf ihrem Platz hin und her und ordnete die Falten ihres Kleids, während sich vorn die Musiker einstimmten. Als der Dirigent eintrat und die Instrumente verstummten, drehte sie sich ein letztes Mal um.

Daniel! Ihr Atem stockte. Wie dumm von ihr zu denken, er habe sich nicht verändert. Sie hatte damit gerechnet, er sei vielleicht etwas größer geworden und habe breitere Schultern. Vielleicht ein

Stück älter im Gesicht, aber ansonsten ganz der Junge aus ihrer Erinnerung.

Wie falsch sie lag.

Daniel Tremain war ein Bild von einem Mann. Er lehnte lässig an der Wand, und seine männliche Haltung strahlte Selbstvertrauen und kaum gezügelte Kraft aus. Ja, er war größer geworden und seine Schultern breiter, aber was ihren Blick fesselte, war die Intensität in seinem ernsten Gesicht. Sein Haar war kohlrabenschwarz, und dunkle Brauen standen über seinen Augen. Mit verschränkten Armen beobachtete er das Orchester. Clara verstand sofort, warum Daniel bei den jungen Damen Baltimores für solche Aufregung sorgte. In einem Raum voller gezähmter Katzen war er der wilde Panther.

Schnell drehte sie sich wieder um und starrte aufs Orchester. Daniels körperliche Veränderung war so erstaunlich, so schockierend, dass sie sich fragte, ob Florence Wagner mit ihren Mutmaßungen über seinen Charakter womöglich recht hatte.

Applaus brandete auf, als der Dirigent auf das Podium stieg. Vor dem ersten Stück bat er das Publikum, zu einem kurzen Gebet für den Präsidenten und die im Dienst für das Land Gefallenen aufzustehen. Clara senkte den Kopf und lauschte. Die Verbannung aus England war schmerzhaft und demütigend gewesen, und dementsprechend froh war sie, wieder in ihrer Heimat zu sein, wo man den amerikanischsten aller Feiertage in Freiheit begehen durfte.

Hinter ihr raschelte Stoff. Eine Stimme raunte ihr ins Ohr: „Bete lieber für eine neue Haube. Dieses scheußliche Ding kannst du doch nicht wirklich tragen, Clara."

Diese Stimme erkannte Clara sofort. Sie konnte alles zum Schmelzen bringen und holte alte Erinnerungen hervor. Wie schön es gewesen war, Zeit mit Daniel zu verbringen. Als sie sich umdrehte, stand er längst wieder in respektvollem Abstand. Sein Gesicht spiegelte Frömmigkeit wider, während er den betenden Dirigenten beobachtete.

„Daniel, was machst du hier?", flüsterte Clara aufgeregt. In so feiner Aufmachung hatte sie ihn noch nie gesehen. Ein maßgeschneiderter dunkelblauer Gehrock umschloss passgenau seine Schultern, und die Seidenweste mit passendem Binder ließ ihn mindestens so elegant aussehen wie alle Aristokraten, die sie in den Herrenhäusern in London gesehen hatte. Hohe Wangenknochen und eine gerade, falkenartige Nase machten sein Gesicht attraktiv und ausdrucksstark. Eine Augenbraue war von einer kleinen Narbe unterbrochen und ein Augenlid hing etwas tiefer als das andere, aber das waren die einzigen Anzeichen dafür, dass er auf einem Auge blind war.

Ohne jede Regung im Gesicht sah Daniel dem Orchester zu, beugte sich dann aber vor und flüsterte, „Wollte nur sehen, ob du in England etwas über Mode gelernt hast." Sein Blick wanderte zu ihrer Haube. „Offensichtlich nicht."

Clara versuchte, ihr Lachen zu unterdrücken und gab ein unelegantes Glucksen von sich. Ihre Sitznachbarn warfen ihr finstere Blicke zu und Clara wurde rot. Als das Gebet vorbei war, nahm das Publikum wieder Platz. Der Dirigent tippte mit dem Stab auf sein Pult und gab den Einsatz für das erste Stück, eine traditionelle Fanfare für Bläser und Schlagzeug. Das Stück dauerte mindestens fünf Minuten, so viel wusste Clara, aber sie konnte keine fünf *Sekunden* länger warten. Sie musste mit Daniel reden.

Schnell drehte sie sich wieder um und entdeckte den altbekannten Schalk in seinen Augen. „Komm, lass uns verschwinden", meinte Daniel.

Clara folgte Daniel nach draußen. Sie war immer klein und zierlich gewesen, aber nun überragte Daniel sie um mehr als einen Kopf. Die Sonne schien durch die Platanen, die den hinteren Rand des leeren Amphitheaters säumten. Daniel zog sie zur flachen Steinmauer, die das Amphitheater von der Grünfläche um das Opernhaus herum abgrenzte. Es fühlte sich zugleich schön und seltsam an. War Daniel der große, böse Wolf, als den die Frauen von Baltimore ihn beschrieben hatten? Oder war er unter dem edlen Zwirn des Erwachsenen immer noch ihr alter Freund?

„Gratulation übrigens zu dem ganz famosen Opernhaus", fing Clara an. „Ich habe gehört, dass du viel mit seinem Bau zu tun hattest. Es ist eine echte Verbesserung gegenüber dem alten Konservatorium." Clara setzte sich auf die Mauer, während Daniel stehen blieb, einen Fuß auf die Mauer stellte und sich auf sein Bein stützte.

„Auf jeden Fall ist es moderner als die alte feuergefährliche Bruchbude", erwiderte Daniel. „Und außerdem wollte ich, dass meine Schwestern Musik mögen, aber Katie hatte eine Heidenangst vor dem Konservatorium. Sie war felsenfest davon überzeugt, dass es in dem Türmchen auf der Nordseite spukte."

„Und wie geht es ihr?"

„Sie nimmt gerade in dieser Minute an einem Radrennen teil. Vergangenen Sommer war ich so töricht, ihr eins von diesen neumodischen Pariser Rädern zu kaufen, damit sie auch bei uns ihren Spaß haben kann. Und jetzt fährt sie fast jedes Wochenende mit den Leuten vom Baltimore Cycling Club herum. Wenn sie dabei bleibt, jede erdenkliche Sportart ausprobieren zu müssen, können wir froh sein, wenn sie ihren siebzehnten Geburtstag noch erlebt."

„Und Rachel und Lorna?"

„Beide verheiratet und nicht mehr in meiner Verantwortung. Dem Himmel sei Dank. Ich hoffe immer noch auf irgendeinen Esel, den ich bestechen kann, damit er mir Kate abnimmt."

Clara lächelte. „Du Lügner. Du versuchst ganz grimmig zu klingen, aber dein Gesicht strahlt, wenn du über deine Schwestern redest."

„Quatsch. So sieht Heulen und Zähneklappern aus, wenn man seine Schwestern großziehen muss. Das ist ein Himmelfahrtskommando, sage ich dir."

„Himmelfahrt hin oder her, du hast ein Lob dafür verdient." Ihr Blick wanderte zu seiner feinen Seidenweste und der dicken Goldkette, an deren Ende sicherlich eine Taschenuhr hing. „Zu dumm nur, dass du beruflich so viel Pech hattest."

„Clara, das einzig Beklagenswerte hier ist dieses hässliche Stück Stoff auf deinem Kopf."

Clara warf empört die Arme hoch. „Daniel Tremain! In all den Jahren hast du nie ein gutes Wort über eine meiner Hauben verloren."

„Weil sie alle scheußlich waren." Mit seiner direkten Art war es kein Wunder, dass die Leute Daniel für kühl und ungehobelt hielten. Aber Clara hatte seine Sticheleien zu lange miterlebt und sah den Humor in seinem Blick.

Sie löste das Band unter ihrem Kinn, nahm das Kleidungsstück des Anstoßes ab und strich ihr Haar glatt. „Findest du alle Hauben hässlich? Oder nur meine?“

„Alle. Die Haare einer Frau sind ihr schönster Schmuck und sollten nicht versteckt werden. *Deine* Hauben verabscheue ich besonders, weil du so wunderschönes Haar hast.“

Clara sah ihn erstaunt an. Sie war tatsächlich stolz auf ihr Haar, aber Daniel hatte ihr noch nie ein Kompliment gemacht, noch nicht ein einziges Mal. Und da war noch mehr. Sein Blick war voll Bewunderung. Clara glaubte fast eine Spur Zärtlichkeit darin zu erkennen. Er nahm das Bein herunter und setzte sich neben sie auf die Mauer. „Also, Miss Endicott, erzählen Sie mir doch einmal, wie eine ernsthafte Schriftstellerin zur Skandalreporterin werden konnte?“

„Wenn du denkst, dass ich mich am Wort Skandalreporterin störe, muss ich dich enttäuschen.“

„Nein. Ich bin einfach nur neugierig, wie das schüchterne Mädchen aus Baltimore als verurteilte Straftäterin in einem Londoner Gefängnis landen konnte.“

„Zu jeder richtigen Abenteuergeschichte gehört ein Verlies, oder nicht?“ Noch am Morgen hatte sie bedauert, dass ihre berufliche Laufbahn in London so abrupt beendet worden war, aber jetzt erschien es ihr irgendwie nicht mehr so tragisch.

„Nicht ablenken. Erzähl mir, was passiert ist“, bohrte Daniel nach.

Clara fuhr mit dem Finger über die moosbesetzten Steine und suchte nach Worten. „Als ich nach London fuhr, hoffte ich, irgendwann Gedichte oder Essays zu veröffentlichen, wie Margaret Fuller oder Henry David Thoreau. Aber alles, was ich geschrieben habe, kam mir blass und nichtssagend vor. Dann lernte ich einen Arzt kennen, der Kinder behandelte, die in Kohleminen schuften mussten.“ Daniel hörte gespannt zu, als sie berichtete, wie sie sich zuerst das Vertrauen der Minenarbeiter erarbeiten musste und die Kinder beim Betreten und Verlassen der Zechen beobachtete. „Ich wollte eigentlich gar keine skandalösen Artikel schreiben, aber als ich wusste, was da vor sich ging, konnte ich nicht mehr schweigen. Kaum hatte ich als Journalistin angefangen, passte auf einmal alles. Ich war gut darin und hatte das Gefühl, meine Fähigkeiten zu

Gottes Ehre einsetzen zu können. Nur dass mich das nicht davon abhielt, ein riesengroßes Desaster aus allem zu machen."

Daniel zog eine Augenbraue hoch und setzte seinen halb amüsierten, halb tadelnden Blick auf. „Bist du immer noch so leicht zu verunsichern? Hat sich denn in all den Jahren nichts geändert?"

„Nicht wirklich", beichtete Clara. Im Schatten der Platane holte Clara all die Ängste und die Gewissensbisse ihres letzten Jahres in London hervor. Wem sonst konnte sie sich so anvertrauen? In London hatte sie sich eine selbstbewusste Schale zugelegt, auf die die meisten Leute hereinfielen, aber Daniel kannte sie noch als unerfahrenes, schüchternes Mädchen ohne Maske. Zwölf Jahre waren vergangen und er sollte eigentlich ein Fremder sein, und doch war er ihr so vertraut, dass sie ihm, ohne zu zögern, ihr Scheitern als Journalistin beichtete. Ihr Versagen vor ihm zu offenbaren war, als würde sie endlich eine Last loswerden, die sie schon monatelang nach unten drückte.

Daniel hörte zu und sagte nichts. Kein Wort der Verurteilung. Er sah sie nur an und schenkte ihr seine volle und ungeteilte Aufmerksamkeit. Irgendwann hatte sie alle ihre Fehler aufgezählt.

„Clara, nenne mir eine andere Frau in der englischsprachigen Welt, die so viel für das Ende der Kinderarbeit getan hat wie du."

Diese Aufforderung überraschte sie. Sie war doch nur ein kleiner Fußsoldat in einer ganzen Armee, die für diese Sache kämpfte. „Nun, da wäre Thomas Gilbert. Und Henry Mayhew erst. Er hat ganz hervorragende ..."

„Ich habe gesagt, nenn mir eine *Frau*. Dein Geschlecht verschafft dir einen erheblichen Nachteil, und ich möchte nicht sehen, wie du jedes Quäntchen Mut aus dir herausprügelst, nur weil du der Meinung bist, nichts geschafft zu haben. Du bist eine Frau, die ganz Erhebliches bewirkt hat, und ich hoffe, du wirst deine Arbeit hier in Amerika fortsetzen."

Daniels Worte waren wie eine Mutspritze. In seiner Gegenwart konnte sie weiter sehen, größer träumen. „Ich hoffe es", sagte sie. „Meine Umwelt genauer kennenzulernen und meine Arbeit zu veröffentlichen, das war das Erfüllendste, was ich je getan habe. Klavier spiele ich immer noch gern – liebend gern –, aber mit dem Komponieren habe ich aufgehört."

„Hast du mir deswegen keine Skizzen mehr zu unserem Duett geschickt?“, wollte Daniel wissen.

Der Satz hing in der Luft, und Clara musste drei Mal überlegen, ob sie richtig gehört hatte. Aber dieses Mal machte er keinen Scherz: Neugier stand ihm ins Gesicht geschrieben, vielleicht auch eine Spur Verletzung. Ein schrecklicher Verdacht keimte in ihr auf. „Ich habe dir Dutzende Kompositionen geschickt.“

Das schien ihn zu überraschen. „Ich habe nie etwas bekommen. Monat für Monat habe ich gewartet, aber es kam nichts. Hast du denn meine bekommen?“

Clara stand auf. „Du hast mir Noten geschickt? Ich dachte, du hättest zu viel zu tun, um dich auch noch damit abzugeben.“

„Zu viel zu tun für Chopin?“ Daniel wollte offensichtlich fröhlich klingen, aber sie konnte hören, dass es in ihm zu brodeln begann. „Wie oft habe ich Noten an deine Tante Helen in London geschickt. Auch Briefe. Hast du sie denn nicht erhalten?“

„Nein“, antwortete sie schwach.

Dahinter steckte ihr Vater. Lloyd und Tante Helen hatten sich zusammengetan, um zwischen sie und dem damals wichtigsten Menschen in ihrem Leben einen Keil zu treiben. Clara fühlte sich hintergangen, aber noch schlimmer war, was sie Daniel damit angetan hatten. Er muss geglaubt haben, sie wolle nichts mehr mit ihm zu tun haben. In der qualvollsten Zeit ihres Lebens musste sie in seinen Augen gewirkt haben wie das unverfrorenste Mädchen der Welt, das einfach nach Europa verschwand und noch nicht einmal seine Briefe beantwortete, für die er seine wenige Freizeit aufgewandt hatte. Kein Wort der Entschuldigung konnte wiedergutmachen, was ihr Vater verbrochen hatte.

Daniel stützte sich auf den Knien ab und drehte nachdenklich einen Grashalm zwischen Daumen und Zeigefinger hin und her. Kurz darauf lachte er schroff auf. „Ich bin so ein Dummkopf.“

„Wieso?“

„Ich habe doch gemerkt, wie dein Vater uns angesehen hat, vor allem am Ende. Ich war mit Sicherheit nicht der Mann, den der ehrwürdige Reverend Endicott für seine einzige Tochter im Sinn hatte. Deine Tante Helen hat offensichtlich deine Briefe an mich abgefangen. Und meine auch.“

„Ich kann nicht glauben, dass sie so etwas Abscheuliches getan haben", stellte Clara erschüttert fest. Aber es war die Wahrheit. Als Mädchen war Daniel Tremain ihr ein und alles, und das hatte ihr Vater als Bedrohung empfunden. Clara fühlte sich schrecklich. „Es tut mir so leid. Mein Vater hatte nicht das Recht, dich aus meinem Leben herauszureißen, nur weil du arm warst."

Daniel lächelte bitter. „Sei nicht naiv. Dein Vater wusste, dass das mit uns gefährlich sein würde, noch bevor wir es überhaupt ahnten." Daniel beugte sich noch ein Stück vor. „Und wie gefährlich", raunte er. Der Unterton in seiner Stimme ließ ihr den Atem gefrieren.

Als er nach ihrer Hand griff und ihr einen Handkuss gab, wollte sie sich ihm entziehen, aber Daniel ließ sie nicht los. „Sehr gefährlich sogar." Erneut berührten seine Lippen ihre Hand. Warum hatte diese kleine Geste so große Wirkung auf sie? Der Kuss war so anständig wie nur möglich. Er hätte selbst der Königin von England so einen Handkuss gegeben, und niemand hätte sich dabei etwas gedacht, aber ihr lief ein wohliger Schauer den ganzen Arm hinauf.

Endlich ließ er ihre Hand wieder los, und Clara wusste, dass er recht hatte. Welches sechzehnjährige Mädchen konnte mit den Qualen der Schwärmerei umgehen, die sie durchgemacht hatte, als Daniel noch das Zentrum ihres kleinen Universums war? Selbst jetzt noch spürte sie genau, wie sie sich gegenseitig wie zwei Magnete anzogen. Es war seltsam und aufregend zugleich, und Clara beschloss, lieber das Thema zu wechseln.

„Waren sie denn gut? Die Stücke, die du mir geschickt hast?"

Daniel verdrehte die Augen. „Jugendlicher Schrott. Größenwahnsinnige Schwelgereien. Möchtest du mich besuchen und sie dir anhören?"

„Du hast sie noch?"

„Natürlich. Ich habe sie doch für dich geschrieben."

„Unbedingt." Clara setzte sich wieder neben ihn. „Erzähl mir von deinem großen Unternehmen. Ich sollte dir wohl mit etwas mehr Unterwürfigkeit begegnen, schließlich bist du jetzt ein richtiger Firmentycoon."

„Ja, das solltest du." Daniel berichtete von seiner Firma und dem

Haus, das er im Norden Baltimores für seine Familie gebaut hatte. Darauf war er besonders stolz, wie es schien.

Die Jahre waren wie weggeblasen, und sie waren wieder zwei entrückte Jugendliche. Beim Reden fiel Daniel eine Locke ins Gesicht, genau wie früher, wenn sie miteinander diskutiert hatten. Clara musste die Hände fest ineinanderklammern, um sie ihm nicht aus der Stirn zu streichen. Um die Augen hatte er kleine Lachfältchen und diesen verschmitzten Blick, wenn er grinste. Ihr bester Freund war zurück, aber er war zum Mann geworden. Und Clara war sich so gar nicht sicher, ob sie es bei ihrer Freundschaft würden belassen können. Wie sollte sie ruhig und vernünftig bleiben, wenn er sie dermaßen anzog? Daniels Magnetfeld war so stark wie die einsetzende Flut, und Clara gingen die Gründe aus, warum sie ihm widerstehen sollte.

Auf einmal stand die Sonne niedrig und warf lange Schatten auf die Wiese. Clara versuchte, die Anzeichen für den nahenden Abend zu ignorieren, weil sie den Nachmittag mit jeder Faser genossen hatte und nicht wollte, dass er schon endete. Das Publikum war schon vor Stunden aus dem Opernhaus geströmt, und ihr Vater würde sicher nach ihr suchen lassen, wenn sie nicht bald nach Hause kam.

„Es wird langsam spät …“, sagte sie schließlich zögerlich.

„Ich lasse dich nur gehen, wenn wir uns wiedersehen.“ Bei seiner Direktheit musste Clara sich ein Schmunzeln verkneifen.

„Wann?“

„Morgen.“

Sie zögerte. „Da kann ich nicht. Ich habe Clyde versprochen, ihn ein paar Tage nach Washington, D. C. zu begleiten. Er trifft sich wegen des Navajoreservats mit einigen wichtigen Leuten, und ich würde die Gelegenheit gern nutzen, um ein paar Mitglieder des Kongresses kennenzulernen. Das darf ich mir nicht entgehen lassen.“

„Ich habe *Zwei Rhapsodien* von Brahms“, lockte Daniel. „Ganz neu. Kam letzte Woche als Eilzustellung.“

„Ist nicht wahr!“ Sie liebte Brahms, und so, wie Daniel sie anfunkelte, wusste er, dass seine Einladung sehr verlockend war.

„Wir könnten uns am alten Konservatorium treffen“, schlug er vor. „Um der alten Tage willen. Es steht zwar leer, aber es ist noch da.“

Clara stand auf und klopfte sich das Moos vom Rock. In ihrem Ohr tönte noch die Warnung ihres Vaters. „*Lass nicht zu, dass dieser Junge dich von deinen Lebenszielen abbringt!*" Wie oft hatte sie diese Leier gehört? Clara biss sich auf die Lippen und ärgerte sich, dass der Satz in dieser Situation so gut passte. Das Gefühl des Betrogenwerdens wegen der abgefangenen Briefe war noch frisch, aber in gewisser Weise hatte ihr Vater recht. Daniel konnte sie immer so schnell verwirren, und außerdem hatte sie nur wenige Wochen, bevor Clyde wieder nach Arizona ziehen würde. Daniel war jetzt schon eine gefährliche Versuchung für sie, und sie konnte Clyde nicht wegen einer brahmsschen Rhapsodie den Rücken zukehren.

„Ich bin doch in drei Tagen wieder zurück", versuchte sie es mit einem Kompromiss und nahm sich vor, standhaft zu bleiben. Eine gute Schwester stand zu ihrem Versprechen und ließ sich nicht von einem Mann wie Daniel hinreißen. Sie sollte sich schämen, überhaupt darüber nachgedacht zu haben.

„Gegen Ende der Rhapsodie in h-Moll ist der Fingersatz so wild und verrückt, das würden wahrscheinlich noch nicht einmal deine flinken Finger schaffen."

Wieder biss sich Clara auf die Lippe und fragte sich unweigerlich, was Herr Brahms sich dieses Mal hatte einfallen lassen. Wie sehr sie diese Noten sehen wollte! „So schwer?"

„Willst du es probieren? Treffen wir uns morgen."

Sie stieß ihn mit dem Ellbogen an und er erwiderte den Stupser. Als junges Mädchen wäre sie der Versuchung erlegen, aber sie wollte zumindest den Eindruck machen, dazugelernt zu haben. Gekonnt warf sie einen koketten Blick über die Schulter und ging davon. „In drei Tagen am Konservatorium. Und vergiss ja nicht die Noten!"

KAPITEL 5

Tief in den Wäldern Vermonts, weit abgelegen und fernab jeder Straße, die auf einer Karte verzeichnet war, stand ein aus Granitsteinen errichtetes Herrenhaus. Wachhäuschen, ein schmiedeeiserner Zaun und eine Meute Hunde machten das Haus zu einer uneinnehmbaren Festung. In einem abgelegenen, opulenten Bibliothekszimmer im Nordflügel saß ein junger Mann mit dem Gesicht eines Engels und las. Er war siebzehn, hatte blondes Haar und blaue Augen und sah jünger aus, als er war.

Alexander Banebridge, kurz Bane, hatte sich mit Begeisterung über die Bücher in Professor Van Brackens kleiner Bibliothek hergemacht, wann immer er Gelegenheit dazu bekam. Vor ihm ausgebreitet lagen diverse Bände über jedes Detail der Ming-Dynastie, darunter die Regierungsform, die Handelsrouten und die Kriegsführungsstrategien. Bane hatte nie eine Schule besucht, aber er brauchte ein breit gefächertes Wissen, wenn er je die Macht erlangen wollte, nach der er lechzte. Die Geografie beherrschte er bereits: Er kannte die Kalifate Arabiens und die Provinzen Chinas genauso gut wie die Bundesstaaten seines eigenen Landes. Er kannte jeden schiffbaren Fluss in den Vereinigten Staaten und wusste genau, wie der Gezeitenstrom funktionierte. Auch die Wirtschaftslehre und Politikwissenschaft hatte er sich mit Leichtigkeit erarbeitet, aber wenn er mit derselben Kultiviertheit auftreten wollte wie Professor Van Bracken, musste er auch noch Geschichtswissen hinzufügen. Niemals wollte Bane so aussehen wie die tollpatschigen Schlägertypen, die für den Professor des Öfteren die Drecksarbeit verrichteten. Wissen und List waren viel effektiver als bloße Gewalt.

Bane prägte sich gerade die chinesische Kriegsphilosophie ein, als die Tür aufging. Die matronenhafte Letty Garfield trat ein und wischte sich die Hände an der Schürze ab.

„Alex?", fragte sie und kam auf ihn zu. Sie war die Einzige, die ihn mit Vornamen anredete, als würde sie sich weigern, sich auf das primitive Niveau der anderen herabzulassen, die hier wohnten. „Ich habe gerade einen frischen Apfelkuchen aus dem Ofen geholt. Soll ich dir ein Stück bringen?"

Bane richtete sich auf und tat, als wäre er enttäuscht. „Apfel? Ich habe Sie in der Küche hantieren gehört und hatte so gehofft, es wäre Pfirsich."

Er beobachtete, wie sich Sorgenfalten auf Mrs Garfields Gesicht ausbreiteten. „Oh, das tut mir wirklich leid ... hätte ich doch nur gewusst ..."

„Ich habe mich schon den ganzen Tag auf Pfirsichkuchen gefreut. Den mit Pekannüssen im Teig."

Mrs Garfield klopfte ihm auf die Schulter. „Dann sollst du einen haben", sagte sie beschwichtigend. „Ich fange sofort an. Es dauert nicht lange. Und dann wirst du deinen geliebten Kuchen haben, Alex."

Bane lächelte. Es war so einfach, Mrs Garfield zu manipulieren. Er sollte es nicht übertreiben. „Sie sind die Beste, Mrs Garfield."

Bane sah ihr nach und fühlte sich nicht im Geringsten schuldig, auch wenn er den Kuchen überhaupt nicht wollte. Schließlich war sie es gewesen, die ihm als Sechsjährigen ständig Opium verabreicht hatte, um ihn ruhig zu stellen. Die ersten Wochen nach seiner Entführung waren nur noch ein Schleier aus Tobsuchtsanfällen und Opiumtee, bevor Bane lernte, in dieser zwielichtigen Welt zu überleben. Er sah es noch vor sich, wie Mrs Garfield das abscheulich süße Opium löffelweise in den Tee rührte, bevor sie ihm lächelnd die Tasse hinstellte.

Zwei Stunden später, Bane hatte gerade die Einfuhrbedingungen der kanadischen Häfen vor sich, kehrte Mrs Garfield mit einem dampfenden Stück Pfirsichkuchen zurück. „Bitte sehr." Sie stellte ein Glas Milch neben den Teller. „Pfirsich, ganz wie du wolltest. Und der Professor hat mich gebeten, dir diese Akte zu geben, die heute mit der Post kam. Er meinte, du würdest ihre Bedeutung kennen."

Mrs Garfield zog einen dicken Umschlag hervor, den sie sich unter den Arm geklemmt hatte. „Wunderbar!", rief Bane aus und musste dieses Mal nicht so tun, als wäre er begeistert. Seit Wochen wartete er auf die Sendung aus Baltimore. Er schob die Bücher beiseite und riss den Umschlag auf.

„Brauchst du noch etwas?“, fragte Mrs Garfield. Als Bane den Kopf schüttelte, lief sie zur Tür des Bibliothekszimmers. „Sehr schön. Ich werde dann die Betten im Turmzimmer beziehen. Falls du etwas brauchst, findest du mich dort.“

Bane nickte geistesabwesend und war schon in den Inhalt des Umschlags vertieft. Ein unscharfes Foto von Daniel Tremain klemmte an einem Zeitungsartikel, der über die aktuellen Entwicklungen bei *Carr & Tremain Polytechnic* informierte. Der Professor plante, Tremain auszustechen, und hatte Bane diese Aufgabe übertragen. Eigentlich war er für solch eine Verantwortung zu jung, aber der Professor hatte Bane nicht widerstehen können. Wenn er es schaffte, Tremains Firma zu ruinieren, winkte eine gewaltige Belohnung.

Kanada.

Der Professor hatte ihm das Opiumgeschäft in Kanada angeboten.

Endlich würde er weit, weit wegziehen. Vancouver war das Weiteste, wohin er sich vom Professor entfernen konnte, ohne sein kriminelles Imperium zu verlassen, das sie alle reich gemacht hatte. Nicht dass ihm Geld besonders wichtig war. Ihm ging es um Macht. Die Möglichkeit, seine Zukunft selbst zu bestimmen, war ihm mit sechs Jahren geraubt worden, und nichts war verlockender für ihn, als die Kontrolle über sein Leben wiederzuerlangen.

Monatelang hatte er alles gelesen, was er über seine zukünftige Heimat finden konnte. Jedes Buch über die kanadische Geschichte und Kultur hatte er begeistert verschlungen. In seinem Schlafzimmer hatte er Postkarten der blühenden Stadt Vancouver an die Wand gesteckt und betrachtete sie jeden Abend beim Einschlafen. Ein Reihenhaus mit Blick auf den Barkley Sound sollte sein neues Zuhause werden. Es lag in Laufdistanz zu einer Bibliothek und hatte für seine Geschäfte einen direkten Zugang zum Hafen. Er würde dem Professor nach wie vor Rechenschaft schuldig sein, aber dank einer Distanz von mehreren Tausend Meilen, die dann zwischen ihnen lag, würde er zum ersten Mal in seinem Leben frei atmen können.

Aber nur wenn er die Prüfung bestand. Bane las den Artikel über Tremain aufmerksam durch, und nach ein paar Minuten formte sich ein stilles Lächeln auf seinen Lippen.

Es verhielt sich genau so, wie er es vermutet hatte. Daniel

Tremain war ein brillanter Erfinder, aber auch leichtsinnig und unbeherrscht. Ein Mann, dem die Pferde durchgingen. Als solcher wäre er leicht zu manipulieren. Bane hatte gelernt, wie man diese Gefühle unterdrückte und sich auf kühle Logik verließ, um eine Situation zu kontrollieren. Wie viel Spaß würde es ihm bereiten, sich mit Daniel Tremain zu messen. Bane legte den Artikel beiseite und las die nächste Seite mit dem kurzen Lebenslauf von Tremain. Dort stand, dass er mit einundzwanzig schon sein erstes Patent angemeldet hatte und seitdem unaufhaltsam eine Erfindung nach der anderen produzierte.

Bane griff nach dem Foto. Es war schwer, keine Bewunderung für den Mann zu empfinden, der sich ganz ohne Privatschulen und eine einflussreiche Familie im Rücken so schnell nach oben gearbeitet hatte. Würde er ihn tatsächlich schlagen können? Wer würde in dem Kampf Logik gegen Leidenschaft gewinnen?

Plötzlich schoss ihm ein Gedanke durch den Kopf. Warum machte Mrs Garfield das Turmzimmer fertig? Bane stand so schnell auf, dass der Stuhl hinter ihm krachend umfiel. Er verließ das Bibliothekszimmer und hastete zwei Treppen hinauf. Mrs Garfield machte gerade das Bett. „Was ist hier los?"

„Ich vermute, der Professor erwartet den nächsten Gast", sagte die Köchin und steckte das Laken unter die Matratze.

Gast. Geisel war wohl das richtige Wort.

„Seit dem kleinen Kenny O'Hanlon gab es keinen Gast mehr", sagte Bane ruhig.

Scham breitete sich auf Mrs Garfields Gesicht aus. Ihr Blick huschte hin und her und ihre Mundwinkel zeigten nach unten, aber sie griff nach der Decke und breitete sie auf dem Bett aus. „So eine Tragödie", sagte sie schließlich. „Der arme Kenny."

Bane ließ den Blick durch das Zimmer schweifen. Hier gab es alles, was ein Kinderherz begehrte: Spielzeug, Stifte, Bücher. Draußen stand sogar ein Pony im Stall. Wenn der nächste Junge Glück hatte, würde sich sein Vater schnell auf das Geschäft einlassen, das der Professor ihm vorschlug.

Banes Kiefermuskeln arbeiteten. Mitleid empfand er mittlerweile kaum noch, aber der körperliche Missbrauch eines Kindes brachte es dann doch schneller wieder zutage als alles andere.

„Kein Opium", sagte er.

Mrs Garfield sah auf. „Wie bitte?"

„Geben Sie ihm kein Opium. Wenn er Schwierigkeiten macht, sagen Sie mir Bescheid und ich werde ihm zeigen, wie man sich benehmen muss, damit der Professor nicht wütend wird. Es werden keine Drogen nötig sein." Mrs Garfield nickte beschämt.

Vielleicht würde Bane eines Tages sogar den Professor überlisten und sich sein ganzes Imperium unter den Nagel reißen. Aber bis dahin konnte er nur sehr wenig für das Kind tun. Besser als jeder andere wusste Bane, dass der Kleine nur überleben konnte, wenn er äußerst clever und sehr geduldig war.

Das nächste Opfer im grausamen Spiel des Professors durfte ihn aber nicht von seinem Ziel ablenken. Er musste seine Prüfung bestehen und Tremain ruinieren. Nur dann würde man ihm Kanada übertragen. Nur dann würde er Tausende von Meilen zwischen sich und dieses Horrorhaus bringen.

Er sollte besser damit beginnen, sich einen Plan zurechtzulegen, wie er Tremain in die Falle locken wollte.

KAPITEL 6

Es klopfte an der Tür und Daniel eilte die geschwungene Treppe vom ersten Stock seines Hauses in die Eingangshalle herunter. Morgens fuhr ihn normalerweise Manzetti ins Büro, aber heute hatte Daniel noch etwas zu besprechen, bevor der Arbeitstag richtig begann.

Die Morgensonne durchflutete das Haus, als er die Tür aufriss. „Was kostet es, den ganzen Koks an der Ostküste aufzukaufen?", fragte Daniel ungeduldig.

Manzetti nahm seinen Hut ab und trat ins Haus. „Ich wünsche dir auch einen guten Morgen."

Daniel warf Manzettis Hut auf den Tisch im Eingangsbereich. „Komm mit ins Bibliothekszimmer. Ich habe einen neuen Plan." Warum Manzetti sich mit Höflichkeiten aufhalten wollte, wenn sie doch eine Strategie zurechtzimmern sollten, war ihm ein Rätsel. Daniel war mitten in der Nacht mit einer ganz neuen Strategie für den Krieg gegen Forsythe aufgewacht. Koks war ein Nebenprodukt von Kohle und ein essenzieller Bestandteil bei der Verhüttung von Eisenerz. Ohne Koks konnte man keinen Stahl herstellen, und wenn Daniel den ganzen Markt leer kaufte, würde es Monate dauern, bis *Forsythe Industries* neuen Koks erhielt.

Im Bibliothekszimmer ging Daniel schnurstracks auf seinen Schreibtisch zu und setzte sich. „Ich möchte, dass du den ganzen Koks auf dem Markt in Philadelphia aufkaufst und auch jemanden zur Börse nach Chicago schickst. Wenn Forsythe dann auch nur ein Pfund Koks haben will, muss er bei der Konkurrenz betteln gehen."

Manzetti ließ sich auf ein Sofa fallen und fuhr sich mit seiner gewaltigen Hand durchs Haar. „Du hast noch nicht einmal das Geld, um Miss Lornas Haus abzubezahlen, und jetzt willst du die ganzen Koksmärkte leer kaufen?"

„Wir werfen den Koks ja nicht weg. Früher oder später werden wir ihn brauchen."

Nur das Ticken der mit Gold verzierten Uhr auf dem Kaminsims durchbrach die Stille. Manzetti rutschte auf seinem Platz hin und her und rieb sich die Hände an seinem rauen Hosenstoff. Er hatte einen guten Instinkt, und Daniel merkte, dass ihm irgendetwas an seinem Plan nicht schmeckte.

„Spuck es aus“, sagte Daniel. „Was immer es ist, raus damit.“

Manzetti richtete sich auf. „Wenn wir Forsythe den Kokshahn abdrehen, stehen seine Stahlwerke wochenlang still. Vielleicht sogar länger.“

„Genau.“

Manzetti runzelte die Stirn. „Und was ist mit den Arbeitern? Forsythe bezahlt sie nicht fürs Nichtstun. Ich jedenfalls habe nicht vergessen, wie es ist, Hunger zu leiden. Du vielleicht?“

Das einzige Mal in seinem Leben, dass Daniel Hunger gelitten hatte, war in den Wochen nach dem Tod seines Vaters. Fünf Tage nach der tödlichen Boilerexplosion hatte Daniel herausgefunden, dass die Sicherheitsventile defekt gewesen waren. Forsythe hatte davon gewusst, sich aber nicht die Mühe gemacht, sie auswechseln zu lassen. Es war nur eine Frage der Zeit gewesen, bevor eins davon platzte, und Daniels Vater hatte gerade die Boiler gewartet, als es passiert war. Alfred Forsythe hätte genauso gut eine durchgeladene Waffe am Abzug aufhängen können. Daniel hatte sofort gekündigt, nachdem er die defekten Ventile entdeckt hatte. Das war unüberlegt und leichtfertig gewesen, aber in dem Moment waren die Gefühle mit ihm durchgegangen und über die Konsequenzen hatte er nicht nachgedacht. In den folgenden Wochen hatte er die zermürbende Angst kennengelernt, seine Familie nicht mehr ernähren zu können. Er hatte heimlich alles zum Pfandleiher gebracht, was er konnte, und Mahlzeiten ausgelassen, damit seine Schwestern etwas zu essen hatten. Später hatte er sich mit Ian Carr zusammengetan, der ein Allroundtalent brauchte, um die Maschinen seiner kleinen Eisenbahngesellschaft zu warten. Darüber hatte er aber das Gefühl von Hunger nie vergessen.

„Ich bin mir bewusst, dass das für einige Leute hart werden wird“, sagte Daniel bedächtig. „Aber auf lange Sicht ist es besser für seine Arbeiter und die Stadt, wenn Forsythe pleitegeht. Soll jemand die Stahlwerke übernehmen, der die Maschinen warten lässt und seine Leute ordentlich bezahlt.“

Manzetti stützte die Ellbogen auf den Beinen ab und starrte auf den Teppich. Wenn irgendjemand Daniels vor sich hin brodelnde Wut verstehen konnte, dann Joe Manzetti. Bei dem Unfall seines Vaters war er dabei gewesen. Er hatte die verbrannte Haut gerochen und Daniels Hilflosigkeit mit angesehen, als er den leblosen Körper seines Vaters an sich gedrückt hatte. Und Manzetti hatte Daniel auf jedem mühsamen Schritt aus der Armut in die entspannte Welt des Wohlstands begleitet.

„Du weißt, dass ich dir sogar in den Abgrund folgen würde", sagte Manzetti schließlich. „Aber ich weigere mich, etwas zu tun, was die Arbeiter von Forsythe um Lohn und Brot bringt. Da musst du dir jemand anderen suchen."

Daniel ließ sich nichts anmerken, aber Manzettis unverblümte Absage war für ihn ein Schock. Alarmiert sah er Manzetti direkt an und ging im Kopf seine Möglichkeiten durch, ihn doch noch ins Boot zu holen. „Ich gebe jedem von Forsythes Männern Arbeit, der bei *Carr & Tremain* anheuern will."

Manzetti verdrehte die Augen. „Allein in Baltimore hat Forsythe knapp eintausend Arbeiter. Du kannst sie nicht alle einstellen, ohne dabei selbst unterzugehen."

Er hatte recht. *Carr & Tremain* hatte einige Expansionspläne in die Tat umgesetzt, weil durch den Börsengang neue Gelder winkten. Jetzt, wo wegen Daniels Weigerung, Lizenzen an Forsythe zu verkaufen, die ganze Sache auf der Kippe stand, mussten sie jeden Kauf aus der eigenen Schatulle bestreiten.

„Den Koks zu kaufen bremst Forsythe wahrscheinlich nur ein, zwei Wochen aus", beschwichtigte Daniel Manzetti. „Drei Wochen höchstens. Niemand wird am Hungertuch nagen."

Manzetti blieb ruhig. „Such dir jemand anderen dafür."

Daniel seufzte. Manzetti war nicht nur ein Angestellter; er war sozusagen sein einziger Freund. Gut, Clara war wohl zurück, aber es war Manzetti, der in all den düsteren, erbarmungslos mühsamen Jahren an seiner Seite gewesen war, um jedes Patent gekämpft und jede Geschäftsstelle mit eröffnet hatte. In der Vergangenheit hatte Daniel auf seinem Feldzug gegen Forsythe immer auf Manzetti zählen können, aber offensichtlich gab es Dinge, zu denen Manzetti sich nicht herablassen wollte.

Nicht so Daniel. Er wusste, Forsythe würde nicht kampflos aufgeben, und er wollte diesen Kampf bis zum bitteren Ende führen. „Du weißt, dass ich ohne Weiteres jemanden finden würde, der meine Anweisungen befolgt."

„Bestimmt. Entlass mich, wenn du willst, aber ich will nachts noch schlafen können."

Daniel machte eine ungeduldige Geste. Er würde Manzetti genauso wenig feuern, wie er sich den rechten Arm abhacken würde. Und außerdem brauchte er noch bei einer anderen Sache Hilfe. Clara wollte morgen wieder in Baltimore sein, und er musste die alten Stücke finden, die er für sie komponiert hatte. Daniel verfrachtete das Geschäftliche ins Hinterstübchen und stand auf.

„Komm, wir gehen auf den Speicher. Irgendwo in den Stapeln habe ich ein paar Noten, und ich brauche deine Hilfe, um sie zu finden."

Claras plötzliche Rückkehr nach Baltimore kam zum schlecht möglichsten Zeitpunkt. Er hatte gerade Forsythes Versuch zunichtegemacht, ein College zu bauen, und wenn er seine Stahlwerke lahmlegen konnte, würde das für noch mehr schlechte Schlagzeilen sorgen. Nicht dass er sich für sein Handeln schämte; er wollte nur nicht, dass Clara es mitbekam. Sie war das Reine und Unbefleckte in seinem Leben, eine strahlende Figur aus der Vergangenheit, die er vor seiner schwarzen Seele beschützen wollte.

Trotz der frühen Morgenstunde konnte man die staubige Sommerhitze auf dem Speicher bereits spüren. Das hier war der Friedhof seiner Firma geworden, wo alte Streckensignale, Geräte und sogar einige Eisenbahnschwellen lagerten. Im Dämmerlicht, das durch die Dachfenster fiel, sahen die großen Silhouetten seiner Erfindungen wie geisterhafte Schildwachen aus seiner Vergangenheit aus.

„Was suchen wir noch mal?", fragte Manzetti, während seine dumpfen Schritte auf den Brettern widerhallten.

„Noten für Clara Endicott. Ich glaube, sie sind in dem Aktenschrank unter der alten Stellwerkskiste."

„Ist das die Clara Endicott, von der du immer gefaselt hast, als du noch grün hinter den Ohren warst?"

Daniel hatte das längst vergessen, aber Manzetti hatte recht. Damals war das billige Bier in O'Reillys Kneipe das einzige Vergnügen gewesen, was er, Manzetti und sein Partner Ian Carr sich hatten leisten können, und nach einigen davon war er immer unweigerlich auf Clara zu sprechen gekommen.

„Das ist die Clara Endicott, die für die *Times of London* gearbeitet hat", erwiderte er brüsk, fasste unter die eine Seite der Stellwerkskiste und wartete darauf, dass Manzetti die andere Seite nahm. Die Kiste war sicher neunzig Kilo schwer, und sie vom Aktenschrank herunterzuwuchten war eine gute Ablenkung vom Thema Clara Endicott. In den Jahren, nachdem sie aus seinem Leben verschwunden war, hatte er seine Gefühle für sie vergraben wie die Noten im Aktenschrank. Und jetzt war sie zurück und wühlte alles wieder auf.

Unter größter Anstrengung hoben Daniel und Manzetti die Stellwerkskiste an und setzten sie mit einem dumpfen Poltern ab. Befreit vom Druck der Kiste rollten einige der Schubladen knarrend hervor. Daniel hob den Stapel Noten heraus und wurde vom unverwechselbaren Geruch der Seiten in die Vergangenheit entführt. Es war über zehn Jahre her, dass er diese Blätter in der Hand gehabt hatte. Zehn Jahre, seit er Clara aufgegeben und die Noten wegsortiert hatte. Am liebsten wollte er sich die Seiten ans Gesicht drücken und den Duft von Zellstoff und alten Erinnerungen einatmen, aber Manzetti stand direkt neben ihm.

Manzetti wischte sich den Schweiß von der Stirn. „Muss ja eine gewaltige Reporterin sein, deinem verträumten Blick nach zu urteilen."

Daniel schüttelte die Gedanken ab und schob die Schubladen zu. Über Clara wollte er nicht reden. Die Gefühlsmischung in ihm war zu explosiv dafür.

„Die Arbeit ruft", sagte er und ging zielstrebig auf die Treppe zu. „Wir müssen eine neue Testreihe mit dem Heizelement für die Verhüttung machen." Auf dem Weg nach unten verkündete er immer neue Anweisungen für den Arbeitstag, aber er konnte sich nur mit Mühe darauf konzentrieren, denn in seinen Händen hielt er einen Stapel Noten, der ihm einst mehr bedeutet hatte als alle Erfindungen dieser Welt.

Clara stand neben Daniel und betrachtete traurig das alte Konservatorium. Sie musste den Rock ihres mit feiner Lochstickerei bestickten Kleids bis weit über die Knöchel heben, um an den am Boden zerschellten Dachschindeln vorbei über das hochgewachsene Unkraut treten zu können. Die Farbe blätterte von den Wänden wie altes Pergament, und eine Regenrinne hing so schief, als warte sie nur auf einen Windstoß, der sie herunterriss.

Hier konnte niemand mehr Musik machen, denn die Instrumente waren längst fortgeschafft worden. Das Gebäude war in einem so erbärmlichen Zustand, dass man es noch nicht einmal betreten konnte. Daniel erzählte ihr, dass die Stadt schon erwog, es als öffentlichen Schandfleck zu ächten, aber das schien ihm nichts auszumachen.

„Ich habe übrigens die Noten gefunden. Komm zu mir, dort können wir sie spielen. Jetzt guck nicht so traurig."

Clara sah ihn belustigt an und rupfte eine Efeuranke aus einer alten Steinbank. Mit ihrem Taschentuch versuchte sie vergeblich, die alte Hülle eines Käfers davonzuwedeln. Daniel erlöste sie und wischte den restlichen Unrat von der Bank. Dann warf er seine Jacke darüber, damit sie sich setzen konnte, ohne dass ihr pastellgelbes Kleid Moosflecken bekam. Ein Jammer, dass sie heute Nachmittag keine Note mit Daniel spielen würde, aber so schlimm war es auch wieder nicht. Der Duft der wilden Maulbeerbüsche, die sich überall ausgebreitet hatten, war zauberhaft, und Clara genoss es, wieder einmal im Schatten dieses geliebten alten Gemäuers zu sitzen. Ihr Blick wanderte über das Giebeldach und die gotischen Fensterbögen, die fast alle vernagelt oder leer waren. Auch wenn es lächerlich war, Clara hatte das Gefühl, wenn sie lange genug hier saß, konnte sie die Musik hören und das Lachen, das einst das Konservatorium erfüllt hatte.

„Hat es dir eigentlich genauso viel bedeutet wie mir?", fragte sie, ohne den Blick von den Fensterhöhlen zu wenden.

Ein leichter Windstoß bewegte die Maulbeerbüsche, und irgendwo surrte eine Libelle. Jetzt, wo Daniel so erfolgreich war, kamen ihm die Stunden damals vielleicht albern vor. Clara wartete gespannt auf seine Antwort.

„Damals waren wir zu jung, um zu begreifen, dass sich manche

Träume einfach nicht erfüllen", sagte Daniel mit Wehmut in der Stimme. „Und trotzdem haben wir sie geträumt, und sie haben uns die Jahre damals versüßt. Das war die schönste Zeit meines Lebens."

Clara überlegte. Keiner von ihnen war der nächste Chopin geworden, aber das bedeutete ja nicht, dass die Träume vergebens waren. „Aber aus dir ist doch etwas Großes geworden. Mehr, als wir zu träumen wagten!"

„Aber das war es nicht, wovon ich geträumt habe." Als er zum Konservatorium herübersah, wusste Clara, dass er an die gemeinsame Musik dachte und daran, wie sie sich von ihr in eine andere Welt hatten entführen lassen. Auch nach all den Jahren konnte sie kein Crescendo in einer Beethovensymphonie und kein still dahinperlendes Prélude von Chopin hören, ohne daran zu denken, wie sehr sie das als junges Mädchen berührt hatte. Schon die bloße Erinnerung daran löste so viel Sehnsucht aus, dass sie sich nicht traute, noch länger darüber nachzudenken. Es war besser für sie, wenn sie das Thema wechselte.

„Hast du schon *Zwanzigtausend Meilen unter dem Meer* gelesen?", fragte sie und brachte damit eine angeregte Unterhaltung über Jule Vernes Ansichten über die Weltraumfahrt und die Erforschung der Unterwasserwelt in Gang. Die Weltraumfahrt hielt Clara für kompletten Nonsens, aber Daniel war sich da nicht so sicher. Stundenlang hielten sie sich auf der ungemähten Wiese vor dem alten Musikkonservatorium auf, sprachen über Bücher, verglichen das lächerliche Kricket mit Baseball und debattierten über den Kunstgehalt impressionistischer Malerei. Die Schatten wurden bereits länger, als ein Mann auf einem Pferd in ihre Richtung galoppiert kam. Er ließ sich aus dem Sattel gleiten, warf die Zügel über den Zaun und sprang über die kleine Steinmauer. Dann hielt er geradewegs auf sie zu.

Daniel stand auf. „Das muss Manzetti sein, mein Assistent."

Der Mann war völlig außer Atem. Er wischte sich mit einem Taschentuch die Stirn und setzte den Hut wieder auf. „Es geht um Miss Kate", sagte Manzetti atemlos. „Sie ist nicht vom Radrennen zurückgekehrt. Aber das Rennen ist seit dem Mittag vorbei."

Daniel zog seine Taschenuhr heraus. „Es ist vier Uhr. Hast du die anderen Teilnehmer gesehen? Vielleicht wollten sie das Ereignis noch feiern. Kate macht doch ständig irgendetwas, ohne uns Bescheid zu geben." Clara sah, wie ungeduldig Daniel war, aber es spiegelte sich auch echte Sorge in seinem Gesicht.

„Alle sind nach dem Rennen wieder nach Hause zurückgekehrt. Und unten an den Docks scharen sich streikende Arbeiter zusammen."

„Ich weiß. Ich habe ihr gesagt, dass sie sich von dort fernhalten soll."

Manzetti schüttelte den Kopf. „Es breitet sich aus. Die Straßen sind bis zu den Camden Yards blockiert. Die Arbeiter randalieren. Der ganze Güter- und Passagierverkehr ist lahmgelegt. Keiner kann dort raus oder rein. Ich habe es schon versucht."

Daniel wurde blass. Ein dünner Schweißfilm glänzte auf seiner Stirn. „Ich muss sie da rausholen", stammelte er. „Mir egal, wie. Kate muss da raus!"

Clara kannte die Krawalle, die sich im Rahmen von einem Arbeitskampf mitunter ergaben. Bereits in London hatte sie darüber berichtet. Krawalle machten ihr jedes Mal eine Heidenangst, aber verletzt worden war sie noch nie. „Ihr passiert nichts", versuchte sie Daniel zu beruhigen. „Für Außenstehende sieht das immer wie eine chaotische Schlacht aus, aber tatsächlich ist es ein kontrolliertes Chaos. Die Arbeiter haben kein Interesse daran, wohlerzogene junge Damen anzugreifen." Das wusste sie aus Erfahrung.

„Ist mir egal", schnappte Daniel. „Ich will Kate da raushaben."

„Ich habe doch gesagt, alle Straßen sind blockiert …", wiederholte Manzetti.

„Und wenn man die Barrikaden umgeht, indem man durch die Gebäude abkürzt?", schlug Clara vor. Die Bauten im Geschäftsviertel von London waren groß und nahmen oft einen ganzen Häuserblock ein. Fast immer konnte man so ein Gebäude durch eine Tür betreten und irgendwo auf der anderen Seite wieder verlassen. Auf diese Weise konnte man einer Barrikade ausweichen. „Das habe ich oft getan, als ich über die Arbeitskämpfe schreiben musste", erklärte Clara. „Und die Häuser in Camden Yards sind groß genug. Ich zeige euch, wie man das macht."

„Manzetti, wir nehmen dein Pferd", entschied Daniel. Er schwang sich in den Sattel und hielt Clara die Hand hin.

Clara schluckte. Es gab viele Dinge im Leben, vor denen sie Angst hatte, und Reiten stand ganz oben auf der Liste.

„Bitte sag mir nicht, dass du Angst vor Pferden hast", stöhnte Daniel.

Es half nicht, dass dieses Pferd besonders groß war. Clara wich instinktiv vor einer halben Tonne schweißbedeckter, zuckender Muskeln zurück. „Ich glaube, ‚Höllenangst' trifft es eher", sagte sie kleinlaut, während das Pferd tänzelte und stampfte.

Daniel ließ nicht locker. „Komm, Clara. Bei mir kann dir nichts passieren." Clara schluckte erneut und sah in Daniels ernstes, entschlossenes Gesicht. Nur wenige Zentimeter vor ihr wartete seine ausgestreckte Hand, und Clara vertraute ihm. Sie legte ihre Hand in seine, stellte ihren feinen Damenschuh auf seinen Stiefel und schloss die Augen, als er sie nach oben zog. Einen Augenblick später hatte er dem Pferd schon die Sporen gegeben, und sie schlang ihre Arme um seine Hüfte. Todesangst erfasste Clara, während sie die Straße entlanggaloppierten.

Am Wilshire-Park banden sie das Pferd an. Wie Clara vermutet hatte, waren die Gebäude hier groß genug, um die Barrikaden zu umgehen. Es war Samstag und die meisten Häuser waren geschlossen, aber das würde Daniel nicht aufhalten. Die Zigarrenfabrik sah wie ein geeigneter Kandidat aus, um der Blockade auf der McNeill Street zu entgehen.

Daniel nahm sein Taschenmesser zu Hilfe, um einen Bolzen aufzuschieben, tat sich aber mit dem Türschloss schwer. „Gib mir deine Haarnadeln", befahl er. Clara zog zwei Nadeln aus ihrer Hochsteckfrisur und gab sie Daniel. Der bog den dünnen Draht gerade und fädelte ihn konzentriert in das Schloss. Mit der Präzision eines Chirurgs stocherte er mit den zwei Haarnadeln im Schlüsselloch herum, bis es auf einmal hörbar klick machte.

„Wir sind drin", sagte Daniel siegesgewiss. Der penetrante Geruch von Tabak hing in der Luft. Nachdem sie ein wahres Labyrinth aus Gängen und Lagerräumen durchquert hatten, kamen sie in den Saal, wo die Zigarren gerollt wurden. Daniel zog sie weiter voran.

Am südlichen Ende des Gebäudes fanden sie einen Ausgang, durch den sie viel leichter gelangten als gedacht.

Kaum hatten sie die Fabrik wieder verlassen, sah Clara, dass auf den Straßen ein noch größeres Chaos herrschte, als sie befürchtet hatte. Der stechende Geruch von brennendem Öl erfüllte die Luft. Sie entdeckte einen umgeworfenen Wagen, der offensichtlich mit Petroleum übergossen worden war. Die Flammen stiegen meterhoch in den Himmel, während die Schaulustigen vor der sengenden Hitze zurückwichen. Überall waren Fenster eingeworfen und Straßenschilder umgeknickt worden. Eine Handvoll mutiger berittener Polizisten versuchte, die aufgebrachte Menge in Schach zu halten, und wich den fliegenden Steinen aus, so gut es ging.

„Der Sportklub ist am Ende dieser Straße", rief Daniel. „Wenn Kate nur ein bisschen Menschenverstand besitzt, hat sie sich dort verschanzt."

Daniel legte Clara schützend den Arm über die Schulter und sie hetzten die Straße entlang. Bei jedem Schritt knirschten Glasscherben unter ihren Sohlen. Eine Gruppe von Männern riss das Kopfsteinpflaster auf und legte die Steine als Geschosse gegen die anrückende Polizei bereit. Daniel und Clara liefen auf die Post zu, wo ein Haufen von Randalierern versuchte, eine Maschendrahtbarriere am Eingang zu durchbrechen.

„Warum randalieren die an der Post?", wollte Clara wissen.

„Die Postgewerkschaft weigert sich, die Stahlarbeiter zu unterstützen. Das ist pure Rache", erklärte Daniel. Ein Gewehrschuss fiel und Clara zuckte zusammen. Daniel zog sie fort. „Wir nehmen die Parallelgasse. Zu gefährlich!"

Clara ließ sich nicht lange bitten. Aus dem Rufen der Menge waren Sprechchöre geworden, ein Zeichen dafür, dass sich die Sache aufschaukelte. Die Straße hinter der Post war bis auf einige verängstigte Bürger leer. Clara und Daniel kamen gut voran und erreichten bald den Colchester Sportklub.

Der Klub lag neben einem öffentlichen Park, der von der wütenden Menge voll in Beschlag genommen worden war. Als Clara genauer hinsah, merkte sie, dass es zum größten Teil Halbstarke waren, die Steine und Lehmbatzen warfen, keine hartgesottenen Streikenden.

„Komm, wir rennen schnell durch“, schlug Daniel vor. „Im Klub sind wir sicher.“

Am anderen Ende des Parks war Clara völlig außer Atem. „Da, Katies Fahrrad“, rief Daniel erleichtert. Das Rad lag vor dem Backsteingebäude im Dreck. Daniel schlug gegen die Eingangstür, war aber nicht überrascht, als niemand antwortete. Er nahm sein Taschenmesser zur Hand und Claras Haarnadeln und machte sich an die Arbeit.

„Katie?“, rief Daniel, sobald sie das Klubgebäude betreten hatten. „Katie Tremain? Komm her, damit ich dir den Hintern versohlen kann!“ Daniel ging durch das Erdgeschoss, riss die Türen auf und schaute in die Schränke. Das Foyer war leer, und auch aus den hinteren Räumen kam kein Lebenszeichen.

„Daniel? Bist du das?“ Ein dünnes Stimmchen kam von oben, gefolgt von Kates ängstlichem Gesicht, das um eine Ecke lugte. Clara sah eine ausgesprochen hübsche junge Frau. Sie hatte Daniels dunkles Haar und eine schlanke, sportliche Figur. Daniel erwiderte nichts, sondern breitete nur die Arme aus und Katie stürmte die Treppe hinunter. Kaum war sie ihm um den Hals gefallen, brach sie in Tränen aus.

„Ich wusste, dass du kommst“, schluchzte sie. „Ich wusste es einfach.“ Clara war erstaunt, dass sie Kate überhaupt verstehen konnte.

Daniel drückte seine Schwester an sich. „Du hast mir vielleicht einen Schrecken eingejagt“, sagte er. Bildete sie sich das nur ein, oder bebte seine Stimme?

„Ich wusste nicht, was ich tun sollte“, erwiderte Kate. „Die anderen Radler sind alle nach Hause, aber ich hatte eine Panne. Ein Rad blockierte. Ich wollte es in Ordnung bringen, aber da war es schon zu spät. Es tut mir so leid! Ich wusste einfach nicht, was ich tun sollte.“

Daniel antwortete nicht. Er hielt sie umklammert und wiegte sie hin und her. Erst nach einer Weile machte er seine Augen wieder auf. „Clara, das ist meine kleine Schwester Katie.“

Kate löste sich von Daniels Brust. „Hallo Clara“, schluchzte sie. „Hab schon viel von Ihnen gehört.“

„Tatsächlich?“ Clara war davon ausgegangen, dass Daniel sie schnell vergessen hatte, nachdem sie nach London gegangen war.

Dass er auch noch seinen Schwestern von ihr erzählt hatte, das hatte sie nicht erwartet.

„Na klar", sagte Kate, lächelte zaghaft und wischte sich die Tränen aus den Augen. „Immer, wenn wir nicht für die Schule lernen wollten, hat Daniel gesagt, wir sollten uns anstrengen, damit wir einmal so erfolgreich werden würden wie seine alte Freundin Clara." Daniel drückte ihr ein Taschentuch in die Hand, mit dem sie ihre Augen abtupfte. „Ganz egal ob Musik, Sprachen oder Rechtschreibung", fuhr sie fort, „Sie waren immer das Vorbild."

Clara hielt das Ganze für einen Scherz, aber als Daniel rot wurde, merkte sie, dass Kate die Wahrheit sagte. Als Frau, die immer im Schatten ihrer Familie gestanden hatte, fühlte sie sich geehrt.

„Du kannst einfach du sagen. Ich bin Clara. Ich hoffe, das mit dem Vorbild war keine allzu große Bürde für dich. Mein Vater hat mir immer Jeanne d'Arc vorgehalten, und das hat mich nicht selten überfordert."

Daniel überprüfte die leeren Räume. „Könnte sein, dass wir eine Weile hierbleiben müssen. Und hier an den Fenstern ist es mir zu gefährlich."

„In der Küche sind nur wenige Fenster", bot Kate an. „Da hatte ich mich erst versteckt, bin dann aber nach oben gerannt, als jemand einbrechen wollte."

Als die drei sich in der Küche verschanzt hatten, entdeckte Clara eine Schale mit Obst. Es war fast Abendbrotzeit, und sie hatte seit dem Frühstück nichts mehr gegessen. Ihr Magen würde sich selbst verdauen, wenn sie nicht bald etwas zu sich nahm. Unsicher wandte sie sich an Daniel. „Meinst du, das ist in Ordnung?"

„Aber natürlich", erwiderte er. „Ich lasse ein paar Münzen auf dem Tisch liegen."

Clara griff nach einer Apfelsine, riss die Schale ab und stopfte sich ein Stück in den Mund. Daniel tat es ihr gleich. Wie eigenartig vertraut sich das anfühlte, in der Küche auf dem Boden zu sitzen und gemeinsam den Hunger zu stillen. In Claras Leben war es stets um Anstand und Korrektheit gegangen, außer wenn sie mit Daniel Tremain zusammen gewesen war. Bei ihm hatte sie immer einfach sie selbst sein können.

„So, und jetzt möchte ich wissen, wie du in diesen ganzen Schlamassel hineingeraten bist", wandte sich Daniel an Kate. „Und, was du zu tun gedenkst, damit das nicht noch einmal passiert."

Die Frage war berechtigt, und Clara fiel der ernste Ton in Daniels Stimme auf.

„Das war doch nicht mein Fehler", protestierte Kate. „Als ob ich die Krawalle unter Kontrolle hätte. Du hast viel mehr Einfluss auf die Randalierer als ich."

Daniel zog eine Augenbraue hoch. „Und womit begründest du diese Unterstellung?"

„Du bist doch einer von diesen Räuberbaronen, über die sich die Leute beschweren. Wenn Leute wie du ihre Arbeiter besser bezahlen würden, hätten wir diese Probleme erst gar nicht."

Daniel sah sie mit einem Blick an, der ihr durch Mark und Bein gehen musste, aber Kate hielt mit ihrem jugendlichen Übermut dagegen. „Ich würde genauso streiken, wenn ich den Hungerlohn bekäme, den die Eisenbahn zahlt. Das reicht doch hinten und vorne nicht. Was sollen denn die armen Leute machen?"

„Und ich brüste mich noch vor Clara, was für eine kluge junge Frau aus dir geworden ist", stellte Daniel fest. „Ich bitte um Verzeihung. Da war ich wohl etwas zu voreilig."

Kate funkelte ihren Bruder zornig an. „Du bist vielleicht intelligent, aber das heißt noch lange nicht, dass du auch klug bist!" Aus der Verbitterung in ihrer Stimme schloss Clara, dass Kate Sätze wie diese öfter verwendete, wenn sie gegen Daniels unbestreitbare Überlegenheit angehen wollte. Kate stolzierte in eine Ecke der Küche und rollte ihre Jacke zu einem provisorischen Kissen zusammen. „Ich bin müde. Deine Vorträge kannst du dir sparen, Daniel. Und jetzt werde ich schlafen", sagte sie und drehte Clara und Daniel den Rücken zu.

Es war dunkel geworden, aber die Krawalle hatten nicht nachgelassen. Randalierer häuften Müllberge auf, zündeten sie an und warfen Eier gegen Häuserwände. Ihr Vater war sicher außer sich vor Sorge, aber Clara konnte nichts tun, um ihn zu beruhigen. Es war viel zu gefährlich, den Klub zu verlassen. Vom oberen Stockwerk aus konnte sie sehen, wie draußen die Feuer schon auf zwei Gebäude übergriffen. Manzetti hatte den Auftrag erhalten, Reverend Endicott zu informieren, also wusste er immerhin, dass Daniel auf sie aufpasste. Sie würden sicher bis zum Morgen hierbleiben müssen. Kate lehnte an der Küchenwand und war eingeschlafen.

Der Mond ging auf und es wurde kühl. Clara schlang die Arme noch enger um sich. Als Daniel die Bewegung wahrnahm, zog er seine Jacke aus und legte sie ihr um die Schultern. „Warum sagst du mir nicht, dass dir kalt ist?“

Aus dem Seidenfutter strömte Daniels Duft. Clara ließ sich in die wohlige Wärme sinken. So kalt, dass sie unbedingt seine Jacke brauchte, war ihr gar nicht, aber die galante Geste ging ihr eigenartig nah. Das Gewicht und die Qualität der Jacke waren ein fühlbares Zeichen für Daniels Erfolg, und Clara drehte ihm lächelnd den Kopf zu.

„Ist da etwas dran an dem, was Kate sagt?“

Daniel und Clara saßen in der dunklen Küche auf dem Fußboden, die Beine ausgestreckt, und aßen Kirschen. Clara flüsterte, um Kate nicht zu wecken.

„Dass ich ein Räuberbaron bin, der seinen Leuten einen Hungerlohn zahlt? Nicht viel.“

„Und welcher Teil stimmt?“

Daniel seufzte. „Ian Carr und ich haben uns hochgearbeitet, und fast jeden Dollar, den wir verdienen, stecken wir sofort wieder in die Firma. Wir leben nicht wie die Vanderbilts oder Carnegies. Wir haben keine goldenen Armaturen im Bad oder Sommerhäuser auf dem Land. Und ich habe kein Vermögen, das ich an meine Angestellten verpulvern kann. Der Lohn, den ich zahle, ist angemessen.“

„Du brauchst dich nicht zu rechtfertigen. Das war kein Angriff.“

„Aber es fühlte sich so an.“ Auf ihren schweigenden Blick hin fuhr er fort. „Ich kenne deine Artikel, Clara. Ich habe die Londoner *Times* abonniert und alles gelesen, was du je geschrieben hast. Ich weiß, auf wessen Seite du dich hier schlagen wirst.“

Clara deutete in Richtung Straße. „Du meinst, ich würde das da gutheißen? Die Krawalle und wie die Existenzen von kleinen Händlern zerstört werden?“

„Und, tust du es?"

„Natürlich nicht." Obwohl er recht hatte. Generell schlug sie sich eher auf die Seite der Arbeiter, nicht die der Eigentümer. Ihre nächsten Worte legte sie sich sorgfältig zurecht. „Ich habe aber auch manches über dich gehört. Dass du dich weigerst, mit Alfred Forsythe oder mit seinen Firmen Geschäfte zu machen."

„Das stimmt."

„Schadet das nicht deinem Unternehmen? Könntest du nicht viel mehr verdienen, wenn du nicht dreißig Prozent des Eisenbahnsektors aussperren würdest?"

Daniel lehnte sich zu ihr herüber. „Anders als andere Geschäftsleute gibt es für mich Dinge, die mir wichtiger sind als Geld."

„Und dazu gehört, deinen Arbeitern zu schaden?"

Daniel sah aus, als hätte sie ihn geschlagen. „Was soll das denn heißen?", schnappte er.

„Ich meine, wenn du deine Erfindungen auch *Forsythe Industries* zur Verfügung stellen würdest, könntest du eine Menge Profit machen. Und mit dem Geld könntest du deinen Arbeitern einen besseren Lohn zahlen." Sie bewegte sich auf dünnem Eis. Noch nie hatte Daniel sie derart feindselig angesehen. Erschrocken wich sie ein paar Zentimeter zurück.

„Wenn meinen Angestellten ihr Lohn nicht passt, dürfen sie gern für jemand anderen arbeiten", knurrte Daniel verärgert. „Ich will Rache, Clara. Meine Mutter hat Selbstmord begangen, wusstest du das? Sie hat sich aufgehängt. Lorna hat sie in der Küche gefunden und kam heulend zu mir auf die Arbeit gelaufen. Katie war da und hat alles mit angesehen, als ich Mutter herunterschneiden musste. Meinst du, das kann ich einfach so vergessen?"

Clara wurde blass. Es fiel ihr schwer, Daniel anzusehen, und als sie sich überwand, waren seine Mundwinkel voller Verbitterung nach unten gezogen und sein Blick wild und verstört. Auf seinem Gesicht spiegelte sich die pure Rache. Dass ein feiner junger Mann wie Daniel sich davon beherrschen ließ, brach ihr das Herz.

„Seit zwölf Jahren hältst du nun schon an deinem Zorn fest", sagte sie vorsichtig. „Wenn du ihn im Stillen nährst, schadest du nur dir selbst. Und die Rache, auf die du aus bist, schadet auch anderen, die gar nichts dafürkönnen. Die Rache ist mein, spricht der Herr.

Heißt es nicht so in den Sprüchen Salomos? Der Herr wird streiten, und ihr werdet stille sein."

Sein Blick war vernichtend. „Komm du mir nicht mit der Heiligen Schrift."

Seine Worte taten ihr weh, aber er hatte das Recht, wütend zu sein. Sie wagte es nicht, sich vorzustellen, was er in den ersten Jahren nach dem Tod seines Vaters durchgemacht hatte.

„Es tut mir leid. Es steht mir nicht zu, über dich zu urteilen, und ich hätte das nicht sagen dürfen."

Kaum hatte sie das gesagt, da schmolz das Eis in seinem Blick. „Weißt du, was mir leidtut?", seufzte er.

„Was?"

„Dass wir an unserem ersten gemeinsamen Abend seit über einem Jahrzehnt auf dem Fußboden in diesem alten Gemäuer sitzen müssen und ich dich beschimpfe wie ein knorriger Alter."

Seine Entschuldigung kam unerwartet und Clara wäre ihm am liebsten um den Hals gefallen, hätte seine dunklen Locken gestreichelt und ihm versichert, dass sie ihm nichts von alle dem nachtragen würde. Stattdessen hielt sie die Schüssel mit dem Obst hoch. „Wenigstens sind die Kirschen ganz passabel."

Daniel angelte sich eine heraus. „Beim nächsten Mal gebe ich mir mehr Mühe. Gibst du mir noch eine Chance?"

Clara lächelte. „Als ob du darum bitten müsstest."

KAPITEL 7

Lloyd Endicott saß am Schreibtisch und arbeitete an seiner Sonntagspredigt, als Clara ihn mit ihren Befürchtungen konfrontierte. Jeder Schritt fiel ihr schwer, weil sie ahnte, dass dies eins der schmerzhaftesten Gespräche mit ihrem Vater sein würde, das sie je geführt hatte. Er sah freundlich auf, als er sie reinkommen hörte. Wie oft war sie ihm genau hier entgegengetreten und von seinem herzlichen Blick empfangen worden? Claras Mutter war gestorben, als sie gerade einmal zehn Jahre alt war, und von diesem Tag an hatte Lloyd Endicott dafür gesorgt, dass es ihr an nichts fehlte. Egal, wie erschöpft er war, für Clara hatte er immer Zeit gehabt.

Sie zog sich einen Windsorstuhl heran. Ihre Beine waren wie Pudding, als sie darauf sank und den Stapel mit Noten auf der Ecke seines Schreibtisches absetzte.

„Was ist das?", fragte ihr Vater und legte eine Hand auf die Notensammlung. „Deine neuesten Kompositionen?" Der hoffnungsvolle Ton in seiner Stimme war unverkennbar.

„Nein", erwiderte Clara leise. „Das sind Abschriften von Stücken, die ich vor Jahren geschrieben habe. Die Originale habe ich Daniel Tremain geschickt, aber er sagt, er habe sie nie bekommen. Und mir fällt nur ein einziger Grund ein, warum Tante Helen die Post abgefangen hat."

Ihr Vater sah zu Boden. „Ich verstehe", sagte er und klang, als wäre er innerhalb von Sekunden um zehn Jahre gealtert. Der letzte Funke Hoffnung, ihr Vater könne doch nicht verantwortlich dafür sein, verlosch.

„Aber ich verstehe *nicht*", begehrte Clara auf. „Daniel war mein einziger Freund. Musstest du ihn wirklich so gründlich aus meinem Leben verbannen?"

„Clara, du hattest schon längst mehr als nur freundschaftliche Gefühle für ihn."

Es war sinnlos, das zu bestreiten, aber das Gefühl, betrogen worden zu sein, wog schwer. „War ein Ozean nicht breit genug für dich, um sicherzugehen, dass ich ja keine jugendliche Dummheit begehe?“

Ihr Vater konnte sie immer noch nicht ansehen; stattdessen starrte er auf die gelben Notenblätter, die schon ganz vergilbt waren und sich langsam zu wellen begannen. Seine Hand schien die Seiten nun kaum noch zu berühren. „Es ging mir um mehr als nur eine jugendliche Schwärmerei, Clara. Ich war der Meinung, aus dir würde eine Person mit großem Einfluss werden. Damals dachte ich, dein Weg, die Welt zu verändern, würde über die Musik führen. Und Daniel war ein Hindernis auf diesem Weg.“

Clara war wie vor den Kopf gestoßen, aber ihr Vater war noch nicht fertig. „Ich weiß noch genau, wie du dich damals verändert hast. Aus dem schlauen, neugierigen Mädchen wurde jemand, dessen Sätze immer mit ‚Daniel sagt‘ oder ‚Daniel denkt‘ anfingen. Aber für mich war viel wichtiger, was *du* sagst und was *du* denkst.“

„Und mich Zigtausende von Meilen weit wegzuschicken hieltest du für den besten Weg, das herauszufinden?“

„Es war mit Sicherheit der richtige Schritt, damit du weiter auf deinem Weg gehst, ohne von einem jungen Mann abgelenkt zu werden, mit dem du sowieso keinen Umgang hättest haben sollen.“

Clara war sich nicht sicher gewesen, wie ihr Vater auf die Konfrontation reagieren würde, aber dass er sein Verhalten auch noch verteidigte, damit hatte sie am allerwenigsten gerechnet. Dieser Mann war nicht wie ein Vater; er war ein Schulmeister, der aus ihr eine einflussreiche Persönlichkeit machen wollte, die dem Namen Endicott Glanz verlieh. Clara griff nach dem Stapel Noten und drückte ihn an sich.

„Kannst du nicht wenigstens sagen, dass es dir leidtut?“, fragte sie ihn mit zittriger Stimme.

Das Gesicht ihres Vaters wurde weich. „Nein, Clara. Es tut mir nicht leid, dass ich dich vor einem großen Fehler bewahrt habe.“

Plötzlich hatte Clara einen Kloß im Hals. Dass ihr Vater sie liebte, das wusste sie. Von Geburt an hatte er sie mit Zuwendung überhäuft und gefördert, aber der Preis, den er dafür verlangte, war gewaltig. Er erwartete keine Gegenliebe; er wollte Erfolg.

Clara stand auf. „Ich bin jetzt erwachsen, Papa. Ich denke, ich weiß, was ich im Leben will, und ich habe darauf hingearbeitet, als würde mein Seelenheil davon abhängen." Das neue Strahlen in den Augen ihres Vaters machte sie rasend. Würde sie ihr ganzes Leben lang nur eine weitere hübsche Verzierung im Familienbaum der Endicotts sein? „Aber wenn ich mich wieder einmal verirre, wirst du dich dann hinter meinem Rücken einmischen? Genauso wie damals? Ich muss wissen, ob ich dir wieder vertrauen kann."

„Clara, du kannst mir vertrauen, dass ich stets dein Bestes im Sinn habe."

Clara sah ihren Vater gründlich an, aber da waren keine Schuldgefühle, keine Verlegenheit. Dabei hätte selbst die kleinste Spur der Reue geholfen, heilende Luft an ihre Wunden zu lassen. Claras Blick wanderte durch das geräumige Arbeitszimmer. In diesem stillen Heiligtum hatte sie so viele Stunden ihrer Kindheit verbracht. Sie war davon ausgegangen, in diesem Haus neu anzufangen, aber das Gefühl, hintergangen worden zu sein, war zu stark. Sie konnte nicht mehr unter diesem Dach wohnen.

„Vater, ich werde mir eine Wohnung suchen."

„Clara! Das geht nicht. Du bist eine unverheiratete Frau. Das gehört sich nicht!"

Als ob ihr Vater sich je davor gefürchtet hätte, Konventionen zu durchbrechen. Clara hatte von ihrer Arbeit in London noch etwas Geld auf ihrem Bankkonto. Dadurch war sie unabhängig, zumindest für eine Weile. „Clyde wird mir helfen."

Ihr Vater drückte sich vom Schreibtisch weg. „Das ist völliger Unsinn. Das mit den Briefen liegt schon zwölf Jahre zurück. Du wirst hier nicht wegen so einer Kleinigkeit einfach herausspazieren!"

Clara erwiderte seinen Blick. „Da wäre ich mir nicht so sicher."

Neben Clyde in Baltimores Geschäftsviertel die Straße entlangzulaufen war ein Erlebnis für sich. Aus dem hübschen Jüngling von einst war ein erwachsener Mann in Hirschleder geworden, der ein Messer im Beinhalfter trug. Die unbarmherzige Sonne im Südwesten hatte seiner Haut einen Bronzeton verliehen, und sein hellbraunes Haar trug er als Zopf. Die älteren Damen waren fast in Ohnmacht gefallen, als Clyde zum ersten Mal wieder in die Kirche ihres

Vaters stolziert war. Aber trotz seines ungewohnten Aufzugs war Clara stolzer denn je auf ihren Bruder. Er hatte über ein Jahrzehnt an den wildesten Orten der Welt gelebt.

Und nun versuchte Clara, die Zimmerwirtinnen und Vermieter davon zu überzeugen, dass sie und ihr Bruder unbescholten und ehrenwert genug waren, um übergangsweise eine Unterkunft zu mieten. Ihre Namen waren der feinen Gesellschaft von Baltimore ein Begriff, aber erst die persönliche Begegnung mit Dr. Clyde Endicott entschied darüber, wie sie aufgenommen wurden.

„Was hältst du von dem hier?", meinte Clyde und zeigte auf ein Reihenhaus, das ein ganzes Stück von der geschäftigen Straße entfernt stand. Clara und er hatten den größten Teil der letzten beiden Tage damit verbracht, möblierte Wohnungen abzulaufen, die groß genug für sie beide waren. Für die Dauer seines Besuchs in Baltimore wollte Clyde bei ihr wohnen. „Von der Gegend ist das hier noch das Schönste", stellte er fest.

Aber innen war das Haus winzig. „Hier ist gar kein Platz für ein Arbeitszimmer", bemängelte Clara. Sie brauchte einen großen Schreibtisch, wenn sie schrieb, und jetzt, wo Clyde ein Buch über sein Leben im Navajoreservat verfasste, war ein Arbeitszimmer umso wichtiger.

Clyde zuckte mit den Schultern. „Es gibt zwei Schlafzimmer, das genügt mir. Arbeiten werde ich sowieso in Lloyds Bibliothek. Und ich schlage vor, dass du dasselbe tust." Clyde hatte es schon immer besondere Freude bereitet, ihren Vater beim Vornamen zu nennen, und angesichts des derzeitigen frostigen Verhältnisses zu ihm erschien es Clara reizvoll, dasselbe zu tun.

„Jeden Tag nach Hause zu laufen, um seine Bibliothek zu benutzen, macht mein Bestreben nach Abnabelung eher zunichte, findest du nicht?"

„Dann verrate mir doch, mein liebes Schwesterlein, wie du an dein Recherchematerial kommen willst? Das hier ist nicht London. Hier gibt es nicht an jeder Ecke eine erstklassige Bibliothek. Eine bessere als die von Lloyd wirst du hier nicht finden. Und wolltest du nicht sowieso deine Artikel in seiner Zeitung veröffentlichen?"

„Natürlich." Clara war schlau genug, um den Ast, auf dem sie saß, nicht abzusägen. Lloyd Endicott war einer der wenigen Herausgeber im ganzen Land, die bereit waren, die Texte einer Frau abzudrucken. Wenn sie ihren gedemütigten Stolz wiedergewinnen und ihre Karriere als Journalistin wieder aufnehmen wollte, blieb ihr fast keine andere Wahl.

„Dann sieh es als berufliche Pflicht, Lloyds Bibliothek zu benutzen. Außerdem könnten wir dann dieses Häuschen mieten, bis du nicht mehr schmollst. Mir gefällt nämlich die Aussicht hier."

Clara musste zugeben, dass man von der verglasten Veranda aus wunderbar das bunte Treiben vor den Geschäften beobachten konnte. Was ihr aber noch besser gefiel, war der Hinterhof: Dort war ein richtiger Garten. Dieser sah zwar sehr vernachlässigt aus, aber Clara sehnte sich danach, die Hände in der Erde zu versenken und etwas Leben in die wuchernden Schlingpflanzen und Büsche zu bringen.

„Also schön, du hast gewonnen", sagte Clara. „Wenn irgendjemand im Luxus von Vaters Haus baden sollte, dann du. Ich schulde dir also was, weil du meinen Aufpasser spielst."

Clyde zuckte wieder mit den Schultern. „Nehmen wir es als kleine Wiedergutmachung für die jahrelange Tortur, die du mit mir als älterem Bruder durchmachen musstest. Aber glaub ja nicht, dass ich dich mit dem Räuberbaron durchbrennen lasse. Für meinen Geschmack war Daniel Tremain schon immer etwas zu arrogant."

Clara sah zu Clyde, der es sich auf der Veranda bequem gemacht hatte. Das Messer, das länger war als ihr Unterarm, klemmte immer noch an seinem Bein. „Das sagt der Richtige", sagte sie lächelnd. „Außerdem brauchst du dir wegen Daniel keine Sorgen zu machen, weil ich mir in meinem nächsten Artikel die Rivalität zwischen ihm und Alfred Forsythe vorknöpfen werde. Darüber wird er nicht erfreut sein, aber es ist ein wichtiges Thema, vor allem, weil es für die Unruhen unter den Arbeitern verantwortlich sein könnte."

Clara fühlte sich unwohl dabei. Daniel hatte mit seinem Hass auf Alfred Forsythe nie hinterm Berg gehalten, aber das bedeutete noch lange nicht, dass ihm Claras Einmischen gefallen würde. Ihr Instinkt schrie sie förmlich an, dass diese Geschichte erzählt werden musste, aber Clara wusste auch, dass Daniel jeden Versuch, eine Versöhnung zwischen ihm und Forsythe anzustreben, boykottieren würde. Clara konnte nur hoffen, dass sie sich an seinem Feuer nicht die Finger verbrannte.

KAPITEL 8

Das Büro von Alfred Forsythe war in jeder Hinsicht verschwenderisch eingerichtet. Die Wände waren mit roter Velourstapete verziert und überall hingen Kunstwerke von Meistern der Renaissance in vergoldeten Rahmen. Claras Blick wanderte nach oben zu dem goldfarbenen Stuck und einem gemalten Sommerhimmel an der Decke, aus dem kleine Engel Blütenblätter streuten.

Der Eisenbahnmagnat hatte sich bereit erklärt, mit ihr über die schwelenden Spannungen in den Gewerkschaften zu sprechen. Zumindest hatte sie ihm das angekündigt. In Wahrheit wollte sie ein Gefühl dafür bekommen, was für ein Mensch Alfred Forsythe war, und herausfinden, ob er sich auf einen Waffenstillstand mit Daniel Tremain einlassen würde.

Während des Bürgerkriegs war Forsythe General auf der Seite der Nordstaaten gewesen, und seine kerzengerade Haltung signalisierte, dass er es immer noch gewohnt war, das Kommando zu führen. Seine Augen aber hatten sie freundlich angesehen, als er sie ins Büro gebeten hatte. Sein Gesicht zeigte Spuren des Alters, und er trug einen akkurat getrimmten Van-Dyke-Bart.

Forsythe bot ihr Tee und einen Stuhl an einem kleinen Tisch in seinem vornehmen Büro an. „Ich begrüße Ihren Mut, Ihr Anliegen direkt mit mir zu besprechen", setzte er an. „Es ist leider allzu leicht, das Schlimmste von uns Kapitalisten zu denken, weil wir nicht so viel Aufmerksamkeit auf uns ziehen wie brennende Barrikaden oder Familien, die im Hungerstreik für angemessene Löhne sind."

„Ist denn Ihrer Meinung nach an solchen Geschichten etwas dran?", wollte Clara wissen.

Zu ihrer Verwunderung nickte er. „Hunger ist eine Geißel unserer Gesellschaft und die Schande unserer Generation. Angesichts der Produktivität unserer amerikanischen Industrie sollte kein Kind in diesem Land hungern müssen. Aber Krawalle und Sabotage werden kaum zu mehr Arbeitsplätzen führen. Was die Gewerkschaften da tun, verstärkt nur die Spannungen und führt gewiss nicht zu mehr Gerechtigkeit in der Gesellschaft."

Die Leichtigkeit, mit der Mr Forsythe diese Worte sprach, machte Clara hellhörig. Forsythe wollte sich bei der nächsten Wahl als Gouverneur aufstellen lassen. Von einem Mann, der im Begriff war, aufs politische Parkett zu steigen, konnte man erwarten, dass er sich einer Journalistin gegenüber gewählt ausdrücken konnte. Nach fast einer Stunde lenkte Clara das Gespräch in seine eigentliche Richtung.

„Und was ist mit den Spannungen, die es zwischen den führenden Kapitalisten gibt? Spielt der Konkurrenzkampf eine Rolle für die Löhne der Arbeiter?"

Mr Forsythe setzte sich auf. „Ich vermute, Sie spielen auf Daniel Tremain an?"

„Ja."

Er überlegte. „Mr Tremain ist für die Art, wie er aus der Arbeiterklasse zu einem begüterten Mann aufgestiegen ist, nur zu beglückwünschen. Soviel ich weiß, hatte er eine schwere Kindheit und trägt aus dieser Zeit noch einige Narben mit sich herum."

Keine Journalistin, die etwas taugte, ließ sich mit so einer aalglatten Antwort abspeisen. „Ich kenne Daniel Tremain persönlich, und ich denke, wir wissen beide, dass sein Groll sich auf ein bestimmtes Ereignis bezieht."

„Das hat man mir gesagt, ja."

„Haben Sie etwas dazu zu sagen?"

Mr Forsythe beugte sich vor. „Wie gut kennen Sie Mr Tremain und seine Geschichte?"

Es zu leugnen hatte keinen Sinn. „Daniel Tremain ist seit vielen Jahren ein guter Freund der Familie. Aber ich kenne nur seine Version der Geschichte. Ich würde gern Ihre Version hören."

„Ich verstehe." Forsythe stand auf und lief zum Fenster, das den Blick auf das Geschäftsviertel freigab. „In meinem Unternehmen arbeiten mehr als siebentausend Menschen, vom Anwalt an der Wall Street bis zu den Jungs, die in der Gießerei Kohlen schaufeln. Stahlerzeugung und Gleisbau, das ist harte, dreckige Arbeit, für die meine Arbeiter gut bezahlt werden. Aber es ist auch gefährlich. Menschen verletzen sich, und manchmal sterben sie."

Er drehte sich um. „Ich habe sechs Stahlwerke, Miss Endicott, und in jedem gibt es unzählige Boiler, Schmieden und Öfen. Und jedes Gerät besteht aus Hunderten von mechanischen Einzelteilen. Ich bezahle Leute dafür, dass sie die Gerätschaften warten. Man kann mich doch nicht dafür verantwortlich machen, wenn in einer dieser Maschinen ein Ventil falsch eingebaut wurde."

„Mr Tremain ist der Meinung, dass die Sicherheitsventile defekt waren. Und dass diese Tatsache schon vor dem Unfall bekannt war, aber die Anweisung lautete, defekte Teile nicht zu ersetzen, bis sie den Dienst endgültig versagen."

„Eine Unfalluntersuchung hat mein Unternehmen von jedem Vorwurf freigesprochen. Der Unfall ist außerdem schon zwölf Jahre her. Jetzt noch an genauere Informationen zu kommen ist unmöglich."

Mr Forsythe zog sich einen Stuhl heran und setzte sich zu Clara. Dabei verlor er ein wenig von der Steifheit, die ihn so formell bleiben ließ. „Miss Endicott, wenn Sie irgendwelche Erkenntnisse mitbringen, wie ich diesen Rachefeldzug beenden kann, würde ich sie gern hören. Dieser Unfall hat unser beider Firmen geschadet und nichts gebracht. Was *will* dieser Mann?" Forsythes Stimme klang frustriert. Sein Blick war fast flehentlich.

„Ich denke, er möchte eine Entschuldigung."

Forsythe erstarrte. „Das wird nicht passieren."

„Aber es ist Ihre einzige Chance, diese Fehde zu beenden."

„Ich habe nichts falsch gemacht", empörte er sich. „Ich weigere mich, für etwas um Entschuldigung zu bitten, was vor über einem Jahrzehnt passiert ist, noch dazu an einem Gerät, das ich nie berührt habe. Das werde ich nicht tun!" Seine Stimme überschlug sich und Clara zuckte innerlich zusammen. Genau denselben unversöhnlichen Ton hatte Daniel angeschlagen, wenn er über Forsythe sprach, und Clara ahnte, dass wenig Hoffnung auf einen Kompromiss bestand.

Daniels Haus hatte klare Linien und war modern, mit einem Säulenvorbau auf der gesamten Fassadenlänge. Der Boden im Innern bestand aus dunklen Schieferfliesen, die Wände waren mit hellem Holz getäfelt. Licht strömte durch die übergroßen Fenster in alle Räume, die mit Ledermöbeln behaglich ausstaffiert waren.

Daniel schien eigenartig zögerlich, als er Clara durch die Zimmer führte, die alle nach Zitronenpolitur dufteten und ohne den ganzen Tand auskamen, der die meisten Häuser der Oberschicht füllte. Er beobachtete sie beim Rundgang, achtete darauf, wohin ihr Blick fiel und welche Gegenstände ihre Aufmerksamkeit weckten. Dass er überaus stolz auf sein Haus war, merkte man ihm an, aber er schien trotzdem ihre Bestätigung zu suchen. „Und das hier habe ich von den Lizenzeinnahmen für das letzte Patent gekauft", sagte er und deutete auf ein Gemälde, das im Salon über dem Kamin hing.

Es war ein beeindruckendes Werk, eine Explosion aus bernstein- und safrangelben Spritzern und Sprenkeln. Clara starrte es einige Zeit an. „Ist das … ist das ein Sonnenuntergang?", fragte sie.

Daniel betrachtete das Bild. „Ich glaube schon. Manchmal sieht es auch aus wie ein Feuerstoß. Oder das Gelbe in einer Blume. Es ist immer das, was du darin siehst."

Dieser Künstler machte keinerlei Anstalten, realistisch zu sein. Ein solches Gemälde hatte Clara noch nie gesehen, aber es hatte Ausstrahlung und war seltsam faszinierend. „Es hat so etwas Unwirkliches", stellte Clara fest. „Die Farben sind wundervoll, aber ich weiß nicht, was ich davon halten soll."

„Es ist eben modern", erwiderte Daniel. „Ich mag nun mal Dinge, die neu und zukunftsweisend sind."

„Das merkt man", antwortete Clara und ließ den Raum auf sich wirken. Wenn Daniel vor den Erinnerungen an sein Elternhaus fliehen wollte, das alt und baufällig gewesen war, hatte er in diesem Haus gute Chancen.

„Und das hier ist mein Lieblingszimmer", erklärte er und führte Clara in eine kleine Bibliothek, in der die Bücherregale vom Boden bis zur Decke reichten. Der Raum erstreckte sich über zwei Etagen und hatte ringsherum eine kleine Balustrade. Ein Oberlicht krönte das Zimmer und bot einen Blick geradewegs in den Himmel. Die Bibliothek diente augenscheinlich auch als Musikzimmer, denn in einer Ecke stand ein Flügel. Ein Cello lehnte an der Wand, und Notenstapel lagen auf einen Notenständer aus Messing. Ein massiver

Tisch dominierte die Raummitte, auf dem allerlei Gerätschaften, Messinstrumente und Zeichenwerkzeug lagen.

Daniel schlenderte zu einem Stuhl neben dem Flügel und griff nach dem Cello. „Bist du bereit, das große Meisterwerk zu hören, das ich für dich geschrieben habe?“

Clara setzte sich auf den Klavierhocker. „Ich warte schon seit Jahren darauf.“

„Ich warne dich. Damals durchlitt ich gerade die unbändigen Qualen eines heranwachsenden Jünglings. Ich wette, das merkt man.“ Aber dann strich Daniel mit dem Bogen über die Saiten und stimmte den tiefen, klagenden Gesang des Cellos an. Clara ließ sich von den wohltuenden Töne mitreißen. Sie schloss die Augen und erinnerte sich an die flüchtigen Stunden im Abendlicht, als Daniel ihr im alten Konservatorium vorgespielt hatte. Sie verlor jedes Gefühl für Zeit und lauschte nur noch seinem Spiel.

Als die letzte Note verklungen war, wartete sie, bis ihr Herzschlag sich beruhigt hatte, bevor sie wieder die Augen öffnete und Daniel ansah. Ihr fehlten die Worte; sie konnte nur eines, ihn anlächeln.

„Als dann keine Reaktion von dir kam, habe ich auch noch die Klavierbegleitung geschrieben“, erklärte Daniel. „Willst du sie mal sehen?“

Der Kloß im Hals war noch da, und Clara nickte nur. Daniel stellte die Partitur vor ihr auf den Flügel, und Clara überflog die Notenzeilen. Ohne es zu wollen, spielten ihre Finger die Töne in der Luft. Daniel setzte sich neben sie, geradezu unerhört dicht. „Versuch es ruhig“, flüsterte er ihr ins Ohr.

Sie legte zögerlich ihre Hand auf die kühlen weißen Tasten. Das Vorspiel war einfach und einhändig. Mühelos spielte sie die Melodie, bis auf einmal Daniels Hand auf ihrer lag. Seine Hand war so viel größer, die Haut dunkler und rauer als ihre, aber dennoch unendlich sanft, als er Ton für Ton mit ihr spielte und mit leichtem Druck ihre Finger führte. Seine Handfläche war warm, und sie konnte seinen Atem an ihrer Wange spüren.

Claras Gesicht blieb auf die Partitur gerichtet, ihre Augen aber schielten in Daniels Richtung. Alles, was sie sehen konnte, war ein Stück seines Kinns und den Mundwinkel, der leicht nach oben gezogen war. Daniel war ihr so nah, dass ihr der Duft seiner Seife in der Nase kitzelte, und sie entdeckte einen leichten Bartschatten auf seinem Kinn. Welche Töne sie spielte, merkte sie nicht; sie ließ ihn einfach ihre Finger leiten.

Als das Stück schwerer wurde, legte er ihr seinen anderen Arm um die Taille und spielte mit beiden Händen. Clara brauchte gar nicht so zu tun, als wären die Töne ihr Verdienst; sie ergab sich einfach seiner Führung und ließ die Melodie den Raum erfüllen.

Dann war das Stück vorbei, und seine Finger lenkten ihr Kinn sanft in seine Richtung. In ihr kribbelte alles und seine geheimnisvollen grauen Augen zogen sie magisch an. Der nächste Schritt schien unausweichlich, aber Clara wusste, wenn er sie jetzt küssen würde, nähme ihre Beziehung für immer eine andere Richtung. Und für dieses Risiko war sie noch nicht bereit.

Hastig drehte sie den Kopf weg und nickte zum Cello. „Wollen wir es zusammen probieren?“ Er bewegte sich nicht, nur sein Daumen fuhr sanft die Konturen ihrer Wangen nach. Ihre Haut kribbelte. Das Atmen fiel ihr schwer und die Versuchung war groß, ihre Bedenken in den Wind zu schlagen und die Nähe zu ihm zu suchen.

Daniel stand auf. „Ja. Sollten wir.“ Sein Ton war beiläufig, als wäre nichts passiert. Er nahm wieder auf dem Stuhl Platz, rückte sich das Cello zurecht und wartete, bis sie bereit war. Dann gab er ihr mit einem Nicken den Einsatz, wie er es schon Tausende Male getan hatte.

Schnell konnten sie Daniels Duett fehlerfrei spielen und vertieften sich in die frisch importierten Noten aus Europa, darunter die unerhört schwere Rhapsodie von Brahms. Clara versuchte, immer etwas Abstand zu Daniel zu halten, um seiner Anziehungskraft nicht zu erliegen. Als sie fertig waren, ließ sie es sich nicht nehmen, seine ungewöhnliche Bibliothek zu inspizieren, die mit Blaupausen unfertiger Projekte und kleinen mechanischen Geräten gefüllt war. Die restlichen Zimmer waren mit geschmackvollen Kunstwerken dekoriert, aber dieser Raum war anders. Die einzige Wand ohne Bücherregal war mit Papieren und eingerahmten Bauplänen übersät.

Clara ging näher heran. Ein Zettel sah aus wie eine Speisekarte aus einer Kneipe. Die Ränder waren mit kleinen Bleistiftzeichnungen und mathematischen Formeln versehen.

„Das war ein Versuch von Ian Carr und mir bei einem Bier in O'Reilly's Tavern", erklärte Daniel. „Sozusagen die Grundidee für ein Zeitsignal. Letzten Endes wurde daraus mein erstes Patent." Clara betrachtete die anderen Dokumente, die meisten davon Patente, aber auch einige Zeichnungen, die jeweils die ersten Stadien seiner Ideen zeigten. „Ohne diese Papierfetzen würde ich heute noch Kohlen in die Öfen schippen", stellte Daniel fest.

Clara schüttelte den Kopf. „Das bezweifle ich. Du warst schon immer zu etwas Größerem berufen als nur zur Plackerei in einem Stahlwerk. Ich wünschte, deine Eltern könnten sehen, wie weit du es gebracht hast. Sie wären so stolz auf dich ... und ich bin es auch."

Daniel zog die oberste Schublade vom Bibliothekstisch auf und holte eine kleine Fotografie heraus. Clara erkannte seine lächelnden Eltern. Seine Mutter strahlte über das ganze Gesicht und trug einen Kranz aus Gänseblümchen auf dem Kopf.

„Das ist das einzige Foto von meinen Eltern", sagte Daniel. „Das haben sie an dem Tag machen lassen, als sie erfuhren, dass meine Mutter mit Lorna schwanger war. Sie mussten so lange auf sie warten und dachten schon, sie könnten keine Kinder mehr bekommen. Ich weiß noch, wie meine Mutter den Kranz flocht, weil sie sich so sehr freute. Mit dem Blumenkranz auf dem Kopf tanzte sie durch die ganze Wohnung, aber so war Mutter, wenn sie glücklich war. Den ganzen Tag über konnte sie nicht aufhören zu lächeln, und schließlich ging mein Vater mit ihr zum Fotografen."

Daniel strich über die Kante des Fotos. „Ich versuche sie als glückliche Frau in Erinnerung zu behalten, aber es ist schwer. Die düsteren Erinnerungen nehmen überhand. Ich wünschte, sie hätte lange genug gelebt, damit ich mich um sie hätte kümmern können. So richtig um sie kümmern." Daniels Stimme wurde immer leiser. „Sie hatte nie einen Ehering. Wusstest du das? Sie liebte meinen Vater so sehr, und ich glaube, sie hat sich immer einen gewünscht, aber es war nie genug Geld da." Er schnippte das Foto auf den Tisch und sank in den Stuhl. „Heute könnte ich ihr ein ganzes Juweliergeschäft kaufen, aber jetzt ist es egal."

Sein leerer Blick machte Clara traurig. Sie kniete sich vor seinen Stuhl und nahm seine Hände in ihre. „Das stimmt. Jetzt ist es egal. Ich wünschte so sehr, deine Mutter hätte noch miterlebt, was du alles erreicht hast. Aber sie ist nicht mehr da, und sie hätte nicht gewollt, dass du dich wegen ihr grämst und verbittert wirst."

Daniel starrte aus dem Fenster. Dann nickte er. „Wahrscheinlich hast du recht." Als er Clara wieder ansah, trat ein verschmitztes Lächeln auf sein Gesicht. „Es gibt noch ein paar andere Dinge, die sie für mich gewollt hätte. Aber die sind noch in Arbeit."

„Und welche sind das?"

„Ich muss zum Beispiel Kate noch anständig unter die Haube bringen. Sie spielt an diesem Wochenende Tennis, und ich hoffe, irgendein vornehmer junger Mann wirft ein Auge auf sie. Möchtest du mitkommen?"

Clara nickte eifrig. Ein Tennisspiel hatte sie noch nie gesehen.

„Und dann hätte meine Mutter gern gesehen, dass *ich* anständig unter die Haube komme, aber dafür habe ich noch so gut wie gar nichts getan. Allerdings überlege ich, wie ich diesen traurigen Umstand ändern kann. Und ich dachte, ich sollte dich darüber in Kenntnis setzen."

Plötzlich setzte ihr Herz einen Schlag aus. Es wäre vermessen, davon auszugehen, dass sie die Liste seiner möglichen Partien anführte. Außerdem gab es nach allem, was sie gehört hatte, eine Frau, der er schon über Jahre hinweg Gesellschaft leistete. Clara zog die Brauen hoch und versuchte, gleichgültig zu klingen. „Und warum das?"

„Miss Endicott, deine Beobachtungsgabe ist nicht gerade auf Rasierklingenniveau", schalt er und lief zu einem Regal am anderen Ende des Bibliothekszimmers. „Und du willst Journalistin sein?" Er sprach in diesem kühlen, distanzierten Ton, mit dem er sie schon als junges Mädchen aufgezogen hatte. Aber inzwischen wusste sie, dass er sie neckte. Und sie genoss jeden Augenblick davon.

KAPITEL 9

Clara schob den Docht der Petroleumlampe etwas höher und streckte sich. Zwei Tage beugte sie sich nun schon über die Dokumente, und das Lesen war eintönig und mühsam.

Aber es musste sein. Sie hatte es sich im Bibliothekszimmer ihres Vaters gemütlich gemacht und brütete über mehreren Zeitungsjahrgängen, in denen über die zunehmende Feindseligkeit in der Eisenbahnindustrie berichtet wurde. 1877 war die ganze Ostküste von massiven Ausschreitungen erfasst worden, und nun, kaum zwei Jahre später, war die Stimmung wieder auf dem Siedepunkt. Es war nur eine Frage der Zeit, bis die Krawalle, in die sie letzte Woche geraten waren, sich zu einer andauernden Spirale der Gewalt auswachsen würden. Und Daniel Tremain steckte mittendrin. Seine Arbeiter, zusammen mit den meisten anderen in der Eisenbahnindustrie, drohten mit einem Generalstreik, sollten sich die Arbeitsbedingungen und Löhne nicht verbessern. Und wenn die Eisenbahn bestreikt wurde, kam die Wirtschaft im ganzen Land zum Erliegen.

„Guck mal hier", sagte Clyde. „Hier steht, dass die Polizei von Baltimore 1877 die aufgebrachte Menge mit Bajonetten auseinandergetrieben hat. Ist das zu fassen?" Sie und Clyde hatten die ganze Woche im Bibliothekszimmer ihres Vaters gearbeitet. Clyde schob ihr den Zeitungsartikel hin, und sie musste erstaunt feststellen, dass diese barbarische Praxis noch immer gang und gäbe war.

„So schlimm ist es diesmal noch nicht", meinte Clara, „aber wenn nicht bald etwas passiert, kommen wir da auch noch hin." Sie war davon überzeugt, dass dieses Thema in die Zeitung ihres Vaters gehörte. *The Christian Crusade* erschien zwar nur wöchentlich, wurde aber an fast eine Million Abonnenten im ganzen Land geschickt. Zur Hälfte betrafen die Artikel religiöse Themen, aber es ging auch immer um Gesellschaftliches. Zuerst hatte sie Sorge gehabt, dass Baltimores Arbeitskampf für eine nationale Zeitung zu provinziell sein könnte, aber Clyde hatte dagegengehalten. „*Alles, was den Eisenbahnverkehr gefährdet, gehört an die große Glocke.*"

Je mehr Zeit sie mit ihrem Bruder verbrachte, desto mehr war sie von ihm beeindruckt. Er war nicht mehr der prahlerische, lästige ältere Bruder von einst, sondern hatte eine auffallend vernünftige Weltanschauung. Clara schob ihren Stuhl vom Tisch weg und wagte sich an das Thema, das ihr schon seit Tagen auf den Nägeln brannte.

„Clyde, meinst du, man kann ein wirklich guter Mensch sein, ohne an Gott zu glauben?"

„Wenn du bedenkst, wo ich den Großteil meines Lebens verbracht habe, solltest du meine Meinung eigentlich kennen."

„Ich weiß. Aber die Fragen werden noch schwerer."

Clyde rieb sich die Hände. Eine philosophische Diskussion schien ihm ein besonderes Vergnügen zu sein. „Schieß los."

„Wenn ein Mensch große Macht und Einfluss erhält, hat er doch die Verantwortung, Unschuldige zu schützen, oder?"

„Ja, so hat Jesus uns das gelehrt. Wir sollen für die eintreten, die schwächer sind."

Clara wanderte zum Fenster und sah auf den akkurat getrimmten Rasen hinaus. Wie weit war dieser Ort von der schrecklichen Armut entfernt, wo Arbeiter durch schreckliche Verbrühungen zu Tode kamen, weil die Maschinen nicht mal ein Minimum an Sicherheit boten? „Und was, wenn jemand sich an den Unschuldigen versündigt hat? Wer soll ihnen Gerechtigkeit verschaffen, wenn nicht ein Mann mit großer Macht und Einfluss?"

„Ich nehme an, du beziehst dich auf Daniel Tremain", sagte Clyde. Sein wissender Blick verriet ihr, dass er sie durchschaut und ihr wahres Interesse erkannt hatte.

Clara warf ein zusammengeknülltes Stück Papier auf ihn, das an seiner Stirn abprallte. „Ja, ich meine Daniel Tremain", gab sie zu.

„Geht es ihm um Gerechtigkeit oder um Rache?", hakte Clyde nach. „Da besteht nämlich ein himmelweiter Unterschied."

Clara dachte an die Nacht der Krawalle, als sie in der Küche des Sportklubs gewesen waren. Daniels Gesicht war wutentbrannt gewesen, und er hatte Rache geschworen. Genau dieses Wort hatte er gebraucht, *Rache*. „Und welcher?"

Clyde zögerte. „Warte, ich hole Vater." Noch bevor Clara ihn aufhalten konnte, war Clyde schon aus dem Zimmer geeilt. Clara verdrehte die Augen. Es war so offensichtlich, was Clyde vorhatte. „*Wäre doch gelacht, wenn ich diesen kleinen Graben nicht bis zu meiner Abreise überbrückt bekäme*“, hatte er noch vor ein paar Tagen gesagt. Nur weil er Arzt war, dachte er wohl, er könne auf magische Art eine Wunde heilen, die vor über einem Jahrzehnt entstanden war.

Wenn Clara morgens ins Haus kam, machte Lloyd einen großen Bogen um sie. Sie behandelten sich zwar höflich, aber wie Fremde. Clyde spielte den großen Schlichter, aber für sie stand fest, dass sie Lloyd erst vergeben würde, wenn er wenigstens so tat, als würde es ihm leidtun.

Clyde kehrte mit einem Ausdruck der Schadenfreude auf dem Gesicht wieder, der Clara zum Kochen brachte. Hinter sich hatte er Lloyd im Schlepptau. „Clara hat da eine Frage zum Unterschied zwischen Gerechtigkeit und Rache“, säuselte er. „Ich dachte, du könntest etwas Licht ins Dunkel bringen.“

Lloyd nahm Platz und lächelte Clara höflich an. „Nun, ich freue mich, dass du mir Gelegenheit gibst, darüber zu sprechen“, setzte er behutsam an. Lloyd war kein Dummkopf. Er wusste genau, auf wessen Konto diese Gesprächseinladung ging. „Gerechtigkeit ist dafür da, um die Ordnung wiederherzustellen. Wenn ein Verbrechen begangen wurde, muss es bekämpft und auf irgendeine Weise wiedergutgemacht werden. Die vollkommene Ordnung, die vor dem Sündenfall herrschte, bleibt für uns unerreichbar, aber das Justizsystem hat uns Gesetze und Verfahren gegeben, mit deren Hilfe wir die Ordnung wiederherstellen können. Gerechtigkeit wird von der Gesellschaft vollstreckt, aber Rache, Clara, ist etwas ganz anderes. Rache kommt nicht von der Gesellschaft, sondern von einem einzelnen Menschen. Und dabei geht es nur um Strafe, nicht um Ordnung.“

„Und wenn es nicht möglich ist, die Ordnung wiederherzustellen?“, hielt Clara dagegen. „Was, wenn das Opfer tot ist oder es keine Beweise mehr gibt, um den Verbrecher zu überführen? Was dann?“

Mitgefühl lag in seinen Augen. „Das ist eine unserer schwersten Lektionen. Wenn der Mensch keine Gerechtigkeit schaffen kann, müssen wir Geduld haben und es dem Herrn überlassen, das

Gleichgewicht wiederherzustellen. Er wird es tun, aber womöglich sind wir nicht immer dabei, um es zu sehen. Wir müssen unseren Willen seiner Souveränität unterordnen und darauf vertrauen, dass er das Richtige tut."

„Hört sich an, als hätte Tremain Forsythe geradewegs vor der Flinte", meinte Clyde. „Und er macht nicht den Eindruck, als würde er ihn davonkommen lassen, nur weil Jesus das sagt."

Dass ältere Brüder einen immer noch zur Weißglut treiben konnten, obwohl sie längst erwachsen waren! Clara wünschte, Clyde hätte Daniels Namen gar nicht erst ins Spiel gebracht, denn wenn es etwas gab, worüber sie in Anwesenheit ihres Vaters ganz gewiss nicht reden wollte, dann waren das Daniels Schwächen. Aber genau das war Clydes Absicht.

Lloyd lächelte milde. „Clara, der Wunsch nach Rache ist ein ganz menschliches Bedürfnis. Rachegelüste aufzugeben kann zutiefst schwer sein. Nicht jeder, dem unrecht getan wurde, schafft es, aber wer diesen Schritt nicht geht, in dem wird der Hass immer größer werden und ihn innerlich vergiften. Darüber solltest du dir bei Daniel im Klaren sein."

Lloyd hatte die Worte behutsam gesprochen, aber ihr Inhalt war Clara glasklar. Egal wie stark ihre Freundschaft zu Daniel auch sein mochte, sie konnte ihr Leben nicht an der Seite eines Mannes verbringen, dessen Seele von Hass und Rache zerfressen war.

„Hast du die Werkstatt aufgeräumt?"

Manzetti stand auf der Schwelle zu Daniels Büro und sah genervt aus. „Man könnte dort den halben Tag aufräumen, ohne dass man auch nur eine Spur davon sieht."

Daniel sprang auf. „Dann solltest du besser schnell anfangen. In knapp einer Stunde ist Clara hier, und ich will nicht, dass es dort oben aussieht wie in einer Räuberhöhle." Daniel ließ sicherheitshalber den Blick durch sein Büro schweifen. Die Möbel waren frisch poliert, die Tische aufgeräumt. Es sah aus wie im Büro eines ehrenwerten Geschäftsmanns.

Die Werkstatt war ein anderes Kaliber. *Carr & Tremain Poly-*

technic hatten die ganze oberste Etage des Gebäudes gemietet und die meisten Zwischenwände herausgebrochen, um eine geräumige Werkstatt zur Verfügung zu haben, die ihnen zugleich auch als Labor diente. Die Arbeitstische ächzten unter der Last von Zeichenwerkzeugen, Vermessungsausrüstung, Messstäben und Waagen. Die Wände waren mit abgenutzten Schreibtafeln gepflastert, und einen Großteil des Fußbodens nahm ein hydraulischer Lift in Besitz, den Daniel gebaut hatte. Für einen Außenstehenden mochte dieser Raum aussehen wie eine Müllhalde, und so wollte sich Daniel vor Clara nicht präsentieren.

„Kannst du diesen Lift nicht irgendwo hinräumen? Er sieht scheußlich aus."

Ein halbes Dutzend Angestellte starrte ihn an, als wäre er übergeschnappt. Ordnungsliebe gehörte nicht zu den besten Eigenschaften eines Ingenieurs, und die Werkstatt sah aus wie immer. Daniel hatte sich noch nie wie eine aufdringliche Haushälterin über den Arbeitsplatz seiner Angestellten beschwert. Andererseits hatte er auch noch nie Clara Endicott mitgebracht.

„Das Herzstück wurde letzte Woche auseinandergebaut", stöhnte Manzetti. „Wir kriegen das Teil nicht vom Fleck."

Daniel schob einige bunt verstreute Zeichenutensilien in eine Schublade und wischte den Staub vom Tisch. „Dann zieh wenigstens dein Jackett an, damit du nicht wie ein Landstreicher aussiehst. Und für euch andere Bummelanten gilt das Gleiche." Die belustigten Blicke, die seine Angestellten untereinander tauschten, entgingen ihm nicht, aber an ihrer Meinung war ihm kaum gelegen. Bei Clara war das anders.

Dass sie darum gebeten hatte, sich mit ihm in seinem Büro zu treffen, war ein gutes Zeichen. Überraschend, aber gut. Sie hatte wieder mit dem Schreiben angefangen und nutzte die Zeitung ihres Vaters als Bühne. Wenn Schreiben sie glücklich und zufrieden machte, wollte er dazu beitragen, was er konnte, und sei es ein Interview über sein Unternehmen. Sich ins Licht der Öffentlichkeit zu rücken war ihm zutiefst zuwider, aber wenn es Clara half, war er bereit.

Carr & Tremain war der Öffentlichkeit stets aus dem Weg gegangen. Es gab nur eine Handvoll Unternehmen in der Eisenbahnwelt, die sich die Lizenzen für seine Technik leisten konnten, und man kannte sich untereinander. Jede andere Aufmerksamkeit bedeutete nur Scherereien: mit den Gewerkschaften, der Konkurrenz oder sogar mit der Regulierungsbehörde, sollte seine Firma es je an die Börse schaffen.

Das wurde allerdings immer unwahrscheinlicher. Erst vor einer Woche hatte Daniel darauf bestanden, den Börsengang abzubrechen, nachdem er erfahren hatte, dass der neue Aufsichtsrat das Lizenzverkaufsverbot für Alfred Forsythe aufheben wollte. Die einzige Aufgabe des Aufsichtsrats war, im Sinne der Aktieninhaber zu handeln, und Daniels Weigerung, mit Forsythe Geschäfte zu machen war genau die Sorte Entscheidung, die sie mit Vorliebe kippten. Ian war über Daniels Rückzug vom Börsengang schwer enttäuscht, aber er musste sich damit abfinden. Die Firma lebte von Daniels Erfindungen, und das wusste Ian. Wenn Daniel ging und seine Patente mitnahm, war *Carr & Tremain* am Ende.

Noch einmal überflog Daniel kritisch die Werkstatt. Viel mehr Ordnung war in das Sammelsurium aus Maschinen und Ausrüstung nicht zu bekommen, aber zumindest die oberen Fensterscheiben konnte man noch von Staub und Spinnweben befreien. „Jasper, schnapp dir einen Besen und hol den Dreck von den Fenstern runter." Er richtete sein Jackett und den Kragen. Kohle schippen, das war einmal. Jetzt führte er ein respektables Unternehmen.

Seine Sorgen wegen Claras Reaktion auf die Werkstatt waren völlig unbegründet. Anders als erwartet sah sie nicht erschrocken auf das Chaos, sondern stattdessen leuchteten ihre Augen angesichts der vielen Apparaturen. „Du musst mir alles erklären!", rief sie.

Er führte sie von Station zu Station und ließ seine Ingenieure berichten, woran sie gerade arbeiteten. Dabei beobachtete er, wie sie auf Clara reagierten. Sie trug ein Kostüm in Mauve, das ihre zarte, zierliche Figur betonte. Es hatte Samtpaspelierung an der Jacke und eine dezente Tournüre, aber der gestärkte Kragen und die angedeutete Krawatte imitierten den Anzug eines Mannes. Der Effekt war bezaubernd. Dass Clara hübsch war, merkte jeder Mann, dessen Herz noch schlug, aber wie viele Frauen gab es, die schlaue Fragen zu den mechanischen Apparaturen stellen konnten? Wie viele

Frauen strahlten so viel Liebenswürdigkeit aus, dass ein Mann sich intelligent und sein Projekt faszinierend fand?

Jetzt, wo Clara wieder in sein Leben zurückgekehrt war, wurde ihm immer klarer, dass er sie nicht mehr gehen lassen wollte. Ihr Humor und ihr Optimismus waren einfach hinreißend. Über ein Jahrzehnt lang hatte Daniel sich seinem unermüdlichen Erfindungsdrang hingegeben, hatte erschaffen, kreiert und Geld verdient. Jetzt war es Zeit für eine Frau an seiner Seite, und eine andere als Clara kam nicht infrage.

Nach ihrem Rundgang durch die Werkstatt kehrten sie in die Stille seines Büros zurück, wo sie ihr Notizbuch auf seinen Tisch legte und er auf der anderen Seite Platz nahm. Sie klappte es auf und stellte eine intelligente Frage nach der anderen.

Die Fragen waren direkt, betrafen seine Erfindungen und wie diese den Eisenbahnverkehr verbesserten. Daniel erklärte bereitwillig, dass sie vor fünf Jahren begonnen hatten, einzelne Strecken aufzukaufen und ein Vermögen zu investieren, damit ihr Unternehmen breit aufgestellt und langfristig rentabel sein würde. „Bahnstrecken sind sehr teuer", sagte Daniel. „Der größte Teil des verfügbaren Kapitals ist sofort wieder ins Unternehmen geflossen, aber ohne Bahnstrecken geht es nicht. Wenn morgen jemand ein Patent anmeldet, das besser ist als unsere, wären wir sonst schnell erledigt."

Erst nach einer halben Stunde fing Clara an, in den sensiblen Bereichen herumzustochern.

„Ihr investiert immer mehr Kapital in neue Strecken. Das sehen die Arbeiter sicher nicht gern, oder?"

Daniel schüttelte leicht den Kopf. „Natürlich nicht."

„Haben deine Arbeiter sich zu einer Gewerkschaft zusammengeschlossen?"

„Während der Streiks 1877 haben sie es versucht", antwortete er. „Aber es war nicht erfolgreich."

„Warum gestattest du ihnen denn nicht, sich zu organisieren?"

Darüber wollte er nicht mit ihr reden. Clara war diejenige, mit der er vor den Sorgen dieser Welt fliehen konnte. Er wollte nicht zulassen, dass ihr gemeinsamer Nachmittag von dem Gespräch über Unruhen verdorben wurde, für die er überhaupt nichts konnte.

„Ich hatte nichts mit den Geschehnissen 1877 zu tun", wehrte er ab. „Der Streik erstreckte sich über den ganzen Osten des Landes und kam erst zu einem Ende, nachdem er in einer Stadt nach der anderen von Soldaten niedergeschlagen worden war. Das kannst du mir nicht in die Schuhe schieben, Clara."

„Niemand hätte dich aufgehalten, wenn du deinen eigenen Arbeitern die Erlaubnis gegeben hättest, eine Gewerkschaft zu gründen."

Daniel verschränkte die Arme und wünschte sich, sie würde das Thema wechseln. „Das kann ich nicht entscheiden. Um das Geschäftliche und Personalfragen kümmert sich mein Partner Ian Carr."

„Und wer hat entschieden, Forsythe keine Lizenzen zu verkaufen?"

„Das war eine Ausnahme."

„Wie denkt Ian denn darüber?"

Das war kein Geheimnis. „Es gefällt ihm nicht. Ian weiß, dass wir mit Leichtigkeit eine Menge Geld verdienen könnten, wenn wir Forsythe unsere Technologien nutzen ließen, aber er respektiert meine Entscheidung und die Gründe, die dahinterstehen. Wir wären keine Geschäftspartner, wenn es anders wäre."

Das Kratzen von Claras Bleistiftspitze auf dem Papier war das einzige Geräusch im Raum. Seit Beginn des Interviews hatte sie einen sehr professionellen Eindruck gemacht, stellte in ihrer tadellos höflichen Art eine präzise und bohrende Frage nach der anderen. Er war überaus stolz auf sie, aber das machte es ihm nicht einfacher, das Thema dieses Interviews zu sein. Er fühlte sich wie eine Probe unter einem Mikroskop und fragte sich, wie lange er noch stillhalten musste.

„Wenn *Carr & Tremain* an die Börse geht, wirst du dann immer noch Forsythe den Zugang zu deinen Erfindungen verwehren können?", fragte Clara.

„Wir gehen nicht an die Börse. Meine Meinung zu Forsythe ist nicht verhandelbar, also ist der Börsengang gestorben."

Clara legte den Bleistift hin und sah beunruhigt aus. „Ich verstehe", sagte sie leise. Dann lehnte sie sich zurück und starrte an die Decke, als wäre dort irgendein schreckliches Geheimnis verborgen.

Er langte über den Tisch und schlug ihr Notizbuch zu. „Was bedrückt dich? Doch nicht die Gewerkschaftsprobleme."

Clara lächelte milde. „Du konntest schon immer in mich hineinsehen."

Weil du die andere Hälfte meiner Seele bist. „Im Augenblick offensichtlich nicht besonders gut. Was ist los?"

„Begleitest du mich am Sonntag in die Kirche?"

Damit hatte er überhaupt nicht gerechnet, aber ihr erwartungsvoller Blick ließ ihn erahnen, wie wichtig ihr die Sache war. Clara glaubte nun mal an Gott, und es hatte sie schon immer gestört, dass er ihren Glaubenseifer nicht teilte.

Er musste behutsam vorgehen. „Warum ist es dir denn so wichtig, dass ich mitkomme?"

Clara schob ihren Stuhl zurück, ging zum Fenster und betrachtete das Treiben auf der Straße vier Stockwerke unter ihnen. „Weil du einer der außergewöhnlichsten Männer bist, die ich kenne, aber da ist ein großes, tiefes Loch in dir, und ich möchte dir helfen, es zu stopfen."

Daniel ballte die Hand zur Faust, sein Gesicht jedoch blieb regungslos. Jeden außer Clara hätte er sofort zum Schweigen gebracht. Stattdessen zwang er sich dazu, sie anzusehen und ihr zu helfen, ihn zu verstehen. „Wenn du dich auf meine Marotte beziehst, keine Geschäfte mit Forsythe zu machen: Da gibt es nichts zu stopfen. Es ist ein Prinzip, dem ich aus voller Überzeugung folge. Ich halte meine Mutter und meinen Vater in Ehren, und das würde ich wohl kaum als Loch bezeichnen, das man stopfen müsste."

Clara drehte sich zu ihm um. Hoffnung stand ihr ins Gesicht geschrieben. „Ach, wenn du doch Christ werden könntest", sagte sie. „Wenn du die Prinzipien von Jesus kennenlernen und für dich annehmen würdest, dann würden sich so viele Dinge für dich ändern."

„Und du glaubst, diese magischen Prinzipien von Jesus würden mich dazu bringen, Forsythe zu vergeben und glücklich zu sein bis an mein Lebensende?"

Verletzung lag in ihrem Blick und er bekam sofort Schuldgefühle. Aber das konnte er einfach nicht auf sich sitzen lassen, noch nicht einmal, wenn es von Clara kam.

„Du machst dich lustig über mich, aber ja, genau das glaube ich", erwiderte sie.

„Das wird nie passieren."

Sie wandte sich ab und lief verärgert durch den Raum. „All die Jahre, die du Forsythe ausgebremst und ihm deine Erfindungen vorenthalten hast, bist du da jemals zufrieden gewesen? Hat irgendetwas davon dich weitergebracht? Hat es das Brodeln in dir besänftigt?"

Wie naiv sie war. Wie einfach für sie die Welt gestrickt war. Glaubte sie denn wirklich, ein paar Gebete würden die Tragödie auflösen, die seine Familie in Stücke gerissen hatte?

„Ehrlich gesagt, ja ... Es macht mich sogar sehr zufrieden, dass ich Forsythe von meinen Erfindungen ausschließe", zog er Resümee. „Jedes Mal, wenn ich lese, dass Forsythe seine Gleise vorzeitig erneuern lassen muss, freue ich mich. Jedes Mal, wenn ich höre, dass er ein Vermögen an Personalkosten zahlen muss, weil er meine Signale nicht kaufen kann, fühlt sich das gut an. Es funktioniert wie geschmiert, Clara."

„Aber willst du es nicht wenigstens versuchen? Du hattest noch nie die Gelegenheit, Gott kennenzulernen. Lehne ihn nicht aus Unwissenheit ab. Bitte. Für mich?"

Bei ihrem flehenden Blick wollte er ihr den Mond vom Himmel holen, aber diesen Wunsch musste er ihr abschlagen. Und daran war nicht die Unwissenheit schuld. Seine Mutter war sehr darauf bedacht gewesen, ihren Glauben an ihre Kinder weiterzugeben. Und was hatte es ihr gebracht? Als Junge hatte er manchmal in der Bibel geblättert, aber nichts davon hatte ihn wirklich berührt oder ihm geholfen. Und dasselbe galt für die Predigten von Claras Vater. Mit Clara in die Kirche zu gehen und sie in dem Glauben zu wiegen, sie könne ihn zu einem bekehrten Schäfchen machen, würde nur Hoffnungen in ihr wecken. Letzten Endes wäre das noch grausamer, als ihr gleich reinen Wein einzuschenken.

Daniel versuchte, fröhlich zu klingen. „Clara, du bist einfach zu herzensgut, um einen halsstarrigen Sünder zu erkennen, wenn er vor dir steht."

„Bitte, Daniel. Vertrau mir. Ich weiß, wovon ich rede. Ich möchte dir helfen."

Das stimmte. Von dem Tag an, als er zum ersten Mal auf ihrem Klavier spielen durfte, bis zu dem Abend, als sie mit ihm mitten in die Krawalle vorgestoßen war, um seine Schwester zu retten, war sie die Selbstlosigkeit in Person gewesen.

„Clara, ich bin verrückt nach dir“, bekannte er geradeheraus. „Damals, als ich noch der Junge war, dem der Kohlenstaub im Gesicht hing, warst du mein Sonnenstrahl in einer düsteren Welt. Du warst so kostbar, dass ich noch nicht einmal zu hoffen wagte, eines Tages gut genug für dich zu sein. Ich wollte nicht groß werden, weil ich wusste, dass ich dich irgendwann verlieren würde. Irgendwann würdest du dich umsehen und einen Mann deines Standes finden, der dich heiraten und mich für immer aus deinem Leben sperren würde. Und dann würde mir nur noch die Stahlfabrik bleiben, die Boiler und Kohlenwagen.“

Daniel lief quer durch das Büro zu ihr und stand so dicht vor ihr, dass er ihr Parfüm riechen konnte. „Und dann geschah das Wunder. Ich fand einen Weg, Geld zu verdienen, sehr viel Geld, und ein großes Haus zu kaufen, mit einem Flügel darin, und plötzlich war das Mädchen mit den blauen Augen und den goldenen Haaren nicht mehr völlig außer Reichweite. Und als ich sie dann wiedertraf, nach so vielen Jahren, da …“ Bildete er sich das nur ein, oder hatte sie Tränen in den Augen? Doch bevor er sich versichern konnte, hatte sie sich schon zum Fenster abgewandt.

„Als ich dich dort im Opernhaus wiedersah, warst du so wunderschön, dass es mir den Atem verschlug.“ Die Worte waren so unzureichend für das Verlangen, das in ihm brannte. In jeder Stunde und an jedem Tag seit ihrem Wiedersehen spukte Clara in seinen Gedanken herum. Sie war der Traum, mit dem er abends einschlief, und die Inspiration, für die er sich tagsüber anstrengte. „Und nun merke ich, dass die Messlatte noch weiter nach oben gerutscht ist“, fasste Daniel zusammen. „Geld zu verdienen und ein Haus zu bauen war einfach. Aber jetzt möchte das Mädchen, dass ich meine ganze Seele umkremple.“

Clara drehte sich um. „Ja, genau das möchte ich.“

Daniel verschränkte die Arme vor der Brust und hielt ihrem Blick stand. „Ich bin verrückt nach dir, Clara. Das war schon immer so, und selbst wenn ich noch hundert Jahre lebe, werden meine letzten Gedanken dir gelten. Aber dein Schoßhündchen werde ich nicht spielen. Ich habe gearbeitet, mich abgerackert und vieles entbehrt, um bis hierherzukommen, und ich bin stolz auf das, was ich erreicht habe.“ Sein Blick wanderte durch sein Büro. Sein makelloses, sauberes und aufgeräumtes Büro. Nicht dass ihr das aufgefallen wäre. „Wenn du das nicht akzeptieren kannst, dann sag es mir hier und jetzt. Es ist sinnlos, dieses Elend zu verlängern, wenn du mich nicht so annehmen kannst, wie ich bin.“

Er konnte sehen, wie sie mit ihren Gefühlen kämpfte. Daniel hielt die Luft an und fürchtete, dass er zu weit gegangen war, dass sie sich jeden Augenblick umdrehen und aus seinem Leben verschwinden würde. Seine liebste Freundin, sein schönster Traum. Er machte sich gefasst auf eine Wunde, die nie wieder verheilen würde.

Clara senkte den Kopf und er sah nur noch ihr glänzendes blondes Haar, das akkurat gescheitelt und mit Haarklemmen in einem eleganten Bogen befestigt war. Kein Haar tanzte aus der Reihe. Wie gern er ihre seidigen Strähnen fühlen und seinen Kopf in ihrem duftenden Haar vergraben wollte.

„Ich kann dich nicht zwingen, dich zu ändern“, sagte Clara leise. „Das kann nur Gott.“ Sie hob den Kopf und sah ihn hoffnungsvoll an. „Aber du musst mir zumindest zuhören, ja? Das ist schließlich ein großer Teil meines Lebens, aber wenn du dazu nicht bereit bist, sondern das, was ich sage, abtust, als wäre es eine lästige Plage, dann glaube ich nicht, dass für uns viel Hoffnung besteht.“

„Ich habe dir schon immer zugehört, Clara.“ Vom ersten Augenblick an war ihm ihre Meinung wichtiger gewesen als die jeder anderen Person.

Endlich verschwanden die Falten auf ihrer Stirn. Sie richtete sich auf und sah ihn an. „Also wann genau ist das Tennisspiel deiner Schwester?“

Daniel lächelte. Er hatte sie nicht verloren.

KAPITEL 10

Bane verstaute seine Unterlagen über Daniel Tremain und den Hafen von Baltimore, bevor er nach unten zur Versammlung des Professors ging. Je mehr er über Baltimore herausfand, desto überzeugter war er, dass diese Stadt ein geeignetes Hauptquartier für kriminelle Operationen war. Wenn er den Auftrag des Professors gegen Tremain ausführte, würde er die Gelegenheit nicht verstreichen lassen, die Grundlagen für zukünftige Operationen zu legen.

„Hat der kleine Prinz also beschlossen, sich zu uns zu gesellen."

Bane ignorierte Rick Colliers Kommentar und betrat gemächlich das geräumige Bibliothekszimmer. Alle Anwesenden wussten, dass der Professor ihn als den Erben seines kriminellen Imperiums betrachtete, und das verübelten ihm die Männer, die weitaus mehr Erfahrung in der zwielichtigen Welt des illegalen Opiumhandels hatten.

„Wie geht es Ihnen, Mr Collier?", fragte Bane freundlich. Wie leicht es war, den Mann zu verärgern. Das bloße Wort *Mister* genügte, weil es betonte, dass Bane noch immer nur ein Jüngling war. Die Tatsache, dass er derjenige war, zu dem der Professor das meiste Vertrauen hatte, war ein doppelter Affront. Rick Collier, Sammy Bennington und Michael Green, sie alle waren neidisch auf ihn, aber sie hatten genügend Gelegenheiten gehabt, um den Professor zu beeindrucken. Keiner von ihnen war ein ernst zu nehmender Gegner für den Jungen. Nach seiner Entführung mit sechs Jahren hatte er nach und nach einen Weg gefunden, in dieser seltsamen Welt zu überleben und sich zu entwickeln. Elf Jahre, nachdem der Professor ihn auf den Straßen von San Francisco aus den Armen seiner Mutter gerissen hatte, behandelte er ihn noch immer wie seinen eigenen Sohn. Und nun brach sich die Macht des Thronerben Bahn, während der Professor ihm immer verantwortungsvollere Aufgaben übertrug. Seinen Komplizen schmeckte das überhaupt nicht.

„Ach, halt deinen Schnabel", knurrte Collier. „Der Professor ist nicht hier, um zu sehen, wie du dich bei uns einschleimst, also lass es sein."

Bane sah Michael Green an, den intelligentesten der drei anderen Männer, und zuckte lächelnd mit den Schultern. Seit Monaten buhlte er um Greens Loyalität, und Green war schlau genug mitzuspielen. Collier und Bennington waren immer noch so dumm zu glauben, die Anerkennung des Professors gewönne man, indem man ihm bewies, was für ein harter Kerl man war. Das komplette Gegenteil war der Fall.

Banes Blick glitt über die Wände des Bibliothekszimmers, die vom Boden bis zur Decke mit Tausenden von Raritäten aus aller Welt bestückt waren. Der Schlüssel zum Wohlwollen des Professors war hier, genau vor ihnen, in Leder gebunden und sorgsam geölt. Professor Van Bracken respektierte Macht und Radikalität, aber seine Bücher liebte er. Nur wer diese Leidenschaft teilte, hatte überhaupt eine Chance auf sein Vertrauen. Im Haus war es fortwährend kühl, die optimale Temperatur für alte Bücher. Der Professor hatte seine Schätze so gern um sich, dass er darauf bestand, alle wichtigen Treffen in diesem Zimmer abzuhalten.

Und das heutige Treffen war an Bedeutung kaum zu überbieten. Nur die höchsten Spießgesellen des Professors kannten den Ort seiner Villa in Vermont. Die Hunderte Handlanger und Schmuggler, die als Fußsoldaten in seinem kriminellen Heer dienten, kannten noch nicht einmal seinen Namen. Der Professor hatte den Opiumhandel an eine kleine Gruppe von Stellvertretern delegiert und das Land in Regionen aufgeteilt. Bane kontrollierte Neuengland, Sammy Bennington den Hafen in Halifax und Michael Green die gesamte Westküste. Im vergangenen Jahr hatte Rick Collier den Schmuggel von den Küsten ins Hinterland gesteuert. Und im Zentrum des komplexen Netzes saß der Professor und spann mit makelloser Präzision seinen finsteren Plan. Im Abstand einiger Jahre ließ er alle Beteiligten rotieren, um den Behörden immer eine Nase voraus zu sein. Er rief seine Stellvertreter aus allen Ecken des Landes zusammen, um die neuen Abläufe zu koordinieren. Opium war zwar eine legale Substanz in den USA, aber die Steuern auf die Droge waren um das Dreifache höher als der eigentliche Wert des reinen Opiums. Die hohen Steuern und die Möglichkeit, Opium leicht zu transportieren, machten es zum unwiderstehlichen Material für Schmuggler.

Die Tür zum Bibliothekszimmer ging auf, und alle Männer standen stramm, als der Professor eintrat. Wie immer war Professor Edward Van Bracken wie aus dem Ei gepellt. Sein ergrautes Haar war mit Makassaröl nach hinten gestrichen, der Bart sauber getrimmt, und er trug einen maßgeschneiderten Anzug mit einer feinen Weste und ein Hemd mit gestärktem blütenweißem Kragen. Bane fiel jedoch ziemlich schnell ein alarmierendes Zeichen auf. Der Professor begrüßte jeden der Männer mit Kopfnicken, setzte sich, legte einen Stapel Papiere auf den Tisch und rückte sein Jackett zurecht. Aber während dieser ganzen Prozedur blinzelte er nicht ein einziges Mal.

Es war eine Marotte von ihm, die Bane schon als Kind durchschaut hatte. Wann immer der Professor innerlich kochte, verriet ihn nur dieses durchdringende, unablässige Starren. Keiner der anderen Männer schien es bemerkt zu haben, und Bane war niemand, der solche Erkenntnisse weitergab.

„Nun", sagte der Professor mit weicher Stimme, „bringen wir die Sache zu einem schnellen Abschluss, damit wir uns wichtigeren Dingen widmen können. Wir sind uns einig, dass wir die Westküste künftig nicht mehr von San Francisco, sondern von Vancouver aus bedienen. Für die Ostküste habe ich den neuen Hafen noch nicht festgelegt. Ich möchte von jedem eine Meinung dazu hören."

Bane war entschlossen, Baltimore zum neuen Drehkreuz zu machen. Seit der Professor ihm den Auftrag gegeben hatte, Daniel Tremain aus *Carr & Tremain Polytechnic* zu entfernen, hatte er sich mit der Stadt beschäftigt. Über jeden Ort, in dem er Geschäfte machte, musste er gründlich Bescheid wissen, und gerade die Gegebenheiten im Hafen von Baltimore hatten ihn beeindruckt. Er war bereits auf anderen Geschäftsreisen durch Baltimore gekommen und wusste, dass diese Stadt für Schmuggel besonders gut geeignet war.

Der Professor hörte sich einen Beitrag nach dem anderen an. Collier hatte eine besonders feste Meinung. „Ein Kinderspiel", sagte er. „Wenn New York ausfällt, gehen wir nach Boston. Das Eisenbahnnetz in Massachusetts ist genau auf unsere Bedürfnisse ausgelegt und groß genug, um sich darin zu verlieren." Die anderen Männer nickten.

„Bane? Was sagst du dazu?“

Bane nickte Collier bedauernd zu. „Tut mir leid, Mr Collier, Sir, aber ich halte Boston für glatten Selbstmord.“

„Und warum, du Naseweis?“, wollte Collier wissen.

„Im Bostoner Hafen gibt es einen großen Flottenstützpunkt“, erklärte Bane. „Die Marinewerft hat gerade einen neuen Admiral bekommen. Vergangenen Monat wurden allein fünf Männer verhaftet, weil sie Bestechungsgelder angenommen hatten, und der Admiral ist noch nicht fertig. Ich halte Boston für keine gute Wahl, solange wir noch nichts Genaues über diesen Admiral wissen.“

Der Professor nickte. „Gut beobachtet. Und was schlägst du stattdessen vor?“

„Baltimore“, erwiderte Bane, ohne zu zögern. Bei den anderen regte sich sofort Widerspruch, Baltimore liege viel zu weit südlich und sei völlig ungeeignet, aber Bane blieb davon unbeeindruckt. „Baltimore besitzt einen hervorragenden Tiefseehafen und wird uns nicht nur den Weg nach Neuengland, sondern auch in die Karibik eröffnen.“ Er wandte sich an den Professor. „Kuba und die Westindischen Inseln haben wir noch nicht ausgeschöpft. Mit Baltimore können wir unser Geschäft noch deutlich ankurbeln. Und am wichtigsten: Baltimore hat nicht den Ruf als Hochburg für Schmuggler. Niemand wird uns dort vermuten, wenn wir unser Zentrum an der Ostküste in diese Stadt verlegen.“

Der Professor antwortete nichts, sah nur mit hochgezogenen Augenbrauen zu Collier hinüber. Dieser schien in seinem Stuhl immer kleiner zu werden. „Das ist völlig absurd“, meinte er. „Baltimore liegt viel zu weit südlich.“

„Ist das Ihr bestes Argument gegen Banes Vorschlag?“ Als Collier nichts erwiderte, seufzte er. „Wenn ein Junge im zarten Alter wie Bane mehr Einsicht und strategischen Verstand aufweist als jemand, der seit zwanzig Jahren im Geschäft ist, bereitet mir das Sorgen.“

Collier war unter Druck, aber diese Art der wohlgesitteten Befragung war ein normales Vorgehen für den Professor. Nur die Tatsache, dass er dabei kaum blinzelte, ließ Bane keine Ruhe. Es war nicht absehbar, wer ihn in solche Rage versetzt hatte, und Bane würde sich erst wieder entspannen können, wenn er es herausgefunden hatte.

Green und Bennington taten ebenfalls ihre Meinung kund, und letzten Endes wurde Banes Vorschlag abgesegnet. Collier entspannte sich, als die Entscheidung getroffen war, aber Bane blieb wachsam. Was auch immer den Professor zur Weißglut brachte, es würde bald an die Oberfläche gelangen.

Van Bracken griff in sein edles Jackett und zog eine kleine Karte hervor. „Heute Morgen habe ich ein Telegramm aus Halifax erhalten." Sammy Bennington war sofort hellwach, weil Halifax zu seinem Gebiet gehörte. „Es scheint, als wäre die Entführung des kleinen Timothy Snyder kein besonderes Glanzstück gewesen. Der Versuch, den Jungen aus der Privatschule zu verschleppen, wurde vereitelt."

Der Professor richtete seinen bohrenden Blick auf Bennington. „Und jetzt frage ich Sie, Mr Bennington: Wie soll ich freien Zugang auf den Hafen von Halifax bekommen, wenn der Hafenmeister weiterhin Schmiergelder von meinen Konkurrenten annimmt, mich aber zugleich übergeht?"

Bennington war kreidebleich geworden. „Wir holen uns den Jungen. Wir können es wieder versuchen. Jederzeit."

„Mein Kontaktmann sagt mir, der Junge habe jetzt einen Bewacher."

„Ich verdopple meine Männer. Verdreifache sie", stammelte Bennington. „Der eine Bewacher wird nichts ausrichten können."

„Hmm", kam vom Professor. Er war nicht beeindruckt. Ein Lächeln, das kein Lächeln war, hob seine Mundwinkel. „Wir gehören hier zu einer Gemeinschaft, Mr Bennington. Wenn ein Teil dieser Gemeinschaft schlechte Leistungen abliefert, behindert das alle. Und es erscheint mir wenig gerecht, dass wir darunter leiden müssen, nur weil einer seine Aufträge nicht erfüllt. Es interessiert mich nicht, warum derjenige versagt hat oder was er unternehmen will, um in Zukunft besser zu sein. Er gehört einfach nicht mehr zur Gemeinschaft dazu."

Die Tür zum Bibliothekszimmer ging auf, und vier Schergen des Professors traten mit hochgekrempelten Ärmeln ein. Einer von ihnen trug einen Vorschlaghammer.

„Unter meinen höchsten Stellvertretern kann ich mir eine derartige Fahrlässigkeit nicht leisten. Das ist ein schlechtes Vorbild", erklärte der Professor. „Sie wissen schon, was das heißt, Mr Bennington."

„Bitte! Bitte nicht!" Bennington versuchte zu fliehen, aber die Schergen hielten ihn auf. Bennington war ein großer Mann und versuchte sich zur Wehr zu setzen, aber schließlich wurde er zurück auf seinen Sitz gedrückt.

„Bitte, Professor, tun Sie meiner Familie nichts", bettelte er.

„Aber Bennington", sagte der Professor kühl. „Habe ich jemals die kleine Polly oder ihre regelmäßigen Spaziergänge mit dem kleinen Hund nach der Schule erwähnt? Auch wenn ich sagen muss, dass ich als liebevoller Vater meinem Kind solche vorhersehbaren Verhaltensmuster verbieten würde. Das macht sie so verwundbar, nicht wahr?"

Bennington schluckte. „Ich tue, was immer Sie wollen. Polly ist ein liebes Mädchen und hat das nicht verdient."

„Der kleine Timothy Snyder ist doch auch ein lieber Junge, aber wegen seiner Entführung hatten Sie keine Gewissensbisse, oder?"

Schweiß rann über Benningtons Gesicht, durchnässte sein Hemd und verbreitete im Raum den beißenden Geruch von Angst. Bane blieb regungslos sitzen, schloss aber angewidert die Augen. Das war das Spiel, mit dem der Professor seine Leute in Schach hielt. Manchmal ließ er tatsächlich jemanden zu Schaden kommen, ein anderes Mal lachte er nur und schickte der Frau Blumen. Es hing ganz von seiner Laune ab. Banes Fingernägel drückten sich ins Fleisch. Er hoffte, dass man ihm die Abscheu nicht ansah. Eines der Dinge, die der Professor an ihm mochte, war seine Fähigkeit, unter hohem Druck ruhig zu bleiben. Bane hatte vor langer Zeit die Kunst erlernt, nicht mit der Wimper zu zucken, egal, wie abstoßend die Provokation auch war.

Der Professor seufzte. „Ich bedaure es sehr, so leichtsinniges Verhalten bei Ihnen zu bemerken, Bennington. Erst vermasseln Sie die Entführung von Timothy Snyder, und dann lassen Sie Ihr eigenes Kind so ungeschützt, wo jedes Lumpenpack die Kleine erreichen kann. Ich meine, wenn der armen Polly etwas zustößt, dann ist das allein Ihre Schuld, meinen Sie nicht? Also werde ich meine Männer bitten, Sie nach draußen in den Garten zu bringen und Ihnen eine kleine Lektion zu erteilen. Und dann werde ich mich entscheiden, was mit der armen Polly passiert. Was sagen Sie dazu? Haben wir eine Abmachung?“

Bennington sah erleichtert aus. Wenn er seine Strafe ohne Widerrede akzeptierte, würde der Professor Polly vielleicht verschonen. „Ja, Sir“, sagte er. „Ja, Sir, das ist ein guter Plan. Ein sehr guter Plan.“

Einen Augenblick später wurde Bennington von den vier Schergen aus dem Raum geführt. Die Chancen standen nicht schlecht, dass das Mädchen ungeschoren davonkam. Ansonsten hätte der starre Blick des Professors längst verraten, dass er ihren Tod plante. Bane war jedoch erleichtert zu sehen, dass er wieder blinzelte wie ein normaler Mensch.

Nicht dass es vieles an Van Bracken gab, was normal war. Beim Professor war einiges gehörig aus dem Lot, aber er hatte die Schlüssel zu einem Königreich, und Bane wollte dort hinein. Das schuldete ihm der Professor. Alles, was er bereits getan hatte, machte ihn ohnehin schon zum Verbrecher. Und er war gut darin. Seine Fähigkeiten, Operationen zu leiten, Gehorsam einzufordern und listig vorzugehen, waren beeindruckend. Das hatte ihm der Professor oft genug bestätigt, und deswegen würde er Bane auch Vancouver überlassen, sobald er in der Sache mit Tremain seinen Eifer bewiesen hatte.

Der Professor setzte sich. „Jetzt, wo diese kleine Unannehmlichkeit ausgeräumt ist, wollen wir uns doch von Mrs Garfield ein hübsches Mahl herrichten lassen. In Ordnung, Gentlemen?“

KAPITEL 11

Clara beobachtete amüsiert, wie die Zuschauer ihre Hälse reckten und die Köpfe jedem Ball, der gespielt wurde, folgten. Hin und her. Nur sie und Daniel machten sich überhaupt nichts aus dem Geschehen auf dem Platz. Sie verbrachten den ganzen Nachmittag damit, die Jahre aufzuholen, die sie verpasst hatten. Erst als Kate Tremain hinter die Aufschlaglinie trat, unterbrachen sie ihr Gespräch und schauten zu.

Daniels Schwester war die einzige Frau, die an diesem Tag spielte, aber sie war mit demselben Ernst dabei wie ihre männlichen Gegenspieler. Kate hatte einen großen Nachteil durch ihren engen Tennisdress, aber dafür war sie flinker. Nach ihrem Match traten zwei junge Männer gegeneinander an.

„Das da ist übrigens Jamie Carr", sagte Daniel und zeigte auf einen der beiden. „Der Sohn von meinem Partner Ian. Kate hat ihn letzten Monat besiegt, und er hat es immer noch nicht verwunden."

Clara nickte. „Für einen Mann ist es nicht einfach, sich mit einer Frau zu messen. Wenn er gewinnt, ist er ein Flegel, und wenn er verliert, kein Mann."

„Deswegen versucht Kate ja auch, immer mehr Frauen für den Klub zu begeistern. Dich wird sie sicher auch bald fragen."

Clara beobachtete, wie die beiden Männer über den Platz hechteten und mit einer Mischung aus Anmut und Kraft kleine Holzschläger schwangen. Sie schüttelte den Kopf. „Ich war noch nie besonders sportlich. Ich würde mir eher gegen den Kopf schlagen, als dass ich den Ball übers Netz bekäme."

Daniel war den ganzen Tag über schon außerordentlich höflich gewesen. Clara vermutete, dass er damit seine schroffe Reaktion auf ihre Bitte, sich dem Glauben an Gott zu öffnen, wiedergutmachen wollte. Als ob das Aufhalten von Türen und die bewundernden Blicke ihre Bedenken zerstreuen konnten.

Aber Clara hatte Geduld. Sie hatte Daniel gerade erst wieder gefunden und so schnell würde sie ihn nicht aufgeben. Durch alltägliche Begegnungen wie diese würde sie ihm die Gottesfurcht vorleben und ihn letztlich erreichen. Seit Tagen betete sie schon dafür, dass sich Daniels Herz erweichen ließe, damit er Gottes Gnade erkennen konnte.

Sie sahen Jamie Carr beim Spielen zu, aber Daniel war nicht bei der Sache.

„Verrate mir, warum du nie geheiratet hast", wollte er wissen. Die meisten Männer hätten sich diesem sensiblen Thema mit größter Sorgfalt genähert, aber Daniel wagte es natürlich auf seine charmante Art, sie direkt danach zu fragen.

Clara lächelte. „Weil sich niemand für mich interessiert hat? Und durch die angeborene Mittelmäßigkeit blüht mir nun ein Leben als alte Jungfer."

„Hör auf, nach Komplimenten zu fischen. Mindestens ein halbes Dutzend Männer schielt ständig zu dir herüber, seit wir hier sitzen. Also, warum?"

Das Übermaß an männlicher Aufmerksamkeit rührte sicher daher, dass nur wenige Frauen überhaupt im Publikum saßen, aber ihr Vater hatte ihr beigebracht, dass es unhöflich war, ein Kompliment anzufechten. Und seine Frage war berechtigt, wenn auch unverblümt. „Hast du schon einmal von Nicholas Spencer gehört?"

„Nein. Sollte ich?"

„Nun, wenn du in London leben würdest, wäre dir der Name sicher geläufig. Nicholas Spencer war ein Mitglied des britischen Parlaments, als ich ihn kennenlernte, sehr intelligent, sehr ehrgeizig. Wir verstanden uns sofort." Nicholas' Charme und unbekümmertes Selbstvertrauen hatten Clara sofort an Daniel erinnert. Darum hatte sie sich auch zu ihm hingezogen gefühlt. „Nicholas hat mich darin unterstützt, für die *Times* zu arbeiten. Die meisten Männer waren der Meinung, eine Frau und Journalistin, das passe nicht zusammen, aber Nick dachte, das mache mich gescheiter. Meine politischen Ansichten gefielen ihm nicht unbedingt, aber das beruhte zumindest auf Gegenseitigkeit."

„Wie dem auch sei", fuhr Clara fort, „Nick wurde zum Stellvertreter des Vizekönigs von Indien ernannt. Das war eine schrecklich große Ehre, und er war auch recht gut dafür geeignet, wie ich finde. Das Problem war nur, dass ich nicht dafür geeignet war, die Frau von solch einem Mann zu sein. Ich habe noch nie viel davon gehalten, wie England sich in Indien einmischt, und vor der Aussicht auf ein Leben dort graute mir. Das habe ich ihm auch gesagt. Leider lief es nicht so gut." Das war eine Untertreibung. Es war zum erbitterten Streit gekommen, der schließlich in der gescheiterten Verlobung endete.

„Nach einer langen Diskussion hat er vorgeschlagen, unsere Verlobung noch einmal zu überdenken, und ich habe zugestimmt. Das muss ein ziemlicher Schock für ihn gewesen sein. Ich bin mir sicher, dass er von mir erwartet hat, ich würde zu allem Ja und Amen sagen, damit wir nur schnell heirateten. Er hat mich wohl doch nicht so gut gekannt, wie er immer dachte. Das ist nun drei Jahre her."

Daniel sah sie aufmerksam an. „Du sprichst so beiläufig darüber … denkst du noch an ihn?"

Sie war damals am Boden zerstört gewesen. Tagelang war sie kaum aus dem Bett gekommen, aber heute fiel es ihr schwer, sich zu erinnern, was so besonders an ihm gewesen war. „Die Tatsache, dass ich ihn lieber verlassen wollte, als nach Indien zu ziehen, war ein Zeichen, dass er nicht der Richtige war, glaube ich."

Daniels Augen wurden zu Schlitzen. Er sah aus wie ein Panther kurz vor dem Sprung. „Also, Clara", sagte er lang gedehnt. „Wir können natürlich nicht zulassen, dass du den Ruf einer Frau bekommst, die sitzen gelassen wurde. Die Leute würden reden, und stell dir nur vor, wie schrecklich das wäre."

„Niemand hier weiß davon. Es sei denn, du fängst an, es überall herumzuposaunen."

„Und dennoch muss es fürchterlich sein, in deinem Alter noch allein zu sein. Die Zeit bleibt nicht stehen, Clara. Aber zum Glück bin ich bereit, dir in dieser Sache auszuhelfen."

Clara schmunzelte. „Und wie genau willst du das anstellen?"

„Für den Anfang werde ich dir fortan meine Aufwartung machen. Ich werde dich an öffentliche Orte wie diesen hier ausführen, wo jeder sehen kann, wie du von einem hoffnungslos vernarrten Verehrer umschwärmt wirst."

Ihre Wangen glühten. „Ich glaube kaum, dass das meinem Ruf nützen würde. Von einigen seriösen Quellen habe ich nämlich erfahren, dass du in der gehobenen Gesellschaft Angst und Schrecken verbreitest." Wenn das Grinsen in Daniels Gesicht etwas zu sagen hatte, dann, dass ihm sein Ruf nicht das Geringste bedeutete. „Und außerdem kann ich mir nicht vorstellen, wie du jemanden umschwärmst", sagte sie und widmete sich wieder dem Tennismatch.

„Ach nein? Und was, wenn ich meinen Arm um deine Taille lege, etwa so?" Clara fühlte an ihrer Hüfte den leichten Druck seiner Hand. Wenn sie jetzt nach unten sah, würde sie die Aufmerksamkeit der anderen auf sich lenken. Bei dem Gedanken daran, wo sein Arm gerade lag, lief ihr ein wohliger Schauer über den Rücken. Es fühlte sich so gut an.

„Daniel, hör auf", raunte sie ihm zu.

„Oder vielleicht ein kleiner Kuss", meinte Daniel und ignorierte ihren ermahnenden Ton. „Ein sittsamer, natürlich. Hier passiert nichts Unanständiges." Er küsste sie so flüchtig auf die Wange, dass sie seine Lippen kaum spürte, dennoch spürte sie ein Kribbeln im Bauch. Ihr Blick huschte zu den anderen Zuschauern auf der Tribüne, aber alle Köpfe folgten unbeeindruckt dem Tennisball. „Daniel, du bist furchtbar", flüsterte sie verzweifelt, konnte sich aber eines stillen Lächelns nicht erwehren.

„Das war furchtbar? Oh, dann sollte ich es dringend noch einmal versuchen." Der Druck seiner Hand um ihre Taille wurde fester und er zog sie zu sich heran. Von der Hüfte bis zur Schulter berührten sich nun ihre Körper, und er küsste sie erst auf die Wange und dann auf die Schläfe. Schließlich zog er wie beiläufig seinen Arm zurück, setzte sich gerade hin und widmete sich wieder ganz dem Tennismatch, so als würde er nicht merken, dass ihr Herz wie wild pochte und alle Nervenenden in ihrem Körper verrücktspielten.

„Ganz schlechter Volley", kommentierte er. „Jamie muss seine Rückhand verbessern, wenn er es je mit Katie aufnehmen will. Aber zurück zu unserem viel spannenderen Thema. Wie macht man dir richtig den Hof? Wie steht es zum Beispiel mit Geschenken? Hat dich dieser Nelson mit Geschenken überhäuft?"

„Nicholas. Und nein, er war eher sparsam."

„Sparsam, ja? Nun, ich bin nicht sparsam, wenn es um die Frau meines Herzens geht. Ich habe zum Beispiel schon immer dein wunderschönes Haar bewundert. Warum du es unbedingt unter einer Haube verstecken musst, werde ich nie begreifen. Ein paar

Haarspangen wären doch ein schönes Geschenk, findest du nicht? Mit Saphiren darauf, die zu deinen Augen passen. Das wäre zwar nicht gerade sparsam und sicher nicht, was der arme Nigel im Sinn gehabt hätte, aber ich finde, das wäre genau das Richtige. Gib mir deine Hand."

„Wieso?"

„Warum musst du dich immer so zieren? Deine Hand." Gegen seine autoritäre und selbstbewusste Art war Clara machtlos. Er schloss ihre Hand und etwas Kühles und Hartes drückte sich ihr in die Handfläche. Als sie sie wieder öffnete, leuchteten zwei goldene Haarspangen mit funkelnden Saphiren und winzigen Zuchtperlen darin. Erschrocken sah sie Daniel an. Aus seinem Blick sprach Zärtlichkeit.

„Die sind wunderschön", hauchte sie. „Aber ich kann sie nicht annehmen."

„Unsinn", entgegnete Daniel. „Wie du dich erinnern wirst, habe ich einige deiner Haarnadeln verbogen, als wir letztens Katie suchten. Ich fülle nur deinen Vorrat wieder auf."

Das war zu viel für sie. Daniels feine Lippen kräuselten sich nach oben und er wartete auf ihre Reaktion. Wenn er sie so ansah, tat ihr das Herz vor Sehnsucht weh. „Daniel, so etwas schenkt man nicht einfach so als Freund. Die sind viel zu kostbar."

„Dann ist es vielleicht an der Zeit, dass ich mehr werde als nur ein Freund … damit dein Ruf nicht getrübt wird. So altjungfernhaft wie er ist. Und jetzt nimm diese grässliche Haube ab und zeig mir, wie sie an dir aussehen."

Sie waren von allen Seiten von Zuschauern umgeben. „Ich kann doch nicht einfach meine Haube abnehmen und mein Haar offen tragen. Das würde für Aufsehen sorgen."

„Also schön." Daniel stand auf und hielt ihr seine Hand hin. Clara blieb wie angewurzelt sitzen. Egal, wohin er sie führen würde, es wäre eine Richtung, die sie zu gleichen Teilen fürchtete und herbeisehnte. Dessen war sie sich sicher.

„Setzen Sie sich wieder hin, Mann!", rief jemand von hinten.

Daniel blieb geduldig stehen, während immer mehr ärgerliche Zwischenrufe kamen.

Es war aussichtslos. Daniel würde für immer mehr Aufruhr sorgen, bis sie endlich einwilligte, und insgeheim *wollte* sie das auch. Sie legte ihre Hand in seine und ließ sich von ihm durch die schmale Sitzreihe bis zum Gang führen. Die Tennisplätze waren auf einem großen Areal hinter dem Klubhaus. Nirgendwo gab es einen Ort, wo man für sich sein konnte. Während sie noch darüber nachdachte, führte Daniel sie unter die Tribüne. Das Aufschlagen der Tennisbälle war noch zu hören, aber Clara hatte nur Augen für Daniel.

„Komm, trau dich. Steck sie an." Seine Finger zogen bereits an ihrer Haube. Nachdem sie herunter war, begutachtete er ihre Locken, die in gedrehten Strähnen am Hinterkopf festgemacht waren. Dazu hob er ihr Kinn, bewegte ihren Kopf vor und zurück und studierte die komplexen Windungen wie ein Ingenieur, der eine ihm unbekannte Maschine auseinanderbauen will.

Zufrieden zog er die Haarnadel heraus, die alles zusammenhielt, woraufhin ihr die ganze Lockenpracht über die Schultern fiel. Sie sollte sich schämen. Sein Blick war geradezu entflammt. Es war der unverstellte Blick männlicher Bewunderung, der sie von Kopf bis Fuß rot werden ließ. Und doch genoss sie diesen Moment.

„Zufrieden?", fragte Clara.

„Und wie. Und jetzt halt still." Sie spürte, wie er ihr Haar auf einer Seite übers Ohr schob und es mit einer der Saphirspangen festklemmte. Noch nie hatte ein Mann ihr die Haare gemacht. Es fühlte sich seltsam vertraut an, wie sie vor ihm stand und zuließ, dass er ihr Haar ordnete und festklemmte.

Dann wiederholte er den Vorgang auf der anderen Seite. Schließlich ließ er die Arme sinken und betrachtete sie. „Wunderschön", entfuhr es ihm, und Clara wusste, dass er nicht die Haarspangen meinte. Oben brandete Applaus auf und signalisierte das Ende der Partie, aber Clara stand wie gebannt da und genoss seine Bewunderung.

„Das Spiel ist aus", sagte sie schließlich.

Sein Blick hielt stand. „Ja." Er ging einen Schritt auf sie zu und nahm ihr Gesicht in die Hände. Sie wagte kaum zu atmen. Leicht senkte sie den Blick, und er brauchte keine weitere Einladung. Als ihre Lippen sich fanden, legte er seine Arme um sie und zog sie an sich. Ihr wurde ganz schwummerig, als sie ihm so nah war.

Nur langsam löste er sich. „Ich bin froh, dass du wieder zurück bist, Clara", sagte er leise. „Hab mich schon gefragt, ob du überhaupt noch kommst." Das Begehren in seiner Stimme war nicht zu überhören.

„Aber du hast gesagt, es sei gut gewesen, dass ich nach England gegangen bin. Und dass es mit uns gefährlich war. War das damit gemeint?"

„Gefährlich? Das hoffe ich doch."

Er meinte es als Scherz, aber Clara ahnte, dass am Horizont jede Menge Gefahren lauerten. Daniel war ihr bester Freund, aber mehr als das durfte er niemals sein, wenn er ihren Glauben nicht teilte. Wenn sie Geduld hatte, würde er sicher irgendwann zu Gott finden, oder? Wenn nötig, würde sie warten, bis der Mond vom Himmel fiel, aber insgeheim wusste sie, dass das ein Spiel mit dem Feuer war. Wenn man bedachte, wie ihre ganze Welt sich immer mehr um Daniel Tremain drehte, spielte sie mit einem ausgewachsenen Feuersturm.

Doch schnell verdrängte sie den düsteren Gedanken, ging auf die Zehenspitzen und küsste Daniel. „Ich hoffe nicht. Aber nur um dir zu widersprechen." Das Leuchten in seinen Augen gab ihr das Gefühl, sein kostbarster Schatz zu sein.

„Daniel? Wo steckst du?" Kates Stimme tönte von der anderen Seite der Tribüne, aber Daniel hielt Clara in seinem Blick gefangen. Ein Hochgefühl erfasste sie und sie wollte diesen Augenblick am liebsten für immer festhalten. „Wir sollten gehen", sagte sie.

„Ich weiß." Doch er bewegte sich nicht.

„Daniel Tremain", rief Kate, „wenn du mich hier allein nach Hause laufen lässt, dann schieße ich dich bis nach China!"

Da rührte sich Daniel endlich. „Hier drüben", rief er und flüsterte Clara ins Ohr: „Wenn meine Schwester nicht hier wäre, würde ich dich über die Schulter legen und davontragen. Mit den schlimmsten Absichten."

„Was um alles in der Welt macht ihr denn hier?", fragte Kate und wand sich zwischen den Stützpfeilern durch.

Daniel richtete sich auf und nahm den Arm von Claras Taille. Clara setzte ihre Haube wieder auf und beobachtete fasziniert, wie aus dem verwegenen Draufgänger innerhalb einer Sekunde der beschützende ältere Bruder wurde. Als sie gemeinsam zur Kutsche liefen, genoss Clara das stille Wissen, alle Seiten von Daniel Tremain zu kennen.

KAPITEL 12

Clara studierte die ernste, ungerührte Miene ihres Vaters, der ihre Zeilen überflog, und wartete auf das erste Anzeichen der Anerkennung oder Enttäuschung. Würde sie jemals ohne die Bestätigung von Reverend Lloyd Endicott auskommen? Egal, wie wütend sie auf ihn war, egal, wie viele Jahre Erfahrung sie als Journalistin hatte, sie spürte noch immer dieses lächerliche Verlangen nach seiner Anerkennung. Ihren Artikel für *The Christian Crusade* hatte sie fertig geschrieben und ihn zu ihrem Vater ins Arbeitszimmer gebracht. Nun saß sie auf genau demselben Sofa, auf dem sie damals sein Urteil über ihre Hausaufgaben erwartet hatte.

Lloyd ließ die Seiten auf den Tisch fallen und nahm seinen Zwicker ab. Seine Miene war unverändert rätselhaft. „Guter Artikel, Clara. Überzeugend, wortgewandt. Vielleicht etwas zu scharf formuliert."

Clara hob die Augenbrauen. „Ein Artikel muss scharf formuliert sein." Ihr Redakteur in London hatte stets nur Verachtung für verweichlichte Journalisten übrig gehabt, die nicht wagten, Stellung zu beziehen. Der Arbeitskampf war wieder kurz vorm Überkochen, und die Öffentlichkeit hatte es verdient, klar darüber informiert zu werden, wie Löhne festgesetzt und Arbeitsbedingungen bestimmt wurden. Ihr Besuch bei Alfred Forsythe und Daniel Tremain hatte ihr exklusive Einblicke in zwei der wichtigsten Arbeitgeber Baltimores verschafft.

„Ich will es anders formulieren", setzte Lloyd behutsam an. „Ich glaube, du lässt deine persönliche Abneigung gegen Daniels Verhalten den Ton dieses Artikels beeinflussen. Als würdest du versuchen, ihn dazu aufzufordern, sich zu ändern, anstatt die Öffentlichkeit über die Einzelheiten dieser Angelegenheit zu informieren."

„Daniel hat nicht das Geringste dagegen, dass seine Feindseligkeit Alfred Forsythe gegenüber publik wird", verteidigte sie sich. „Er ist stolz auf seine Meinung. Ich verstehe nicht, wieso es ungerecht sein soll, das zu erwähnen."

Ihr Vater griff nach den Seiten und suchte. „Und was ist mit: *‚Mr Tremain hat verhindert, dass sein Unternehmen an der New Yorker Börse gehandelt wird. Der Grund: Er ist nicht dazu bereit, seine Technologien jeder Firma zur Verfügung zu stellen, die die nötigen Lizenzgebühren entrichtet.*'" Lloyd sah Clara an. Er war nicht länger ihr Vater; er war der Herausgeber einer Zeitung, in der sie zu veröffentlichen suchte. „Kannst du das beweisen? Mir fallen eine Vielzahl von Gründen ein, warum jemand sein Unternehmen lieber in privater Hand behalten möchte."

Clara schüttelte den Kopf. „Es stimmt aber. Mir gegenüber hat er klipp und klar gesagt, dass *Forsythe Industries* für ihn den Ausschlag geben. Und ich weiß auch, dass sein Partner und er das Geld vom Aktienverkauf gut gebrauchen könnten. Sie sind nämlich knapp bei Kasse." Lloyd suchte schon wieder im Text herum, und erste Anzeichen für Missfallen zeigten sich in seinem Gesicht.

Clara drückte die Seiten herunter und beugte sich vor. „Alles, was ich geschrieben habe, stimmt", sagte sie. „Jedes einzelne Wort lässt sich überprüfen. Alle meine journalistischen Instinkte sagen mir, dass dies eine gerechte Darstellung der Tatsachen ist."

„Aber wie wird Daniel darauf reagieren? Dein Freund aus Kindertagen?"

Daniel war mit ihr schon immer erschreckend direkt umgegangen und mochte ihre unverblümte Art. „Daniel hat keine Angst vor der Wahrheit. Als ich mit dem Schreiben nicht hinterherkam, hat er extra langsam geredet. Er wusste, dass ich ihn für einen Artikel befragte, und er hat mir die Informationen aus freien Stücken weitergegeben. Natürlich war er sich darüber im Klaren, dass ich sie verwenden würde."

Lloyd nahm die Seiten und wendete sie hin und her. „Du hast einige Erfahrung als Journalistin, und ich vertraue deinem Urteil. Der Artikel erscheint nächste Woche."

Clara lächelte. Ab nächster Woche würde sie dazu beitragen, diesen nutzlosen Rachefeldzug, der Daniels Seele zerfressen hatte, zu einem guten Ende zu führen.

Clara sammelte eine Schnecke von der Klematis ab und warf sie in eine Büchse. Die Kletterpflanze rankte sich am Zaun entlang, hinter dem Haus, das sie gemietet hatte. Clara fragte sich, wie so eine dünne Ranke so viele große violette Blüten tragen konnte. Sie liebte es, morgens in den kleinen Garten zu gehen und sich um diese Pflanze zu kümmern. Wahrscheinlich ein unerfüllter Mutterinstinkt, aber es fühlte sich richtig an, ihr etwas Gutes zukommen zu lassen. Schließlich musste sie schon seit Jahrzehnten hier am Zaun ihr Dasein fristen. Clara versuchte, die frühe Morgensonne mit ihrem breitkrempigen Strohhut auszublenden und widmete sich den krausen Ranken.

Sie hörte Daniel, noch bevor sie ihn sah. Schwere Stiefel schnitten durch das hohe Gras neben dem Haus. Clara drehte sich um und bemerkte sofort sein wutentbranntes Gesicht und die angespannte Haltung. In der Hand hielt er zusammengerollt die gerade erschienene Ausgabe des *Christian Crusade*. In wenigen Schritten durchmaß er den Garten, und so, wie er die Hand mit der Zeitung hob, fürchtete Clara, er würde sie jeden Moment damit schlagen. Stattdessen warf er das Wochenblatt nach ihr und die aufgerollten Seiten fielen auf die feuchte Wiese.

Clara wurde blass, bemühte sich aber um eine ruhige Stimme. „Ich sehe, du hast den Artikel gelesen."

„So nennst du das also?", schnaubte er. „*Einen Artikel*, ja? Weißt du, wie ich das nenne? Rufmord."

So wütend hatte sie ihn noch nie erlebt. Das war nicht der Daniel, den sie kannte. Er machte ihr Angst. Mit zitternden Fingern rückte sie die Krempe ihres Huts zurecht, Hauptsache, sie konnte ein paar Sekunden gewinnen, um einen klaren Gedanken zu fassen. „Tut mir leid, dass er dir nicht gefällt", stammelte Clara. Sie ging einen Schritt zurück, aber die Wand aus Blüten war ihr im Weg. „Lass uns in Ruhe reden, wenn du dich ein wenig beruhigt hast …"

„Wie kannst du es wagen, alles niederzureißen, was ich mir im Lauf der Jahre aufgebaut habe? Nur weil du mit einem silbernen Löffel im Mund geboren wurdest? Jeden Lehrer, jedes Buch, alles hat man dir auf dem Silbertablett präsentiert. Und jetzt besitzt du die Dreistigkeit, die Früchte meiner Arbeit niederzumachen. Wieso, Clara? Hast du gemerkt, dass du nicht der nächste Chopin werden kannst, und beschlossen, wenigstens für die größten Skandale verantwortlich zu sein, die der Journalismus zu bieten hat?"

Clara hoffte, dass er ihr Zittern nicht sah, weigerte sich aber, zu Boden zu sehen. „Ich habe nichts geschrieben, was nicht allgemein bekannt ist."

Daniel drückte sich vom Zaun weg und marschierte über den Rasen. „Du hast geschrieben, wieso wir den Börsengang abgebrochen haben! Das war eine private Information, und du hattest kein Recht, das zu veröffentlichen!"

„Aber … aber du hast mir das doch erzählt. In deinem Büro. Du wusstest doch, dass das ein Interview über dein Unternehmen war. Hast du gedacht, ich würde nichts davon verwenden?", fragte sie ihn ungläubig.

Daniel schluckte, und zum ersten Mal bemerkte sie einen Hauch von Unsicherheit in seinem Blick. „Nein, das wusste ich nicht."

Daniel mochte der genialste Erfinder sein, aber die geschäftlichen Belange hatte er immer seinem Partner überlassen. Offensichtlich war er nicht nur geschäftlich, sondern auch im Umgang mit Journalisten ein Grünschnabel, und das war ihm zum Verhängnis geworden. Und sie war schuld daran. Ihr Vater hatte recht gehabt; sie hatte ihren besten Freund hintergangen. Es war keine Absicht gewesen, aber Daniel empfand es so, und wenn sie ehrlich war, hatte sie es an Vorsicht mangeln lassen. Sie hatte nicht bedacht, dass Daniel im Umgang mit Journalisten naiv sein könnte.

„Ich bin mit dem Interview genauso umgegangen wie mit allen anderen", sagte sie vorsichtig. „Und ich vermute, dass du es als freundschaftliches Gespräch empfandest, während es für mich eine Vorbereitung auf die Veröffentlichung war." Daniels stechender Blick ließ nicht nach, aber er widersprach ihr nicht. Sie hatte also recht. Vielleicht war es arrogant gewesen zu glauben, sie könne die Kluft zwischen Daniel und Forsythe überbrücken, aber nun war der Schaden angerichtet, und der einzige Weg, noch etwas Gutes aus dem Debakel zu machen, bestand darin, Daniel weiterhin auf eine einvernehmliche Lösung zu drängen.

„Du hast aus deinem Bestreben, Forsythe zu ruinieren, nie einen Hehl gemacht, Daniel. Und alles, was du dir bisher vorgenommen hast, hast du auch erreicht. Ich habe keinen Zweifel daran, dass du letzten Endes *Forsythe Industries* in die Knie zwingen wirst. Früher oder später wirst du ihn dazu bringen dichtzumachen, so wie du auch sein College dichtgemacht hast." Es tat weh, die Zielscheibe von Daniels Wut zu sein, aber sie richtete sich zu ihrer vollen Größe auf und ging mit der Hoffnung auf ihn zu, seine Feindseligkeit zu durchbrechen. „Aber während du Forsythe eine Grube gräbst, schaufelst du dir auch dein eigenes Grab, denn das macht dich kaputt!"

„Das ist mir egal", erwiderte er. „Seit Jahren treibt mich dieses Verlangen an, und es fühlt sich richtig an."

„Es fühlt sich richtig an, dass die Arbeiter von Forsythe mit lächerlichen Löhnen abgespeist werden? Dass Forsythes College gescheitert ist? Was bist du nur für ein Mensch, Daniel?"

Daniel blieb abrupt stehen, und es versetzte Clara einen Stich zu sehen, wie sehr ihn ihre Worte trafen. „Ein Mensch, der dir bisher immer vertraut hat", sagte er nach einer Weile. „Als du in England hinter Gittern gesessen hast, habe ich nicht eine Sekunde lang an dir gezweifelt und habe auch keine bösen Dinge über dich in der Presse in Umlauf gebracht. Ich habe einfach alles dafür getan, um dir den besten Anwalt Englands an die Seite zu stellen."

Clara riss überrascht die Augen auf und hielt die Luft an. Sie hatte nie versucht herauszufinden, wer der edle Spender für Mr Townsends horrendes Honorar gewesen war, und jetzt, wo sie es wusste, wollte sie am liebsten in Tränen ausbrechen. „Du warst das?", fragte sie matt.

„Ja."

Sie hielt ihm in einem stummen Appell beide Hände hin. „Daniel, ich … ich weiß nicht, was ich sagen soll. Wie kann ich dir jemals danken …"

Ihre Worte schienen ihn noch wütender zu machen. „Ich will nicht deine Dankbarkeit; ich will deine Loyalität! Es fällt mir schwer zu begreifen, dass eine Frau, die ich geradezu vergöttert habe, auf einmal der Meinung ist, ich sei nicht gut genug, um in dieser Stadt ein Unternehmen zu führen!"

Seine Miene blieb finster, und Clara suchte verzweifelt nach irgendeinem Weg, ihn zu erreichen, bevor er auch das letzte bisschen Güte aus seiner Seele aussperrte. Nichts konnte den Panzer der Verbitterung, den er um sich herum aufgebaut hatte, durchschlagen. Der Mann, der seinen unbändigen Zorn über ihr ausschüttete, war nicht mehr der alte Freund von früher. Die Gartenbank war nur einige Schritt entfernt, und Clara erreichte sie gerade noch, bevor ihre Knie nachgaben. Daniel stand unbeweglich da, die Miene in Stein gemeißelt, und sah aus wie ein Fremder. Er war doch sonst so stark und selbstsicher. War sie deswegen davon ausgegangen, dass ihr Artikel ihn schon nicht verletzen würde?

Ihr Leichtsinn hatte die Angelegenheit nicht bereinigt; im Gegenteil, sie hatte noch Öl ins Feuer gegossen. Diese Erkenntnis raubte ihr die Kraft. „Ich habe den Artikel geschrieben, weil ich gehofft habe, du würdest erkennen, wie du dir selbst und Tausenden von unschuldigen Menschen schadest." Gequält sah Clara ihn an. „Was ich getan habe, das tut mir leid. Aber ich fürchte, du machst alle unsere Chancen zunichte auf Glück, auf eine Ehe. Unsere Chance auf Kinder. Nichts von alle dem kann jemals geschehen, wenn du an diesem widerlichen Verlangen, Forsythe zu bestrafen, festhältst. Als Jesus am Kreuz hing, vergab er sogar den Menschen, die ihn dort angenagelt hatten."

In dem Augenblick, als sie das Wort *Jesus* aussprach, war auch das letzte bisschen Geduld in Daniel aufgebraucht. „Hör auf, mich anzupredigen, Clara", drohte er ihr.

„Ich wollte dich doch nur retten", erwiderte sie matt.

„Es funktioniert nicht."

Er machte auf dem Absatz kehrt und ließ sie zwischen den Klematisranken sitzen.

Mrs Lorna Lancaster, geborene Tremain, hatte genau dieselben grauen Augen wie ihr Bruder, aber dort endete die Ähnlichkeit auch schon. Lornas Haar war kastanienbraun und hochgesteckt, und sie trug eine bestickte pfauenblaue Jacke und einen gleichfarbigen Rock. Dieser war so eng geschnitten, dass sie nur winzige Schritte machen konnte. Clara fiel die Vorstellung schwer, dass Lorna in derselben ärmlichen Wohnung aufgewachsen war wie Daniel. Heute nippte sie an ihrem Kaffee im Belgravia Coffee

Shop im historischen Viertel von Baltimore und sah aus wie die Kultiviertheit in Person. Das Café mit seinen Backsteinwänden und dem alten Holzfußboden animierte geradezu zu vertraulichen Gesprächen.

Clara war froh, dass Lorna zu einem Treffen bereit gewesen war. Sie hatte schon befürchtet, dass sie nach der Veröffentlichung des Artikels im *Christian Crusade* der vergangenen Woche in der ganzen Familie Tremain als *Persona non grata* galt. Seitdem Daniel aus ihrem Garten gestürmt war, hatte sie ihn nicht wiedergesehen. Und auch ihre versöhnlichen Briefe, die sie ihm in den darauffolgenden Tagen geschrieben hatte, hatte er ignoriert.

Lorna schien der Artikel egal zu sein. „Ist doch immer dasselbe", sagte sie unbekümmert. „Daniel hat es schon ewig auf Forsythe abgesehen. Das interessiert mich schon seit Jahren nicht mehr."

Als älteste von Daniels Schwestern hatte sie hoffentlich den besten Einblick in Daniels Charakter. Dass er so brillant, so talentiert und zugleich moralisch so orientierungslos war, was das Geschäft betraf, wollte nicht zusammenpassen. Es schien, als wäre Daniels Rachefeldzug für alle Angestellten und Familienmitglieder so natürlich gewesen wie der Sonnenuntergang im Westen. Aber Clara konnte nicht einfach darüber hinwegsehen, was Daniels Zorn mit seinem Herzen machte, und Lorna schien ihr noch die beste Wahl zu sein, um Daniels komplexe Lebensfäden zu entwirren, die er während ihrer Jahre in England gesponnen hatte.

„Daniel hatte schon immer einen starken Beschützerinstinkt", erklärte Lorna. „Ich wusste, dass wir damals nicht viel Geld hatten, aber das hat er uns nicht spüren lassen. Wir haben nie gehungert und zu Weihnachten gab es immer ein Geschenk. Ein Haarband oder eine duftende Seife. Das einzige Mal, dass mir auffiel, wie knapp wir am Rande der Armut entlangschabten, war, als plötzlich der Regulator an der Küchenwand fehlte. Ich dachte, wir wären ausgeraubt worden und erzählte es Daniel aufgeregt, als er abends vom Stahlwerk heimkam. Dieser Blick, mit dem er mich da ansah …" Lornas Stimme verstummte und ihre Stirn zog sich in Falten. „Er schämte sich so. Er hatte die Uhr zum Pfandleiher gebracht und gehofft, sie wieder auszulösen, bevor wir es merken würden. Es war eine wertvolle Uhr und wir bekamen sie nie wieder, aber eine Woche später hing eine neue Uhr an der Wand. Sie hatte einen minderwertigen Eichenrahmen und die Zeiger waren aus Eisen, aber sie bedeutete mir mehr, als wenn sie aus purem Gold gewesen wäre. Sie hängt heute noch in meinem neuen Zuhause."

Der Schatten auf Lornas Gesicht war verflogen. „Aber genug von diesen traurigen Erinnerungen. Daniel hat immer gut für uns gesorgt. Er achtete darauf, dass wir zur Schule gingen und lernten. Jeden Sonntag schickte er uns in die Kirche. Unsere Kleider waren immer sauber, und ..."

„Augenblick. Er war mit euch im Gottesdienst?"

„Er selbst ist nicht gegangen, aber Mrs Hershberger, die auf derselben Etage wohnte, hat uns immer mitgenommen."

Clara beugte sich vor und schöpfte neue Hoffnung. Religion bedeutete ihm also doch etwas. „Warum hat er euch denn nicht selbst hingebracht?"

„Er machte sich nie viel aus Religion."

„Aber er fand es wichtig, dass ihr geht."

„Oh ja. Wir mussten jede Woche. Da gab es keine Widerrede." Lorna schenkte sich nach und bot Clara ebenfalls eine weitere Tasse Kaffee an. Clara willigte ein, um das Treffen in die Länge zu ziehen. „Ich weiß noch, dass ich ihn einmal zu Ostern gebeten habe mitzukommen", sagte Lorna. „Der Chor sang zu Ostern immer so schöne Lieder, und ich war der Meinung, das würde ihm gefallen. Er lehnte ab, aber ich ließ nicht locker. Ich wollte nicht, dass er allein in unserer armseligen Wohnung hockte, wo er doch die Musik so liebte." Lorna goss etwas Kaffeesahne nach. „Da wurde er ziemlich wütend und meinte, ich solle ihn nie wieder damit belästigen. Es gab wenig Themen, die wir zu Hause nicht ansprechen durften, aber so wie er mich an jenem Morgen anherrschte, hatte ich viel zu viel Angst, es noch einmal zu versuchen."

„Welche Themen waren denn noch verboten?" Clara sollte sich schämen, einer fast Fremden solche intimen Fragen zu stellen, aber ihr journalistischer Instinkt sagte ihr, dass sie gerade auf etwas Wichtiges gestoßen war.

Lornas Seufzer zeugte von jahrelangem Kummer. Sie rührte in ihrer Tasse und starrte vor sich hin. „Weißt du, wie unsere Mutter gestorben ist?"

Clara fiel ein, dass es Lorna gewesen war, die die Mutter an einem Strick hängend in der Küche gefunden hatte. „Ja", sagte sie leise.

„Daniel war völlig entsetzt", erklärte Lorna. „Das Schlimmste war ja, dass wir alle Mutter hatten hängen sehen, bevor er nach Hause kommen und sie herunterholen konnte. Sofort, nachdem ihr Leichnam aus der Tür getragen worden war, versuchte Daniel das Kapitel zu schließen. Er tat so, als hätten wir sie niemals so gesehen. Als hoffte er, wir würden es vergessen, wenn wir nicht darüber redeten." Lorna rührte wieder in ihrer Tasse. „Auf Katie mag das vielleicht zutreffen. Sie war ja gerade einmal drei, als das passierte, und hat es nicht wirklich verstanden. Aber ich, ich erinnere mich."

Lornas wehmütiger Blick machte Clara traurig. Sie wusste, wie es war, seine Mutter frühzeitig zu verlieren, aber sie maßte sich nicht an, das Leid der Tremain-Kinder zu begreifen. Still legte sie ihre Hand auf die von Lorna und wünschte sich, noch mehr tun zu können, als nur ihr Mitgefühl zu zeigen.

„Jedenfalls verdiente Daniel nach seinem ersten Patent bald gutes Geld. Zwei Jahre nach dem Tod von Mutter konnten wir ein Haus mieten, das ein winziges Gärtchen davor und ein Badezimmer mit fließend Wasser hatte. Es kam uns vor wie ein großes Schloss. Daniel kaufte für Rachel und mich jeweils ein Haus, als wir heirateten, und ich nehme an, dass er dasselbe für Katie vorhat, obwohl er in diesen Tagen recht klamm ist, wie ich höre."

Es hing unausgesprochen in der Luft. Wenn Daniel sich doch für den Börsengang entschied, würde er einer der reichsten Männer des Landes werden. Aber unter den jetzigen Umständen hatte er es schwer, seinen Schwestern auch weiterhin ihren jetzigen Lebensstil zu ermöglichen.

Die Türglocke ging und ein Mann platzte herein. „Es gibt Ärger unten an der McNeill Street", rief er atemlos.

Der Gastwirt hinter der Theke warf sein Handtuch hin. „Nicht schon wieder", knurrte er.

Clara biss die Zähne zusammen und drückte Lornas schmale Hand. „Sicher nicht so schlimm. Nur eine Demonstration." Sie hatte Lorna ausführlich vom Streik vor drei Wochen erzählt, als ihre Schwester eingekesselt worden war. In der vergangenen Woche hatte es jeden Tag Demonstrationen gegeben. Sie waren ein Zeichen dafür, dass die Beziehungen zwischen den Eisenbahnarbeitern und den Unternehmenseignern immer angespannter wurden. Und ein großer Teil der Feindseligkeit richtete sich gegen Daniel. „Trotzdem sollten wir lieber aufbrechen", sagte Lorna.

Die Kutsche brachte Clara fast bis zu ihrem Haus. Zwei Straßenblöcke musste sie zu Fuß zurücklegen. Mit Bestürzung sah sie, dass ein Obstkarren umgestürzt war und die Markise an einem Fischgeschäft mit Gewalt heruntergezogen worden war. Hatte etwa ihr Artikel zu den Krawallen beigetragen? Wörter waren eine mächtige Waffe, und ihre Zeilen waren eine Breitseite gegen die zwei Industriellen gewesen, die einen Großteil der Arbeiter von Baltimore beschäftigten. Der Gedanke, dass sie mit daran schuld sein könnte, belastete sie sehr. Ihre Artikel sollten doch einen Dialog ermöglichen und nicht Vandalismus und Zerstörungswut auslösen!

Clara sah, wie eine Frau das verstreut liegende Obst von der Straße einsammelte, während ihr kleiner Sohn ihr mit einem Korb folgte. Die Angst im Gesicht des Jungen machte sie wütend. Sie wollte ihm gerade helfen, als sie ihren Vater entdeckte, der auf sie zulief.

„Du lieber Himmel, was ist denn mit deiner Stirn passiert?", keuchte sie.

Lloyd drückte sich ein blutiges Taschentuch gegen die Schläfe. „Hab einen Apfel gegen den Kopf bekommen", sagte er. „Wenn du vor zehn Minuten hier gewesen wärst, hättest du etwas miterleben können. Ich habe ganz vergessen, wie hart die Jugend werfen kann."

Clara war völlig entgeistert. „Sie haben einen alten Mann mit Äpfeln beworfen?"

Lloyd zuckte zusammen. „Was heißt hier alter Mann? Zeig mir lieber das Haus, das Clyde und du gemietet haben."

Clara hakte sich bei ihrem Vater unter und lief mit ihm die zwei Straßen bis zu ihrem Haus. Er hatte keine ernsthaften Verletzungen davongetragen, Gott sei Dank, aber es hatte etwas Verstörendes an sich, einen älteren Herrn mit blutigem Gesicht zu sehen. Im Haus ließ sie ihn am Küchentisch Platz nehmen, holte Wasser und tupfte ihm so sanft wie möglich die Wunde sauber. Es war nur ein kleiner Kratzer, aber von Clyde wusste sie, dass Kopfwunden besonders stark bluteten.

„Ich wünschte, Clyde wäre hier. Er wüsste genau, was man tun muss“, bedauerte Clara und drückte ein Tuch auf die Wunde.

„Du machst das genau richtig. Außerdem bin ich nicht wegen Clyde hier.“

Das hatte sie schon vermutet und sank auf einen Stuhl ihm gegenüber. Es war nur eine leichte Verletzung, aber allein der dünne Schweißfilm auf seiner Haut und seine etwas wacklige Haltung machten ihr bewusst, wie viel Aufregung dieser Vorfall bei ihm verursacht haben musste. Ihren Vater so zu sehen rüttelte sie auf. Wie schrecklich hätte sie sich erst gefühlt, wäre er ernsthaft verletzt worden? Und sie zeigte ihm die ganze Zeit die kalte Schulter.

„Was wolltest du denn von mir?“, fragte Clara.

Lloyd drückte sich das Handtuch fest an die Stirn. „Ich habe gehört, dass es in diesem Viertel Krawalle gibt, und da wollte ich dich retten.“

„Ach, Vater, das wäre doch nicht nötig gewesen …“

„Das sehe ich jetzt auch, aber weißt du, das Seltsame an Vätern ist, dass sie den Impuls, ihr Kind zu beschützen, nicht unterdrücken können. Selbst wenn das Kind längst erwachsen ist. Und bei Töchtern ist er ganz besonders stark.“ Hinter seinem Lächeln verbarg sich eine große Traurigkeit, und Clara wusste genau, was er dachte. Egal, wie verschroben sie sein Verhalten auch fand, ihr Vater hatte tatsächlich nur ihr Bestes im Sinn gehabt, als er sie damals von Daniel getrennt hatte.

Sie lehnte sich zurück. „Ist es nicht eigenartig, dass ich an Daniel herumnörgle, weil er es nicht schafft, anderen zu vergeben, und zugleich flüchte ich ans andere Ende von Baltimore, damit ich mich meinen eigenen Problemen nicht stellen muss?“

„Ich wage es unter diesen Umständen lieber nicht, Daniel Tremains Stärken oder Schwächen zu kommentieren. Was den zweiten Teil deiner Frage betrifft, würde ich dich mit Vergnügen wieder zu Hause willkommen heißen, um das Thema ausführlich zu diskutieren.“

Eine klarere Entschuldigung würde sie von ihrem Vater wohl nie bekommen. Aber was hatte sie erwartet? Lloyd Endicott war nicht der Mann, der seine Meinung über den Haufen warf und durch die ganze Stadt eilte, nur weil sie sich schmollend zurückgezogen hatte. Was, wenn er heute zu Tode gekommen wäre? Was, wenn es kein Apfel, sondern ein Stein gewesen wäre, der ihn getroffen und zu Boden hatte gehen lassen? Sie hätte sich niemals verzeihen können, wenn ihrem Vater etwas passiert wäre, bevor sie überhaupt versucht hatte, das Zerwürfnis zwischen ihnen aus der Welt zu räumen. Daniel konnte nicht mit einer Entschuldigung von Alfred Forsythe rechnen, und sie nicht mit einer von ihrem Vater. Sie beide mussten das akzeptieren.

Clara legte ihre Hand auf die ihres Vaters. „Ich komme nach Hause", sagte sie.

KAPITEL 13

Bane lehnte an der Wand, während der Professor die Krawatten, Tücher und Opernschals durchging, die in seinem großen Ankleidezimmer hingen. Schließlich entschied er sich für eine weiße Krawatte.

„Und jetzt pass auf, Junge. Ein Mann, der sich seine Krawatte nicht binden kann ist ein jämmerlicher Anblick." Der Professor warf Bane eine andere Krawatte zu und ging zu einem Spiegel, der über der Ankleidekommode hing. Er legte sich das schmale Ende um den Hals und wartete, bis Bane es ihm gleichtat. „Jetzt nimmst du das lange Ende und legst es über das kurze. Achte darauf, dass es darüberliegt, nicht darunter. Genau so."

Bane stand in Frack, Seidenweste und feiner Hose, die der Professor für ihn hatte schneidern lassen, und machte es ihm nach. Es gab keinen besonderen Anlass – der Professor hatte einfach bestimmt, dass es an der Zeit war für Bane, einen feinen Anzug zu besitzen. Seine Worte hatte Bane noch im Ohr. *„Du bist für mich so etwas wie ein Sohn, Bane. Also solltest du auch so aussehen.*"

Bane hatte bald eine einwandfrei gebundene Krawatte um. Stolz hob er sein Kinn und betrachtete sich im Spiegel. Nun sah er aus wie ein Mann von Welt, nicht wie ein schwächlicher Dummkopf, der sich auf der Straße wegschnappen ließ.

„Warum eigentlich weiß?", fragte er. „Ich dachte, schwarz wäre die formellste Farbe."

„Nicht für die Abendgarderobe", entgegnete der Professor. „Weiß ist die formelle Farbe für den Abend, aber man darf sie nie vor sechs Uhr tragen. Denk daran, dein Auftreten und wie du dich selbst präsentierst, sind von allergrößter Bedeutung. Es wird Zeiten geben, da bewegst du dich in den höchsten Kreisen, und deine Manieren müssen dir in Fleisch und Blut übergegangen sein. Spielend."

„Sprezzatura", antwortete Bane und hoffte, das italienische Wort richtig ausgesprochen zu haben. Dem erfreuten Lächeln des Professors nach war ihm das geglückt.

„Ich sehe, du hast Castiglione gelesen“, sagte der Professor voller Bewunderung. „Hervorragend. Mit *Sprezzatura* kann jeder Mann große Dinge erreichen und dabei entspannt und lässig aussehen. Du hast dieses Talent bereits mehrfach unter Beweis gestellt, Bane.“

Bane rückte seinen Krawattenknoten zurecht, der gegen seinen Kehlkopf drückte, und gab sich Mühe, die Aufregung aus seiner Stimme herauszuhalten. „Wo wir gerade bei den höchsten Kreisen sind …“

Der Professor hob eine Augenbraue. „Ja?“

„Ich habe meine Recherche über Daniel Tremain abgeschlossen und bin bereit.“

Die Augen des Professors leuchteten. „Und was ist dein Plan, mein Junge?“ Bane skizzierte seine Vorgehensweise und wurde mit anerkennenden Blicken bedacht. Der Opiumschmuggel war zwar ein einträgliches Geschäft, funktionierte aber nur mit einem gewaltigen Netzwerk aus Zwischenhändlern und machte sich erst nach Monaten bezahlt. Das kriminelle Imperium des Professors war breit gefächert, und als sich vergangenen Monat die Gelegenheit ergeben hatte, auf schnelle Weise zehntausend nicht zurückverfolgbare Dollar zu verdienen, hatte er Bane darauf angesetzt.

Daniel Tremain gegenüber hegte Bane keine Feindschaft. Wenn überhaupt, dann bewunderte er den Mann, der sich offensichtlich aus eigener Kraft nach oben gearbeitet hatte. Aber dies war die Prüfung, die der Professor für ihn auserkoren hatte, und er würde sie mit Bravour bestehen. Es war nicht nur wichtig, seine Wendigkeit und seine Tücke unter Beweis zu stellen, sondern dies auch, ohne mit der Wimper zu zucken und ohne dabei Skrupel zu haben. Er wusste, was dem Professor gefiel, und genau das würde er ihm liefern. Schließlich wartete Kanada auf ihn.

„Welche Männer wirst du mitnehmen?“, wollte der Professor wissen.

„Bill Richards, Scot McGahee und die Castellano-Brüder.“

„Bist du dir bei McGahee sicher?“, hakte der Professor nach. „Dieses Milchgesicht wirkt nicht gerade einschüchternd.“ Das stimmte, aber Bane mochte es, wenn man ihn unterschätzte. Schließlich setzte er seine Maske als Jüngelchen schon fast sein ganzes Leben lang ein, um seine Opfer nah genug heranzulocken, bevor er sein wahres Gesicht zeigte.

Bane sagte nichts, wandte sich nur dem Professor zu und starrte ihn gnadenlos finster an.

Einen Augenblick war der Professor verdutzt, dann brach sich ein Lächeln Bahn. „Hervorragend!“ Er klopfte Bane auf die Schulter. „Bane, das war der kälteste Blick, den ich je gesehen habe. Denk immer daran: Es ist besser, gefürchtet, als geliebt zu werden. Sieh zu, dass deine Untergebenen in ständiger Angst vor dir sind. Eines Tages wird dir ein Verräter ans Leder wollen, aber aus Furcht werden die, die sich anbiedern wollen, ihn verraten.“ Der Professor sah in den Spiegel und begann damit, seinen Bart mit einer winzigen Silberschere zu trimmen.

Bane lehnte sich wieder an die Wand und betrachtete den Mann, vor dem er sich einst so gefürchtet hatte. Es hatte Jahre gedauert, bis er die betäubende Angst überwunden hatte, aber er hatte es geschafft. Um es mit dem Professor aufzunehmen, war er noch zu jung – er musste noch viel lernen, bevor er so ein Unterfangen wagen konnte –, aber mit Daniel Tremain konnte er es aufnehmen. Alles, was er über ihn wusste, deutete darauf hin, dass er sich von Gefühlen leiten ließ, von seinem heißen, fast unbezwingbaren Instinkt. Aber kalte Logik war so viel tödlicher als ein hitziges Temperament. Logik gegen Leidenschaft. Bane lächelte vor sich hin und wusste bereits, welche Eigenschaft die Oberhand behalten würde.

„Du wirst das gut bewältigen, Junge“, sagte der Professor. „Und wenn du zurück bist, müssen wir dich auf deine neue Position in Kanada vorbereiten.“

Bane konnte es kaum erwarten.

KAPITEL 14

Am Tag nachdem Clara zurück nach Hause gezogen war, half sie ihrem Vater nachmittags beim Packen für eine Reise. Noch am Abend wollte er zu einer Pastorenkonferenz nach New York aufbrechen, wo eine Bildungsreform vorbereitet werden sollte. Es war ein Jammer, dass ihr Vater so kurz nach ihrer Heimkehr schon wieder fort musste, aber er war schließlich Reverend Lloyd Endicott, und ein Mann seiner gesellschaftlichen Stellung trug viel Verantwortung.

Clara suchte Zuflucht am Klavier und hoffte, Franz Schuberts lyrische Melodien würden ihre Anspannung vertreiben, die sie seit dem Anblick ihres blutenden Vaters nicht mehr loswurde.

Auf gewisse Weise fühlte sie sich für die Krawalle verantwortlich. Ihr Artikel hatte die Aufmerksamkeit der Öffentlichkeit auf Daniels eigenartige Geschäftspraktik gelenkt und damit den schwelenden Arbeitskampf neu entfacht. In ihrer ersten Zeit in Baltimore hatte es ein- oder zweimal pro Woche Demonstrationen gegeben, aber nun waren sie an der Tagesordnung. Daniel hatte den Schwierigkeiten fast immer aus dem Weg gehen können, weil nur eine Handvoll Ingenieure und Erfinder in seinem ausgefallenen Labor arbeiteten. Seit *Carr & Tremain* vor fünf Jahren damit begonnen hatte, Bahnstrecken aufzukaufen, hatte sich das allerdings geändert. Jetzt waren Hunderte von Arbeitern damit beschäftigt, Schwellen auszutauschen und Gleise zu verlöten. Dank Claras Artikel wussten die Arbeiter nun, auf welchen Profit Daniel verzichtete. Einiges davon hätte für eine Aufbesserung ihrer Löhne verwendet werden können. Ihre Unzufriedenheit wurde durch die Erkenntnis, dass sie nur Figuren in einer Privatfehde reicher Männer waren, noch zusätzlich angefacht.

Die Zeitung an diesem Morgen war eine weitere Salve im Krieg zwischen Daniel und Forsythe. Auf Seite zwei der *Baltimore Sun* war in großen Lettern eine ganzseitige Anzeige mit dem Logo von *Forsythe Industries* und der Aufforderung abgedruckt, Daniel Tremain solle einlenken und seine von Vergeltung geprägten Geschäftspraktiken ablegen. Darunter waren in einer Tabelle die aktuellen Löhne bei *Forsythe Industries* aufgelistet, und daneben die Löhne, die Forsythe bezahlen könnte, wenn sein Unternehmen Daniels Technologie verwenden dürfte. Forsythes Anzeige würde die Feindseligkeit der Menschen gegenüber Daniel noch zusätzlich verschärfen. Clara ließ den Kopf hängen. War sie denn besser als Alfred Forsythe? Obwohl sie den Artikel in bester Absicht geschrieben hatte, schob sie dadurch letzten Endes Daniel den Schwarzen Peter zu; genau wie die Anzeige von Forsythe. Das bereitete ihr Bauchschmerzen.

Als Claras Vater die Anzeige entdeckte, war er sofort Claras Meinung. „Ich bedaure es, dass Forsythe diesen Schritt gegangen ist", sagte er. „Diese Anzeige wird die gegenwärtigen Spannungen noch vergrößern. Wenn Daniel nicht bald einlenkt, wer weiß, wozu das noch führen kann."

„Aber glaubst du wirklich, dass Forsythe seinen Profit an seine Arbeiter weitergeben würde?", wollte Clara wissen. „Er ist nicht so reich wie Vanderbilt, und das hält ihn sicher nachts wach. Er hat doch den Ruf, das Letzte aus seinen Arbeitern rauszuholen, nur damit bei ihm die Kasse stimmt."

Lloyd nahm die Zeitung, rückte seinen Zwicker zurecht und studierte die Zahlenreihen. Schließlich schüttelte er den Kopf. „Jetzt, wo Forsythe öffentlich verkündet hat, was er bezahlen will, kann er sich kaum wieder davonstehlen, sollte diese Fehde beigelegt werden", vermutete Lloyd. „Schließlich will er Gouverneur werden, und wenn er dieses Versprechen brechen würde, wäre seine politische Karriere dermaßen beschädigt, dass er sich davon nicht mehr erholen würde. Nun ist Daniel am Zug."

Clara ließ den Blick nach draußen schweifen, wo der Morgen graute. Da bemerkte sie einen Reiter, der gerade vor dem Haus abstieg. Er war tadellos gekleidet, aber Clara war sich sicher, ihn noch nie gesehen zu haben. „Kennst du den Mann, Vater?"

Ihr Vater kannte halb Baltimore, aber auch er hatte ihn noch nie zuvor gesehen. Als sie ihm nach dreimaligem scharfem Klopfen öffneten, stellte er sich noch nicht einmal vor.

„Sir, ich hätte gern den Herausgeber der *Christian Crusade* gesprochen", gab er schroff bekannt.

„Das bin ich", antwortete Lloyd.

Noch bevor ihr Vater den Satz beendet hatte, drückte der Fremde ihm schon eine Papierrolle in die Hand. „Sie sind hiermit über einen anhängigen Rechtsstreit am Bezirksgericht von Baltimore in Kenntnis gesetzt. Ich wünsche Ihnen einen guten Tag, Sir."

Kaum war die Tür wieder geschlossen, rollten Clara und Lloyd den dicken Papierstapel auseinander. Vor lauter Schreck vergaß Clara beinahe zu atmen.

„Daniel hat uns verklagt?" Clara zwang sich, den Rest der Seiten zu überfliegen. Eine ganze Sammlung von juristischen Fachwörtern schlug ihr entgegen: Verleumdung, üble Nachrede, unbefugter Eingriff in eine private Körperschaft, Eingriff in die Privatsphäre. Jedes Wort versetzte ihr einen Stich. Es waren dieselben Anklagepunkte wie in London, nur dass sie dieses Mal im Begriff war, die Zeitung ihres Vaters zu ruinieren. Eine lange Namensliste von Anwälten, die den Eindruck aufgereihter Soldaten machten, war dem Dokument beigefügt.

„Gründlich ist er, das muss man ihm lassen", meinte ihr Vater. Seine Stimme klang dünn und müde.

Claras Beine wurden schwach. „Es tut mir so leid, Vater", flüsterte sie. Sie hatte gehofft, die Fehde mit ihrem Artikel zu beenden, aber Daniel wurde anscheinend erst richtig warm. Er verbarrikadierte sich hinter einer ganzen Armada von Anwälten und sperrte sie aus seinem Leben aus. Das hätte sie schon im Garten an seinem kalten Blick kommen sehen müssen. Er war fertig mit ihr. Nun stand sie plötzlich auf derselben schwarzen Liste wie *Forsythe Industries*.

Clara wusste, wie Daniel dachte. Wenn sie ihn nicht aufhielt, würde die Mauer zwischen ihnen zu einem Festungswall anwachsen, den niemand mehr einreißen konnte.

Die untergehende Sonne warf lange Schatten auf die Straßen. Clara beeilte sich, um Daniel abzufangen, bevor er sein Büro verließ. Ihn zu Hause aufzusuchen war sinnlos. Er konnte sie ohne Weiteres von seinem Grundstück werfen. Vor seinen Mitarbeitern als Zeugen war es schon schwerer, ein großes Aufhebens zu machen. Nicht dass sie an seiner Entschlossenheit zweifelte, aber vielleicht hatte sie ein paar wenige Augenblicke, um zu ihm durchzudringen, bevor er sich hinter seiner Anwaltsmeute versteckte.

Sie war überrascht, wie einfach es war, in sein Büro zu gelangen. Vielleicht hatte er nicht erwartet, sie zu sehen; niemand hielt sie auf, als sie sein großes Labor durchquerte und an seine Bürotür klopfte.

„Herein", tönte es hinter der schweren Tür. Clara lehnte die Stirn gegen das Holz und schickte ein Stoßgebet gen Himmel. Dann holte sie tief Luft und machte die Tür auf.

Daniel sah sie mit großen Augen an, aber er verbarg schnell jedes Anzeichen von Emotionen und wandte sich den Papieren auf seinem Schreibtisch zu. Der glühende Zorn von letztem Wochenende war verraucht. Stattdessen sah sie sich mit einer abgeklärten Sachlichkeit konfrontiert.

„Es gibt nichts, worüber wir reden könnten", sagte er, ohne aufzusehen. „Die Namen meiner Anwälte stehen auf den Papieren, die euch heute Morgen zugestellt wurden. Wenn es etwas zu besprechen gibt, dann sind sie ab sofort die richtige Adresse."

Clara wollte sich nicht anmerken lassen, wie sehr sie seine kühlen Worte verletzten. „Hör auf, Daniel. So lasse ich nicht mit mir reden."

„Wie bitte?"

„Als ob du mich hassen würdest", sagte Clara. „Ich habe dich verletzt und ich kann verstehen, warum du wütend auf mich bist, aber ich weiß, dass du mich nicht hasst. Hätte ich gewusst, dass deine Informationen nicht für die Öffentlichkeit bestimmt waren, hätte ich deinen Wunsch natürlich respektiert. Kannst du nicht endlich aufhören, mich als verhasste Journalistin zu sehen? Ich bin die Freundin, der du etwas bedeutest!"

„Das hast du leider verspielt, als du den Artikel veröffentlichtest." So, wie er seinen Bleistift durch die Finger wirbeln ließ, mochte es aussehen, als wäre er gelangweilt, aber Clara entging nicht, wie er die Kiefer aufeinanderpresste.

„Ich werde nicht gehen, bis du mich nicht wenigstens *ansiehst*, Daniel."

Er ließ den Bleistift fallen und richtete schließlich seine Augen auf sie, behielt seinen kühlen Ton aber bei. „Wie ich gestern gelesen habe, hat dein Vater alle seine wohlhabenden Gemeindeglieder zusammengerufen, um dafür zu beten, dass Forsythe und ich nach Einsicht und Weisheit streben. Kannst du dir vorstellen, wie beleidigend das ist?“

Clara richtete sich auf. „Ich weiß zumindest, dass mein Vater nur die besten Absichten hat, während du noch immer danach trachtest, Forsythe sein Grab zu schaufeln. Dieses Verhalten schmeichelt dir überhaupt nicht.“

„Die besten Absichten also“, sagte Daniel gelassen. „Wir sprechen von dem Mann, der unsere Briefe abgefangen hat und es dann noch wagt, mir etwas von Gottgefälligkeit vorzupredigen. Ihr beide habt diesen Flächenbrand überhaupt erst entfacht. Hört doch endlich auf, euch als Schulmeister aufzuspielen!“

Es war so schwer, ihn anzusehen. Er hatte dasselbe Gesicht, dieselben leicht zerzausten schwarzen Haare … aber alles, was sie an Daniel gekannt und geliebt hatte, schien verschwunden zu sein.

„Warum kommst du nicht zur nächsten Gebetsstunde?“, fragte sie aus einem plötzlichen Impuls heraus. „Das würde den Leuten zumindest zeigen, dass du für ihre Sorgen ein offenes Ohr hast.“

„Eins will ich dir sagen“, setzte Daniel an. „Das hier ist nicht England, wo man Dispute höflich vor Gericht beilegt. Und es ist auch keine Gebetsstunde, wo wir alle Händchen halten und hoffen, dass Jesus unserem Feind das Licht zeigt. Das hier ist die harte, raue Welt, wo man Streitigkeiten mit Fäusten klärt und Krawalle mit Bajonetten niederschlägt.“

Daniel stand auf, ging um den Schreibtisch und griff nach ihrem Ellbogen. „Komm“, sagte er. „Ich möchte dir jemanden vorstellen.“

Clara war so verblüfft, dass sie sich ohne Gegenwehr von ihm aus dem Büro führen ließ, durch das Labor und in einen Korridor, von dem mehrere Büros abgingen. Er klopfte dreimal an eine der Türen, öffnete sie und schob Clara hinein. Ein Mann mit Zwicker auf der Nase sah überrascht hoch.

„Clara, das ist Lou Hammond, mein Anwalt. Jedes weitere Gespräch mit mir wird über Mr Hammonds Büro laufen. Auf Wiedersehen, Clara.“

Als die Tür hinter ihr zuschlug, begriff Clara, dass sie versagt hatte. Daniel hatte dem Wall zwischen ihnen wieder eine Schicht hinzugefügt.

Irgendetwas ließ Clara wach werden.

Müde und mit benebeltem Kopf wälzte sie sich herum. Es war dunkel und still in ihrem Schlafzimmer. Da hörte sie ein metallisches Geräusch in der Ferne. Eiliges und schnelles Glockengebimmel durchdrang die Nacht.

Sie stand auf und ging zum Fenster. Schnell schob sie die Riegel zur Seite und das Fenster nach oben. Jetzt war das Glockengeläut noch deutlicher zu hören. Es kam von Norden. Neue Krawalle? Clara wartete auf das Einmal-fünfmal-einmal-Signal der Glocken. Aber es ertönte ein durchgängiges Staccato, ein Zeichen für Feuer.

Vom Fenster an der anderen Wand aus konnte sie einen roten Schein am Horizont sehen. Es brannte am oberen Ende der Guilford Street, dort, wo in den vergangenen Jahren eine ganze Reihe vornehmer Häuser errichtet worden war. Auch Daniel wohnte dort.

Eine böse Vorahnung überkam sie. Es gab viele Häuser dort; jedes konnte in Flammen stehen. Aber Daniel war fast der einzige Unternehmenseigner, der so weit nördlich wohnte. Wenn dieser Vorfall mit den jüngsten Ereignissen zu tun hatte, dann war er das wahrscheinlichste Ziel.

Schnell schlüpfte sie in ein Unterkleid und einen Überrock. Sie würde das Pferd ihres Vaters nehmen müssen, um schnell dorthin zu gelangen. Sie hätte es lieber mit einem Hornissennest aufgenommen als mit einem Pferd, aber nun hatte sie keine Wahl. Möglicherweise war der Ritt dorthin völlig umsonst und endete nur in einer schlaflosen Nacht, aber hier herumzusitzen, während Daniel in Gefahr schwebte, war undenkbar. Sie brauchte weniger als zwei Minuten, bis sie aus der Tür trat.

Ihr Vater hatte sein Pferd in einem Privatstall zwei Straßen weiter untergestellt. Clara hob ihren Rock und lief, so schnell sie konnte. Außer Atem kam sie beim Stall an und machte sich an die beängstigende Aufgabe, Old Soldier zu satteln. Sie wollte sich nicht durch ihre lächerliche Angst vor Pferden davon abhalten lassen, Daniel zu helfen. Old Soldier mochte es nicht, mitten in der Nacht geweckt zu werden, und driftete immer wieder von ihr weg, wenn sie ihm den Sattel über den Rücken heben wollte. Zweimal drückte der Hengst sie gegen die Stallwand und raubte ihr fast den Atem, aber irgendwann hatte sie ihn gesattelt, war aufgestiegen und er trottete widerwillig gen Norden.

Als sie sich der Guilford Street näherte und der beißende Geruch von Rauch in der Luft hing, wurde Old Soldier scheu und fing an, seitwärts zu tänzeln. Normalerweise gab sie an diesem Punkt nach und ließ dem Pferd seinen Willen, aber nun nahm sie die Zügel kürzer und drückte die Knie mit aller Kraft zusammen und dann noch einmal. Endlich gehorchte ihr das unwillige Tier und ließ sich vorantreiben.

Kein Ritt hatte je so lange gedauert, aber irgendwann war sie bis auf zwei Straßen an Daniels Haus herangekommen. Menschen strömten auf die Straße und schleppten Wassereimer, um ihre Häuser und die Hecken zu befeuchten, falls sich das Feuer ausbreitete. Das Geläute der Glocken wurde lauter, und irgendwann weigerte sich Old Soldier endgültig weiterzugehen. Clara sprang aus dem Sattel, band das Pferd an einen Zaunpfahl und ging die letzte Strecke in Richtung Feuer zu Fuß. Die Luft wurde immer wärmer und sie umrundete die letzte Ecke.

Daniels Haus stand in Flammen.

Wie erstarrt blieb sie stehen und sah, wie Männer schwere Schläuche vom Feuerwehrwagen luden und verzweifelt die angrenzenden Häuser nass spritzten, um den Brand am Ausbreiten zu hindern. Zur Rettung von Daniels Haus wurde nichts unternommen. Die Flammen hatten sich schon durch die äußere Verkleidung gefressen und das Balkenwerk freigelegt. Solange die angrenzenden Häuser noch gerettet werden konnten, war jeder Wassertropfen auf Daniels Haus Verschwendung.

Noch schlimmer als die Hitze waren die Geräusche. Klirrend zersprangen Fenster in ihren Rahmen, das Holz knackte, ächzte und verdrehte sich unter der Last des Dachs. Bald würde das ganze Haus zusammenbrechen, und die Feuerwehrleute versuchten, die Menge der Schaulustigen in sichere Entfernung zu drängen.

Clara konnte nur beten, dass Daniel und Kate nicht mehr im Haus waren. Verzweifelt suchte sie die beiden in der Menge, aber im gleißenden Schein des Feuers konnte sie nur dunkle Umrisse vor sich sehen. Die meisten Schaulustigen standen allein, aber ein Mann hatte seinen Arm um eine junge Frau gelegt.

Clara stürzte auf die beiden zu und wurde fast schwach vor Erleichterung, als sie Daniel und Kate erkannte. Daniel starrte wie hypnotisiert auf das Feuer. Sein Gesicht war rußgeschwärzt, aber seine Augen reflektierten das flackernde Orange der Flammen. „Daniel, Gott sei Dank, du lebst.“ Clara legte ihm eine Hand auf den Arm, aber er zuckte zurück und drückte Kate enger an sich.

„Verschwinde, Clara“, sagte er. „Du hast hier nichts zu suchen.“ Er starrte weiter auf das Haus. Einzelne Balken krachten vom Dach herab und ließen Funken regnen, wenn sie aufkamen.

„Ihr braucht einen Platz zum Schlafen“, setzte Clara an. „Im Haus meines Vaters ist genug Raum. Ihr könnt so lange bleiben wie nötig.“

„Damit du und dein Vater mir mit euren Predigten zu Leibe rücken könnt? Glaub mir, die Lektion von heute Abend habe ich verstanden. Was willst du noch, Clara? Die Sünden meines Reichtums brennen vor deinen Augen nieder.“

Clara machte einen Schritt zurück. „Ich habe damit nichts zu tun, das weißt du.“

„Ach ja?“ Seine Stimme knallte wie eine Peitsche. Zum ersten Mal sah er sie an. „Bis jetzt war ich noch nie bei den Arbeitern verhasst. Bis du herkamst und anfingst, sie gegen mich aufzuhetzen.“

Kate erdolchte sie nun ebenfalls mit Blicken. Doch Clara ließ nicht locker. „Ich werde nicht gehen, bis ich weiß, dass ihr irgendwo unterkommt.“

„Lorna nimmt uns auf“, sagte Kate. „Bei uns kann man sich nämlich noch auf seine Familie verlassen.“

Clara entging die Spitze nicht. „Auf mich ist auch Verlass“, sagte sie mit fester Stimme. Daniels Blick war längst wieder ins Feuer gerichtet, aber Clara stellte sich direkt vor ihn und packte ihn an den Schultern. Feindseligkeit stand ihm ins Gesicht geschrieben, aber irgendwann sah er Clara endlich an. „Ich werde dir niemals den Rücken zukehren“, schwor sie mit lauter Stimme gegen die Feuersbrunst an. „Du bist der beste Freund, den ich jemals hatte, und ich werde dich nicht im Stich lassen, egal, wie wütend du bist. Ich verstehe dich, Daniel. Ich verstehe, warum du Forsythe hasst und was dir dieses Haus bedeutet hat." Der finstere Blick, den er ihr beim Erwähnen seines Hauses zuwarf, ließ sie erschaudern, aber sie gab nicht auf. „Ich verstehe sogar, warum du zornig auf mich bist", fuhr sie fort. „Aber egal, was dir zustoßen wird, ich werde dich nicht im Stich lassen. Du kannst mich von deinem Grundstück werfen und vor Gericht zerreißen. Du kannst mich in jeder Zeitung des Landes eine jämmerliche Skandalreporterin schimpfen, aber ich werde dich *immer* für meinen größten Freund halten."

Ein gewaltiges Ächzen kam von hinter ihr und Daniels Augen weiteten sich. Clara wirbelte herum und sah gerade noch, wie das Dach einstürzte und einen wahren Funkenregen in den Himmel sandte. Eine Wand aus Hitze schlug ihr entgegen und Clara wich angesichts der gleißenden Flammen, die gierig das Haus fraßen, einen Schritt zurück.

„Alles wird gut", versuchte sie ihn zu beruhigen. „Es sind nur Gegenstände, nur Dinge verloren. Nichts, was man nicht wieder kaufen könnte."

Daniels Miene war völlig erstarrt, nur der Kiefermuskel arbeitete. „Verschwinde, Clara."

Die unterdrückte Intensität seiner Stimme ließ sie an Flucht denken, aber sie raffte sich auf und gab ihm einen flüchtigen Kuss auf die Wange. „Ich werde da sein, wenn du wieder zu mir zurückkommen willst."

Mit diesen Worten ließ sie ihn vor den Ruinen seines Hauses stehen.

KAPITEL 15

„Maguire kann es nicht gewesen sein“, sagte Manzetti bestimmt. „Oh, er kann auch Feuer legen, aber er muss es vorher allen erzählen.“

Daniel saß bei Lorna am Küchentisch und hatte eine unberührte Tasse Kaffee vor sich. Er wollte nur noch eins: denjenigen zur Strecke zu bringen, der für das Feuer am Vorabend verantwortlich war. Und die Liste der Verdächtigen war endlos. Manzetti war gemeinsam mit ihm von ganz unten aufgestiegen, und sie kannten viele der Stahlarbeiter persönlich, die den neu aufgekeimten Arbeitskampf anführten. Wenn das Feuer damit zusammenhing, stand Eddie Maguire in der Liste ganz oben. Er war der Anführer der Arbeiter im Konservenwerk, und seine Truppe hatte aus Sympathie mit anderen Gewerkschaften schon öfter Krawalle angezettelt. Und außerdem hatte er den Ruf, die Fäuste sprechen zu lassen.

„Möchtest du noch Kaffee?“, fragte Lorna.

Daniel schüttelte den Kopf, und Lorna zog sich ans andere Ende der Küche zurück. Sein unbändiger Zorn jagte ihr Angst ein.

Das war Alfred Forsythe, ich sage es dir“, mutmaßte Daniel. „Gibt es einen besseren Zeitpunkt, um mich anzugreifen und es dann den Gewerkschaften in die Schuhe zu schieben? In dem Augenblick, als ich den Börsengang abgebrochen habe, wusste er doch, dass er unsere Technologie nie in die Hände bekommen würde. Wäre ich aus dem Weg geräumt, hätte die Sache geklappt.“

Manzetti schüttelte den Kopf. „Aber warum dann dein Haus? Du hast selbst gesagt, dass drei Schüsse fielen, bevor das Feuer anfing. Das klingt für mich nach einer Warnung … du solltest zumindest wach sein und noch lebend herauskommen. Wenn es jemand auf dich abgesehen hätte, hätte er dich erschossen und dann das Feuer gelegt. Ich glaube, es sind die Arbeiter, nicht Forsythe.“

Daniel sprang auf und lief in der Küche auf und ab. „Das ergibt doch alles keinen Sinn“, rief er. „Die Arbeiterschaft hatte überhaupt nicht genügend Zeit, um ihre Forderungen zu stellen. Häuser werden erst dann niedergebrannt, wenn die Verhandlungen zum Erliegen gekommen sind. Und wir waren bei Weitem noch nicht an diesem Punkt."

Manzetti redete wieder, aber Daniel konnte sich kaum konzentrieren. Es war nicht nur ein Haus, das vergangene Nacht abgebrannt war, es war der Inbegriff seiner Träume. Als Clara gesagt hatte, man könne doch alles wieder kaufen, hatte er sie beinahe mit Gewalt von seinem Grundstück geworfen. In diesem Haus waren alle Stücke, die er jemals komponiert hatte. Die ersten Skizzen seiner Patente und die Prototypen seiner Erfindungen. Und das einzige Foto von seinen Eltern. Das Bild mit seiner glücklichen Mutter und dem Kranz aus Gänseblümchen war für immer verloren.

Aber vielleicht war es auch das Beste so. Immer wenn er seine Mutter mit diesem freudestrahlenden Gesicht angesehen hatte, war ihm der Gedanke gekommen, sie hätte an jenem Tag besser vom Blitz getroffen werden sollen. Wie viel schöner war ein Tod, wenn man glücklich war? Wie viel besser wäre dieser Tod gewesen, als in abgrundtiefe Verzweiflung zu sinken, die Kinder ihrem Schicksal zu überlassen und Selbstmord zu begehen? Fiel ihre Güte denn ins Gewicht? Zählte es überhaupt, dass sie eine gottesfürchtige Frau gewesen war, die ihre Kinder geliebt hatte? Seit dem Freitod seiner Mutter hatte Daniel nie wieder einen Fuß in eine Kirche gesetzt. Wenn doch, würde er sich diesen furchtbaren Fragen stellen müssen und seinen Rachedurst aufgeben. Alfred Forsythe zu jagen war die letzten Jahre sein Antrieb gewesen, und er verspürte nicht das Bedürfnis aufzugeben.

Der Selbstmord seiner Mutter war nur einer von vielen Flüchen, die alle auf Alfred Forsythe zurückgingen. Und sein Bauchgefühl sagte ihm, dass auch das Feuer auf seine Rechnung ging. Der unersättliche Machtwahn von Alfred Forsythe war die Wurzel der meisten tragischen Ereignisse seines Lebens, und dieses trug unverkennbar seine Handschrift. Forsythe war kurz davor, seine Klauen in *Carr & Tremain* zu schlagen; so kurz, dass er sicher schon heimlich das Geld zählte, das bald in sein Geldsäckel fließen würde.

Daniel sah Manzetti an. „Wir müssen herausfinden, was Clara Endicott weiß", sagte er entschlossen. „Sie hat mit Forsythe gesprochen, und ich traue es ihr zu, auch mit den Rädelsführern der Arbeiter Kontakt aufgenommen zu haben. Bring sie in mein Büro." Schon der Gedanke daran, Clara könnte in die Sache verwickelt sein, brachte ihn zur Weißglut. Clara war stets sein Zufluchtsort gewesen. Bei ihr hatte er die Last der Welt ablegen können; und jetzt tummelte sie sich im Schatten seiner Feinde.

Sein bösartiges Verhalten vom Vorabend quälte ihn. Er hatte seinem Ärger Luft gemacht, der seine Seele verschlingen wollte, aber sie hatte ihm ewige Loyalität geschworen. Den Anblick ihres ängstlichen, schweißgebadeten Gesichts, wie sie sich zwischen ihn und das brennende Haus gestellt hatte, würde er niemals vergessen. Er hatte nicht nachgedacht und sie die Hitze seines Zorns spüren lassen. Irgendwie musste er einen Weg finden, das kostbare, goldene Band zwischen ihnen nicht von seiner Wut beschädigen zu lassen. Wenn er nicht aufpasste, würde es bald zerrissen sein.

Am Mittag des folgenden Tages hörte Clara das gefürchtete Geräusch. Die Alarmglocken läuteten einmal-fünfmal-einmal und signalisierten neue Unruhen.

Der Zeitpunkt war denkbar ungünstig. Am Morgen hatte sie Daniels Bitte um ein Treffen erhalten. Mr Manzetti sollte sie noch in der nächsten Stunde abholen und zu Daniels Labor geleiten, wo sie insgeheim hoffte, die Scherben ihrer Beziehung zumindest stückweise zusammenzusetzen. Aber ob es nun um ihre Freundschaft ging oder um die Schwierigkeiten für sein Unternehmen, die sich am Horizont zusammenbrauten, war egal. Letztlich gehörte alles zum Wirrwarr seiner alten Geschichte, die entwirrt werden musste, bevor er nach vorn schauen konnte.

Clara saß auf der Hollywoodschaukel und wartete auf Mr Manzetti. Clyde schnitzte derweil mit einem stattlichen Messer an einem Stück Holz herum. „Bist du dir sicher, dass Tremain einen Waffenstillstand will? Er ist doch eher als nachtragend bekannt, nicht als Überbringer von Ölzweigen."

„Dann überreiche ich ihm eben den Ölzweig", verteidigte sich Clara. „Wenn du gesehen hättest, wie stolz Daniel auf sein Haus war, wärst du nicht so schnippisch. Er hat sich um jedes Detail gekümmert. In dem Haus waren Gegenstände und Erinnerungen, die man niemals ersetzen kann." Wie die kleine Skizze auf der Serviette, die er eingerahmt und aufgehängt hatte, und die Stücke, die er noch als Junge für sie komponiert hatte. „Und es geht nicht nur um diese Dinge", fuhr sie fort. „Ich glaube, er war stolz darauf, seiner Familie eine Sicherheit bieten zu können, die sie zuvor noch nie hatte. Deswegen war ihm das Haus so heilig."

Clyde schien unbeeindruckt. „Ich habe die vergangenen zehn Jahre entweder im Zelt oder unter freiem Himmel geschlafen. Tut mir leid, wenn ich nicht vor Mitgefühl sprühe, weil dein Räuberbaron sich eine neue Villa kaufen muss."

Clara wollte ihm gerade eine scharfe Antwort geben, da kündigte Hufgetrappel Mr Manzetti an. Sie überlegte, ob er genauso feindselig auftreten würde wie Daniel und seine Schwester, aber er sprang vom Kutschbock und zog seinen Hut. „Unten bei den Stahlwerken braut sich was zusammen", sagte er, „aber bis in die Calvert Street zu Tremains Labor werden sie sich nicht trauen. Sind Sie immer noch bereit für ein Treffen?"

Die Zeitungen warnten die Bevölkerung davor, vor die Tür zu gehen, wenn die Alarmglocke Unruhen verkündet hatte, und es war nur vernünftig, sich davon fernzuhalten, aber der Gedanke, Daniel für immer zu verlieren, jagte ihr noch mehr Angst ein. Sie hob ihren Rock und marschierte die Treppe hinunter. „Als ob mich das aufhalten würde", sagte sie, als Manzetti ihr in die Kutsche half.

Die Kutsche war modern und gut gefedert, aber innen roch es nach Qualm. Clara fiel ein, dass Daniels Stall ein gutes Stück vom Haus entfernt stand, und so waren zumindest sein Pferd und seine Kutsche vom Feuer verschont geblieben.

Sie fuhren in östlicher Richtung auf der Mulberry Street und die Kutsche wurde langsamer. Ängstlich sah Clara aus dem Fenster, aber außer einem Gewirr von Kutschen schien es nichts Besorgniserregendes zu geben. Die Stadt wuchs mittlerweile so schnell, dass es immer häufiger zu solchen Verkehrsproblemen kam. Die kleine Klappe im Dach wurde geöffnet. „Ich fahre auf die Greene Street, dort kommen wir besser durch", rief Mr Manzetti herein.

Clara war seit zehn Jahren nicht mehr in der Stadt herumgefahren und vertraute der Ortskenntnis von Mr Manzetti, aber auch auf der Greene Street blockierten sich die Kutschen gegenseitig. Die Alarmglocken klangen näher, und ängstliche Bewohner liefen panisch zwischen den Pferden und Kutschen umher. Clara hörte einen dumpfen Schlag gegen die Kutschenwand und wollte gerade bei Mr Manzetti nachfragen, als schon die Tür aufgerissen wurde.

Ein junger Mann, fast noch ein Junge, sprang hinein. „V'zeihung, Ma'am! Darf ich?“ Er zog hinter sich die Tür zu und glitt auf den Platz ihr gegenüber. „Die Läden verrammeln ihre Türen und ich weiß nicht, wohin.“

Trotz der panischen Angst in seinem Gesicht war er der hübscheste Junge, den sie je gesehen hatte. Weißblondes Haar rahmte sein Gesicht, das nordische Züge trug, und er hatte kristallblaue Augen. Sein Alter war sehr schwer zu schätzen, aber Clara konnte den ersten Bartflaum auf seiner hellen Haut entdecken. „Sie kommen hierher“, sagte er und schob den Bolzen vor die Kutschentür. „Zum Glück ist Ihr Kutscher umgekehrt, sonst würden Sie mitten hineinfahren.“

Mr Manzetti hatte eilig die Kutsche gewendet und war auf den Bürgersteig gefahren, um schneller zurück nach Greene zu kommen. Clara ballte verärgert eine Faust. Sie würde auch zu Fuß zu Daniels Labor laufen, aber das war noch mehrere Meilen entfernt, und wer wusste schon, was in dieser Richtung gerade vor sich ging. Nur der Himmel wusste, wie lange Daniels friedliche Stimmung anhalten würde. Sie musste ihn noch heute erreichen.

„Danke, Ma'am“, sagte der Junge. „So weit nördlich waren die Krawalle noch nie.“

Seine Stimme zitterte, und Clara spürte ihren Mutterinstinkt. „Keine Angst, mein Junge“, versuchte sie ihn zu beruhigen. „Wir stecken hier womöglich eine Zeit lang fest, aber uns passiert schon nichts.“

Sie versuchte sich zu entsinnen, wie Daniel die Schlösser mit ihren Haarnadeln geknackt hatte. Wenn nötig, würde sie für sich und den Jungen schon einen Unterschlupf in einem der verschlossenen Gebäude finden. Erleichtert und nervös lächelte der Junge Clara an. Mit diesem Lächeln brach er wahrscheinlich in ein paar Jahren reihenweise die Herzen der Mädchen. „Ich heiße Clara Endicott“, sagte Clara und versuchte, den zunehmenden Tumult vor ihrem

Kutschenfenster zu ignorieren. „Und du? Das war ein ziemlich dramatischer Auftritt, muss ich sagen."

„Tschuldigung, Ma'am." Sein Adamsapfel hob und senkte sich, als er schluckte. „Ich bin Alex."

Plötzlich durchschlug ein Gewehrkolben das Fenster und ein dicker Arm griff durch die Öffnung, schob den Bolzen beiseite und riss die Tür auf. Der Junge sprang zu Clara herüber und klammerte sich an sie, als drei Männer sich in die Kutsche zwängten. Unter dem Gewicht der kräftigen Eindringlinge kippte der Wagen fast zu einer Seite um.

„Raus aus der Kutsche", befahl Clara dem Jungen. „*Los!* Sie wollen die Kutsche, nicht uns." Sie versuchte, Alex zum Ausgang zu drücken, aber ein Colt vor ihrer Nase ließ sie augenblicklich erstarren.

„Sie gehen nirgendwohin, Lady", sagte der Mann mit einer Reibeisenstimme. Der Revolver kam noch näher und sie sank in ihren Sitz zurück, den Jungen immer noch im Arm.

„Mit einer Waffe eine Frau und ein Kind bedrohen", sagte Clara und wunderte sich, wie ruhig sie dabei klang. „Ihre Mutter muss richtig stolz auf Sie sein."

Die anderen beiden Männer lachten, aber Clara fiel auf, dass auch sie bis an die Zähne bewaffnet waren. Dass ein einfacher Gürtel so viele Messer, Knüppel und Pistolenhalfter halten konnte, hatte sie nicht vermutet. Die Kutsche rollte an, und Clara fragte sich, ob Mr Manzetti noch fuhr oder sich in Sicherheit gebracht hatte.

Der Mann mit dem Colt sah sie noch finsterer an. „Eine Pistole vorm Gesicht gefällt Ihnen nicht? Na schön, dann eben der Junge. Werden ja sehen, ob Sie dann Ihr hübsches Schnäbelchen halten." Mit diesen Worten richtete er die Mündung genau zwischen die angstgeweiteten blauen Augen von Alex. Die Finger des Jungen krallten sich noch fester in Claras Taille, aber er sah dem Mann mit der Reibeisenstimme tapfer in die Augen. „B...bitte, tun Sie uns nichts", flehte er. „Lassen Sie uns gehen."

„Warum haltet ihr nicht den Mund und genießt die Fahrt. Es wird ein Weilchen dauern."

Jetzt war Clara sich sicher, dass Mr Manzetti nicht mehr auf dem Kutschbock saß. Mittlerweile raste die Kutsche durch eine menschenleere Gasse. Als der Mann mit der Reibeisenstimme merkte, dass Clara nach draußen sah, nickte er seinem Komplizen zu, der daraufhin den Vorhang vors Fenster zog. In der dunklen Kutsche zu sitzen und nur die drei Furcht einflößenden Männer zu sehen war unerträglich. Clara schloss die Augen und sprach ein stummes Gebet. *Und ob ich schon wanderte im finsteren Tal …* Sie blieb stecken. Seit Jahren sagte sie Psalm dreiundzwanzig in schwierigen Situationen auswendig auf, und ausgerechnet heute fielen ihr die Verse nicht ein. *Bitte beschütze wenigstens den Jungen.* Sie war alt genug, um für sich selbst zu sorgen, aber das arme Kind war völlig neben sich und verängstigt. Angst hatte sie auch, aber als Erwachsene konnte sie besser damit umgehen als ein Junge, der sich noch nicht einmal rasieren musste.

Clara ließ sich von der Kutsche hin und her schaukeln. Scheinbar rollten sie wieder. Sie hatte den Arm um Alex gelegt und drückte ihn hin und wieder, um ihm Mut zu machen.

Endlich kam die Kutsche zum Stehen, und Claras Zunge klebte am Gaumen. Sie würde gleich herausfinden, ob die Männer nur die Kutsche wollten. Würden sie sie und den armen Alex an Ort und Stelle umbringen?

Die Tür wurde von außen geöffnet und die Männer stiegen nacheinander aus. Kein Sonnenstrahl fiel ins Kutscheninnere, und als Clara ausstieg, fand sie sich zu ihrer Überraschung in einer großen, leer stehenden Lagerhalle wieder. Alex verließ hinter ihr die Kutsche, aber sie war zu beschäftigt damit, nach Mr Manzetti Ausschau zu halten. Ein Schrank von einem Mann saß auf dem Kutschbock, und Manzetti war nirgendwo zu sehen.

„Ausschwärmen", kam der Befehl von hinter ihr. Sofort stellten sich die Männer zu einer Formation auf, und wie eine römische Phalanx nahmen sie Clara in die Mitte und zwangen sie, weiter in die Lagerhalle zu gehen. Das Echo der Schritte hallte von den leeren Wänden wider, und nur schwaches Tageslicht drang durch die dreckigen Fenster weit über ihnen.

Am Ende der Lagerhalle standen ein Tisch und einige Stühle kreuz und quer in der Ecke. Mit Stapeln aus Holzkisten war der Bereich wie ein Raum vom Rest der Lagerhalle abgetrennt. Clara wurde unsanft vor einen Stuhl gestoßen und verstand dies als Aufforderung, sich hinzusetzen. Sie tat, wie ihr geheißen. Eine Wahl hatte sie sowieso nicht. Die Männer stellten sich ihr gegenüber in einer Reihe auf und verschränkten die Arme vor ihren mächtigen Brustkörben, so als hätten sie keine andere Aufgabe, als sie niederzustarren. Von Alex fehlte jede Spur.

„Wo ist Mr Manzetti?", fragte sie. „Und Alex? Was haben Sie mit ihnen gemacht?"

Der Mann mit der Reibeisenstimme trat vor, schnappte sie vorn an der Bluse und zerrte sie hoch, bis ihre Nase nur noch wenige Zentimeter von seiner entfernt war. „Ich habe dir schon einmal gesagt, du sollst deinen hübschen Schnabel halten. Und wenn ich dich noch einmal daran erinnern muss, dann schneide ich dir die Zunge heraus und schicke sie an Tremain, und dann wollen wir mal sehen, wie viel Lösegeld er dafür bezahlt. Ist das in deinem dicken Schädel angekommen?" Er schüttelte sie wie eine Puppe, und Clara merkte, wie ihre Frisur sich löste und ihr die Locken auf die Schultern fielen.

„Richards, hör auf damit."

Die kühle Stimme kam von weiter her. Claras Widersacher ließ sofort von ihr ab und in seinem Blick flackerte Angst auf. „Tut mir leid, Bane", murmelte er. „Kommt nicht wieder vor."

Clara drehte sich um und sah Alex auf sich zukommen, das hübsche Gesicht völlig gelassen. In einer großen Gelassenheit zog er sich wie beiläufig einen Stuhl heran. „Bringt uns etwas zu trinken; unser Gast sieht durstig aus. McGahee, sorg dafür, dass die Kutsche verschwindet, und lass das Pferd frei."

Sofort machten sich die Männer an die Arbeit, aber Clara konnte die Augen nicht von dem Jungen abwenden. Er schien so jung zu sein, und doch gab er diesen Männern, die doppelt so stark waren wie er, mit einer prinzenhaften Selbstverständlichkeit Befehle. Sie durfte jetzt nicht die Nerven verlieren.

„Ich möchte nichts trinken. Ich möchte nur wissen, was mit meinem Kutscher passiert ist, Alex."

„Mein Name ist Alex Banebridge, aber nennen Sie mich doch Bane; wie alle hier", erklärte er ruhig. „Und Sie sollten lieber keine Fremden in Ihre Kutsche lassen, Miss Endicott."

„Du bist einfach so hereingeplatzt!"

„Wie dem auch sei. Möchten Sie Kaffee oder Tee? Ich habe beides."

Sie ignorierte die Frage. „Und was hast du vor? Willst du für mich ein Lösegeld erpressen? Ich werde es dir einfach machen. Mein Vater zahlt; Tremain ganz bestimmt nicht."

Banes Lächeln offenbarte makellose Zähne. „Vielen Dank für diese Information, aber wir werden Sie leider umbringen, und damit entfällt dass Verfassen von unschönen Erpresserbriefen. Papierspuren sind wirklich lästig."

Clara stockte der Atem und ungläubig starrte sie den schmächtigen Jüngling an. „Ist das dein Ernst?", brachte sie schließlich mühsam heraus.

„Ich fürchte, ja. Aber keine Sorge. Ich bin darin ziemlich gut und es tut auch nicht weh. Es geht ganz schnell." Einer von Banes Handlangern stellte eine Teekanne und zwei Tassen vor sie auf den Tisch. Gebannt sah Clara zu, wie Bane eine genau bemessene Menge Tee einschenkte und ihr hinschob. Dann goss er sich selbst ein und nippte daran. Er trank aus derselben Kanne; der Tee konnte also unmöglich vergiftet sein.

„Es wäre sehr unhöflich von Ihnen, nicht mitzutrinken", sagte Bane. Dann zog er eine Taschenuhr heraus und nippte wieder am Tee.

„Wenn da jemand nicht ein großer Verfechter von Manieren ist. Trinkst du immer Tee vor dem Zubettgehen? Soll ich dir vielleicht auch noch eine Gutenachtgeschichte vorlesen?" Clara stellte überrascht fest, dass die Männer sich nervöse Blicke zuwarfen. Hatten sie tatsächlich so viel Angst vor dem Jungen? Sie konnte nicht glauben, dass er fähig war, sie zu töten … Wenn er das wirklich wollte, dann wäre sie bereits tot.

Clara nahm einen Schluck Tee. Er schmeckte gut, also stürzte sie die ganze Tasse hinunter. Diese Entführung hatte sie auf einmal sehr durstig gemacht. „Also, wer hat die Entführung in Auftrag gegeben? Ich habe dich noch nie gesehen, also muss irgendjemand dafür bezahlt haben."

„Offensichtlich."

„Wer ist es?"

Der Junge lehnte sich genüsslich zurück und hatte dieses süffisante Lächeln auf seinen hübschen Lippen. „Ich verschenke keine Informationen; das ist schlecht fürs Geschäft."

Clara hatte noch Durst und griff nach der Teekanne, aber Banes Hand schloss sich wie ein Schraubstock um ihr Handgelenk und donnerte ihren Arm auf den Tisch, bevor sie die Kanne erreicht hatte.

„Schluss jetzt", sagte er.

„Ach, wir sind geizig? Dabei wirst du doch heute reich werden."

Einer von Banes Raufbolden beugte sich zu Clara vor. „Passen Sie lieber auf, was Sie sagen, Miss. Ich habe schon gesehen, dass Bane für so eine Bemerkung einem Mann das Bein gebrochen hat."

Weder dementierte Bane die Aussage noch bestätigte er sie; er beobachtete sie nur weiterhin so gleichmütig, dass es ihr unmöglich war, seine Gedanken zu lesen.

Aber eigenartigerweise war ihr das auch nicht so wichtig. Eine fast angenehme Last legte sich auf ihre Schultern und ließ sie sich groß und mutig fühlen. Clara sah auf die Teekanne und Banes Hand, die ihren Arm immer noch auf den Tisch drückte.

Sie war unter Drogen gesetzt worden.

„Was war in dem Tee?", fragte sie ruhig. Es war keine Kunst, ruhig zu bleiben, schließlich war ihr auf einmal alles irgendwie egal. „Werde ich daran sterben?"

Anstatt ihr zu antworten, zog Bane wieder seine Taschenuhr heraus. „Zwei Minuten", stellte er fest, und einer seiner Handlanger notierte etwas auf einem kleinen Papier. „Diese Charge ist stärker als die anderen."

„Du hast auch getrunken", lallte Clara.

Bane warf ihr einen amüsierten Blick zu. „Natürlich nicht. Das Pulver war schon in Ihrer Tasse, bevor ich sie gefüllt habe. Opiumsucht ist eine hässliche Sache. Das ist nichts für mich."

Bane redete weiter, aber Clara hörte nicht mehr zu. Sie war froh, dass der Stuhl eine Lehne hatte, weil ihr der Kopf allmählich zu schwer wurde. Müde lehnte sie sich an und ließ den Kopf seitlich auf die Schulter sinken. Dabei hielt sie wenigstens die Augen offen. Die Banditen legten kleine graue Scheiben auf den Tisch, und Bane zermalmte sie zu Pulver. War er ein Drogenkurier? So, wie er das Pulver mit einem winzigen Werkzeug ins Licht hielt, sah er eher wie ein Forscher aus. Ein hübscher, heimtückischer Forscher.

Ihre linke Seite fühlte sich tonnenschwer an, und der Boden sah allmählich gemütlicher aus als dieser harte Stuhl.

„Fangt sie auf", meinte sie noch zu vernehmen. Dann wurde es dunkel.

KAPITEL 16

Daniel donnerte mit der Faust gegen Claras Haustür. Er hätte auch wie ein zivilisierter Mensch höflich klopfen können, aber es steckte nicht mehr viel Höflichkeit in ihm. Clara hätte vor Stunden in seinem Labor sein sollen, aber sie war nicht aufgetaucht. Er hätte Verständnis gehabt, wenn sie das Treffen abgesagt hätte, aber Manzettis gleichzeitiges Verschwinden machte ihn misstrauisch. Am Nachmittag hatte es kleinere Krawalle gegeben, glücklicherweise waren sie aber genauso schnell wieder vorbei gewesen, wie sie angefangen hatten. Aber immer noch kein Lebenszeichen von Clara oder Manzetti.

Daniel klopfte lauter. Wenn Clara sich tatsächlich zu Hause verkrochen hatte, wusste Daniel nicht, ob er sie umarmen oder schütteln sollte. Endlich öffnete Clyde die Tür. Oder jemand, der dem Clyde Endicott entfernt ähnlich sah, den er einst gekannt hatte.

„Ist Clara hier?", fragte Daniel geradeheraus.

Clyde schälte gemütlich einen Apfel mit einem kleinen Jagdmesser. „Wer will das wissen?"

Seit ihrem letzten Aufeinandertreffen waren zwölf Jahre vergangen, aber Clyde wusste mit Sicherheit, wen er vor sich hatte. „Ich bin's, Daniel Tremain. Clara sollte um zwei Uhr nachmittags bei mir im Büro sein, aber sie ist nie aufgetaucht."

Clyde zuckte mit den Achseln. „Vielleicht hatte sie etwas Besseres zu tun, als sich von ihrem angeblichen ‚besten Freund' Brandstiftung in die Schuhe schieben zu lassen. Ich könnte es ihr nicht verübeln." Clyde lehnte sich an den Türrahmen und schnippte ein langes Stück Schale in den Garten. Er wollte sich gerade ein Stück Apfel abschneiden, als Daniel nach seinem Arm griff und ihm das Messer wegriss.

„Ich habe jemanden zu ihr geschickt, kurz nach dem Mittag, aber sie sind nie angekommen. Vor einer Stunde hat man meine Kutsche bei den Konservenfabriken gefunden, leer, mit einem zerstörten Fenster und Scherben im Inneren. Claras Haube lag darin."

Durch Clydes Körper ging ein Ruck. Alle Gleichgültigkeit war verflogen. „Was soll ich tun?“

„Ich brauche ein frisches Pferd und reite zu Manzetti. Die Route, die sie wahrscheinlich zum Büro genommen haben, habe ich schon abgeritten, aber kein Zeichen von ihnen. Manzettis Haus ist der nächste logische Ort zum Suchen.“

Clyde ging zum Kleiderschrank im Flur und riss beim Öffnen fast die Tür aus den Angeln. Einen Augenblick später warf er sich eine Ledertasche über die Schulter. „Ich komme mit.“

Es dauerte zwanzig Minuten, bis die beiden Männer die zweigeschossigen Häuser in einem der Mittelschichtviertel erreichten, wo Manzetti wohnte. Als ihnen niemand öffnete, knöpfte Daniel sich das Schloss vor und hatte es bald darauf geöffnet.

Innen war es gespenstisch ruhig. Daniel durchsuchte das Erdgeschoss, während Clyde die Treppen hinaufstürzte und nach Clara rief. Eine Zeitung lag ausgebreitet auf dem Küchentisch und ein Wäschesack hing an der Garderobe und wartete darauf, abgeholt zu werden. Davon abgesehen war alles in bester Ordnung. Manzetti war immer stolz auf sein Haus gewesen und ließ die Holzböden regelmäßig bohnern. Sein Haus war stets aufgeräumt und sauber.

Daniel öffnete gerade eine Schublade, als Clyde von oben herunterkam. „Seine Reithandschuhe sind weg“, stellte Daniel fest. Manzetti hatte also tatsächlich die Kutsche genommen, um Clara abzuholen, denn er trug die Handschuhe nur, wenn er mit mehreren Pferden fertigwerden musste. Manzetti war niemand, der einen Auftrag leichtfertig abbrach. Allein bloße Gewalt konnte ihn davon abbringen. Manzetti war nicht nur ein Begleiter; er war eine Naturgewalt von hundertfünfunddreißig Kilogramm, die jeden mit Leichtigkeit einschüchtern konnte, der ihn von seiner Arbeit abhalten wollte. Dass Clara in Manzettis Gegenwart zufällig Opfer eines Verbrechens geworden sein sollte, war undenkbar. Daniel schob den Gedanken beiseite und suchte nach der einzig logischen Erklärung für ihr Verschwinden.

„Ich fürchte, wir werden jemanden bei unseren Häusern postieren müssen, um eine Lösegeldforderung entgegenzunehmen“, sagte Daniel nachdenklich.

Clydes Augen wurden groß. „Unsere Familie gehört nicht zu der Sorte, die solche Aufmerksamkeit auf sich zieht."

„Aber ich. Es gibt genügend Leute in meinem engeren Umfeld, die wissen könnten, dass Clara mir mehr bedeutet als eine Freundin. Sie gehen davon aus, dass ich zahlen würde." Wenngleich jeder in seinem Umfeld auch wusste, wie viel ihm seine Schwestern bedeuteten, und Kates Vorliebe für Sportereignisse hätte sie zum viel einfacheren Ziel gemacht. Daniel sah sich in Manzettis Arbeitszimmer um und suchte nach irgendetwas Ungewöhnlichem, das ihnen auch nur die kleinste Information über Manzettis Verbleib verraten konnte. Aber alles sah aus wie immer. Der Stapel Zeitungen, von denen er sich nie trennen konnte, die ordentlich gestellten Möbel, die kleinen Zierdeckchen überall, die Manzetti für angebrachte Dekoration bei wohlhabenden Leuten hielt.

Nur das Geldbündel auf Manzettis Schreibtisch war fehl am Platz. Manzetti war in derselben Armut aufgewachsen wie Daniel und hätte niemals Geld so achtlos herumliegen lassen. Daniel nahm es in die Hand.

„Das ist ein ordentliches Bündel Scheine", meinte Clyde. „Wie viel ist es?" Daniel rollte das Bündel auseinander und fächerte die Scheine auf, um sie zu zählen.

„Zweihundert Dollar." Das ergab keinen Sinn. Daniel zahlte Manzettis Lohn nicht in bar, sondern überwies ihm alle zwei Wochen den Betrag auf sein Bankkonto. Wofür brauchte Manzetti das Geld? Daniel erinnerte sich, dass er ein neues Pferd wollte, aber das kostete keine hundert Dollar.

„Wofür braucht man so viel Bargeld?", fragte Clyde.

„Genau das habe ich mich auch gerade gefragt."

Clyde fuhr sich mit der Hand durch die Haare. „Könnte er erpresst worden sein? Oder bestochen?"

Der Gedanke war abscheulich. Daniel vertraute Manzetti wie einem Bruder. Er bezahlte ihm ein kleines Vermögen für die unerschütterliche Loyalität, die er in den vergangenen zehn Jahren an den Tag gelegt hatte. Aber Clara war verschwunden, und Manzetti war der Letzte, der bei ihr gewesen war. War Claras Einmischung in den Krieg zwischen Forsythe und ihm auf sie zurückgefallen? Daniels Wut war längst verpufft. Das Wissen, dass Clara in Gefahr war und womöglich gerade um ihr Leben bangte, schnürte ihm die Kehle förmlich zu.

„Durchsuchen wir den Schreibtisch", schlug Daniel vor. Clyde nahm sich die Papierstapel auf dem Schreibtisch vor, während Daniel auf dem Stuhl Platz nahm und eine Schublade nach der anderen aufzog. Die meisten Dokumente waren auf Italienisch, und Daniel überflog sie leise fluchend nach irgendeinem Hinweis auf Clara. In der nächsten Schublade lagen überwiegend Finanzunterlagen, glücklicherweise hauptsächlich auf Englisch. Wenn Manzetti für einen größeren Kauf irgendwohin Geld transferierte, würden sich hier womöglich Spuren davon finden lassen. Daniel arbeitete sich durch den Stapel, als er merkte, dass Clyde aufgehört hatte, sich zu bewegen und auf einen Zettel auf dem Schreibtisch starrte. Er war bleich.

Daniel stand auf und betrachtete das Dokument. Die Nachricht war in seiner Handschrift, kurz und erdrückend.

Sie kommt heute Nachmittag zu mir ins Labor. Ich möchte, dass sie aus dem Weg geräumt wird, und zwar bis zur Dämmerung. Die Hälfte jetzt, die Hälfte hinterher. Tremain.

Clydes Blick kam einer Tötungsabsicht gleich. „Haben dich ihre kleinen Artikel also so sehr aus dem Konzept gebracht?", spuckte er aus.

Daniel konnte nichts erwidern. Er konnte noch nicht einmal atmen, jetzt, wo seine größten Ängste schwarz auf weiß bestätigt worden waren. Irgendjemand hatte Clara entführt und wollte ihm das Ganze in die Schuhe schieben. Seine wunderschöne, kostbare Clara war angegriffen und in irgendein verlassenes Loch gezerrt worden. Wenn sie noch lebte, stand sie gerade Todesängste aus und hoffte verzweifelt auf Hilfe, während er die Zeit damit vertrödelte, Manzettis Haus auf den Kopf zu stellen.

Daniel machte die Augen zu und atmete durch. Clara brauchte ihn, und er musste irgendwoher die Ruhe und Vernunft nehmen, um diesem Rätsel auf die Spur zu kommen und sie zu retten. Aber jetzt musste er erst einmal Clyde beruhigen und auf das gemeinsame Ziel einschwören.

„Glaubst du, ich wäre so dumm, unter so eine Nachricht meinen Namen zu setzen?" Er schob die Schubladen zu und brachte alles auf dem Schreibtisch wieder genau in die Ordnung wie vorher. „Lass alles hier liegen. Wer auch immer das hier deponiert hat, rechnet wahrscheinlich nicht damit, dass wir es so schnell finden. Wir müssen zurück ins Labor und uns eine Strategie überlegen, wie wir Clara zurückholen können."

Sie hatte Durst.

Clara versuchte sich zu bewegen, aber auf ihrem Kopf schien irgendein Gewicht zu lasten, denn noch nicht einmal für die Augenlider reichte die Kraft. Aber das Schlimmste war der Durst. Ihr Mund und ihre Kehle fühlten sich an, als wären sie mit Watte gefüllt. Sie fragte sich, wie lange sie geschlafen hatte und warum sie sich nicht aufraffen konnte, in die Küche zu gehen und Wasser zu trinken.

Steinchen drückten sich ihr in die Wange, und sie hörte gedämpfte Stimmen. Wie ein unaufhaltsamer Albtraum brach die Erinnerung über sie herein. Aber dieser Albtraum war *real.* Sie erkannte den Geruch von Sägespänen, der in dem verwaisten Lagerhaus herrschte, in das man sie gebracht hatte. Einen Augenblick überlegte sie, ob man sie gefesselt hatte, weil ihr Kopf so unnatürlich schwer war, aber dann fiel ihr das Opium ein. Es war in ihrem Tee gewesen, den ihr der hinterlistige Junge vorgesetzt hatte.

Mit Mühe konnte sie die Augen ein Stück weit aufmachen. Die Männer waren nicht weit entfernt und schienen zu diskutieren. Wahrscheinlich war es das Beste, so zu tun, als schliefe sie noch. Sie senkte die Augenlider und ließ sie nur einen winzigen Spalt offen. Wenn sie herausfand, worauf die Männer aus waren, konnte sie vielleicht um ihre Freilassung verhandeln.

„Bitte, Bane", bettelte jemand. Es war die Reibeisenstimme des Mannes, der auf den Namen Richards hörte. „Ich weiß, ich habe es vermasselt, aber es war dunkel! Ich habe so lange gesucht, bevor die Ersten aus dem Haus kamen und ich endgültig verschwinden musste. Außerdem kann niemand den Colt zu uns zurückverfolgen. Es kann nichts passieren."

„Nichts passieren? Wenn ich etwas mache, Richards, dann sauber und ordentlich. Ich kann es nicht leiden, wenn meine Assistenten eine Waffe am Tatort liegen lassen.“ Seine Stimme war klar und ruhig wie ein Gebirgssee. Sie klang fast erholsam und beruhigend. Der Kontrast zu dem, was er sagte, war dadurch umso stechender. „Und ganz so dunkel kann es wohl kaum gewesen sein, wenn ein Haus in Flammen steht, oder? Derartig mangelnde Sorgfalt kann ich in meiner Mannschaft nicht gebrauchen. Du gehst zurück zum Professor“, sagte Bane.

„Bitte, Bane. Bitte nicht“, bettelte er. „Er bringt mich um; das weißt du.“

Bane zuckte mit den Schultern. „Mach dich nicht lächerlich.“ Er sah die anderen beiden an. „Schafft ihn hier raus“, befahl er. Clara fragte sich, wer der Professor war und was noch schlimmer sein konnte, als diesem erbarmungslosen Jungen in die Hände zu fallen.

Eine Träne rollte Clara aus dem Augenwinkel, aber sie wagte nicht, sie wegzuwischen. Sie musste diese Tortur überleben, damit sie zu Daniel zurückkehren und um Verzeihung bitten konnte. Sie wollte nicht akzeptieren, dass ihr letzter gemeinsamer Augenblick im Diesseits Daniels ungezähmte Wut vor seinem brennenden Haus gewesen sein sollte. *So* würde ihre Freundschaft nicht enden.

Clara zwang sich dazu, sich die innere Anspannung nicht anmerken zu lassen. Je länger sie wie eine Schlafende aussah, desto länger brauchte sie sich nicht mit dem abscheulichen Jungen auseinanderzusetzen, und das konnte nur zu ihrem Vorteil sein.

Es hatte ihm schon lange niemand mehr so den Rücken freigehalten wie Clyde. Dass in dem kleinen, drahtigen Mann so ein entschlossener Kämpfer steckte, hätte Daniel nicht gedacht, aber genau das war Dr. Clyde Endicott.

Erschöpfung wollte ihn übermannen, aber er zwang sie nieder. Stundenlang hatte er am vergangenen Abend auf der Polizeistation jedes Detail der Geschehnisse erzählt und eine große Belohnung ausgelobt, falls die Polizei Clara finden würde. Nicht dass er sich auf sie verlassen wollte, dieses Verbrechen aufzuklären. Er und

Clyde waren direkt von dort zu seinem Labor in der Calvert Street geritten. Dort wartete schon seine kleine Armee aus Söldnern, die er diesen Monat zum Schutz seiner Bahnstrecken angeheuert hatte.

„Ich will, dass Alfred Forsythes Haus beobachtet wird", schärfte er Micky O'Shea, dem Befehlshaber, ein. „Mindestens sechs Mann. Wer das Haus verlässt, wird beschattet. Ich will Männer bei Forsythes Büro und seinen Stahlwerken. Und zwar bewaffnet und einsatzbereit. Wer sich nicht traut, Forsythes Schergen vor die Flinte zu nehmen, kann zu Hause bleiben. Habe ich mich klar ausgedrückt?"

„Ja, Sir", erwiderte O'Shea.

Sobald die Männer an strategischen Orten verteilt waren, begann Daniel mit dem schwersten Teil des Abends – die Führer aller Gewerkschaften in den heruntergekommenen Vierteln von Baltimore abzuklappern. Eddie Maguire führte die Arbeiter der Konservenfabriken an und lebte in demselben düsteren Karree, in dem Daniel die ersten zwanzig Jahre seines Lebens verbracht hatte. Der Geruch der feuchten Steine und Kohle weckte alte Erinnerungen. Daniel wusste genau, warum die Männer hier so ärmlich aussahen, hier, wo die Sonne sich kaum zwischen den trostlosen Mietskasernen blicken ließ.

Erst nach langem Zureden ließ sich Eddie Maguire an die Tür bitten, und Daniel redete schnell, als der korpulente Mann vor ihm stand. „Morgen um zehn gibt es am Umschlagplatz neben der Camden Station eine Versammlung. Der Krieg zwischen mir und Alfred Forsythe ist gerade noch persönlicher geworden. Lassen Sie überall verbreiten, dass jeder, der den Arbeitskampf voranbringen will, dort erscheinen soll. Sie werden es nicht bereuen, Mr Maguire."

Daniel und Clyde gingen von Haus zu Haus und arbeiteten eine Liste ab, die ihnen die Polizeistation überlassen hatte. Dank einem saftigen Schmiergeld hatten sie auf einen Schlag die Namen aller Gewerkschaftsvertreter bekommen, von Stahlarbeitern über Zigarrenroller, Konservenarbeiter bis zu Werftarbeitern. Und natürlich auch die der Bahnarbeiter.

Um zwei Uhr nachts machte Clyde den Vorschlag, bis zum Morgen zu unterbrechen, aber Daniel war dagegen. „Die Nachricht wirkt viel dringender, wenn sie im Schutz der Dunkelheit und ohne

Vorwarnung verbreitet wird. Glaub mir, ich weiß, wie so etwas ankommt."

Die Sonne hatte sich kaum über den Horizont erhoben, als sie die Liste abgearbeitet hatten. Daniel bemerkte Clydes übernächtigtes Gesicht und die roten Augen. Wahrscheinlich sah er selbst keinen Deut besser aus, aber zum Ausruhen war keine Zeit. Es blieben noch drei Stunden bis zur Versammlung am Schlachthof und jede Menge Arbeit. Die beiden stiegen auf die Pferde und ritten zurück in die Calvert Street.

„Die letzte Ausgabe des *Christian Crusade* – die mit Claras Artikel –, gibt es noch welche davon?", fragte Daniel.

Clyde streckte sich im Sattel. „Vater behält immer einige Kopien bei sich. Es gibt auch noch eine Kiste, die nach Übersee verschifft werden soll, aber ich glaube, sie wurde noch nicht abgeholt."

„Und wo ist sie?"

„Der Drucker liefert die gesamte Ausgabe zu uns nach Hause. Sie lagert im Schuppen."

„Hol sie", bat Daniel. „Ob du sie erbetteln, borgen oder in einem Wagen stehlen musst, ist mir egal, Hauptsache du bringst sie zum Umschlagplatz. Unser kleines Gespräch mit den Gewerkschaften wird viel besser verlaufen, wenn wir die Menge mit dem Revolverblatt deines Vaters eindecken."

Clyde ließ sich das nicht zweimal sagen. Er drehte sein Pferd um und ritt nach Bolton Hill, während Daniel seine Bank auf der Charles Street ansteuerte. Er hatte im Laufe der Nacht einige Hände versilbert, und so würde es weitergehen, bis er alle beisammen hatte, um die Stadt auf den Kopf zu stellen, damit Clara von dort, wo man sie festhielt, wieder freigegeben wurde.

Kurz vor zehn Uhr erreichte Daniel Camden Station und bemerkte erleichtert, dass sich bereits eine ordentliche Menschenmenge auf dem Lagerplatz für die Eisenbahngüter versammelt hatte. Hunderte hartgesottener Arbeiter standen mit neugierigen jungen Männern und Schaulustigen herum. Die Nachricht von Daniels seltsamem Mitternachtsruf war wie ein Lauffeuer durch die Stadt gegangen. Daniel ließ den Blick über die Menge schweifen und entdeckte zu seinem Verdruss Polizisten, die an der Seite lauerten. Der Anblick der uniformierten Männer trug sicher dazu bei, die ohnehin schon skeptische Menge aufzuwiegeln, aber der Schaden war schon angerichtet. Er würde noch härter daran arbeiten müssen, das Vertrauen der Männer zu gewinnen.

Am anderen Ende des Umschlagplatzes bemerkte er Clyde, der sich mit einem Wagen voller Holzkisten durch die Menge kämpfte. Daniel drängte ihm entgegen, griff nach dem Zaumzeug und führte den Transport genau in die Mitte der Menge. Als er mit der Position zufrieden war, kletterte er hinauf und öffnete mit einer Brechstange den ersten Holzdeckel. Ein rothaariger Junge bestieg neugierig eine Seite des Wagens und schaute zu. „Mein Vater sagt, Sie sind Daniel Tremain“, sagte er.

Daniel starrte den Jungen an. Er trug genau das gleiche Halstuch wie Daniel einst. Alle Jungen in den Stahlfabriken trugen diese Tücher, damit der Schweiß, der ihnen vom Gesicht rann, das Hemd nicht fleckig machte. „Ich bin Daniel Tremain“, antwortete Daniel, und das Gesicht des Jungen strahlte, als habe er gerade den Präsidenten der Vereinigten Staaten getroffen.

„Ich arbeite im Kohlenbunker bei Forsythe. Die Männer vom Stahlwerk sagen, das ist genau der Bunker, in dem Sie auch gearbeitet haben.“

„Das stimmt.“ Es war seltsam, einer jüngeren Ausgabe von sich selbst gegenüberzustehen. Daniel zog einen Fünfdollarschein aus seiner Tasche und drückte ihn dem Jungen in die Hand. „Verteile die Zeitung hier in der Menge“, trug er ihm auf. „Wenn diese hier alle sind, holst du dir neue, und dann sind noch einmal fünf Dollar für dich drin.“

Der Junge hatte wahrscheinlich noch nie so viel Geld in der Hand gehabt. Keine Sekunde später war der Schein tief in seiner Hosentasche verschwunden und er schnappte sich einen Stapel Zeitungen und verteilte sie.

Gegen zehn Uhr waren die Zeitungen unter die Leute gebracht und die Arbeiter wurden schon unruhig. Daniel stand mitten auf dem Wagen, Clyde mit einer langläufigen Flinte auf der Schulter davor. Mit seiner derben Lederkleidung und dem langen Zopf sah er eher wie ein Barbar aus als wie ein Arzt, aber Daniel war froh darüber, dass er hier war. Er griff nach einem Signalhorn und ließ es einige Male ertönen, um den Beginn der Versammlung zu verkünden. In der Arbeitermenge machte sich eine feindselige Stille breit.

„Ich kenne diesen Umschlagplatz sehr gut", rief Daniel so laut, dass es von den Backsteinwänden der Fabriken widerhallte. Er zeigte in nordöstliche Richtung. „Zwei Straßen von hier entfernt bin ich aufgewachsen, und ich habe in denselben Häusern gewohnt, dasselbe miserable Brunnenwasser getrunken und für dieselben Löhne gearbeitet wie ihr." Als das Wort Löhne fiel, ging ein Knurren durch die Menge, aber Daniel ließ sich davon nicht abhalten.

„Ich habe mich nach oben gearbeitet, und viele von euch denken, dass ich das nur schaffen konnte, weil ich eure geplagten Rücken als Treppe benutzt habe." Von hinten ertönte schmetternder Applaus, aber die Männer vor ihm blieben still, verschränkten die Arme vor der Brust und sahen ihn skeptisch an. „Jemand, der auch glaubt, dass ich euch unfair behandelt habe, hat den Leitartikel in der Zeitung geschrieben, die einige von euch in den Händen halten." Mittlerweile waren knapp eintausend Menschen auf dem Platz versammelt, und nur wenige Hundert Zeitungen kursierten in der Menge. Immerhin sah Daniel, wie einige davon immer weitergereicht wurden.

„Clara Endicott hat in ihrem Artikel Alfred Forsythe und mich kritisiert. Sie verurteilt uns dafür, wie wir unsere Unternehmen führen. Das hat sie getan, weil sie aufzeigen wollte, welche Auswirkungen das auf euer Leben und das eurer Kinder hat. Clara Endicott wurde aus England verbannt, weil sie zwei Jahre lang durch die finsteren Stollen der Kohleindustrie gekrochen ist und versucht hat, Kinder vor der körperlichen Ausbeutung durch die Minenbesitzer zu schützen. Für Kinder, deren Namen sie nicht kannte, hat sie ihre eigene Sicherheit riskiert. Ihre Erkenntnisse hat sie in den Londoner Zeitungen veröffentlicht und dadurch den Zorn der Minenbesitzer auf sich gezogen." Zustimmung regte sich in den Reihen und Daniel musste noch lauter rufen.

„Und nun ist Clara zurück in den Vereinigten Staaten von Amerika. Und wieder kämpft sie für die Arbeiterklasse, kämpft für bessere Bedingungen und hat sich eurer Sache angeschlossen ..." Die Menge stampfte mit den Füßen und grölte. Daniel musste aus Leibeskräften rufen, damit er noch gehört wurde. Seine Kehle war schon ganz rau. „Clara Endicott hat sich eurer Sache angeschlossen, aber irgendjemand möchte nicht, dass sie ihr Ziel erreicht, denn letzte Nacht hat man sie entführt und hält sie irgendwo gefangen."

Die Menge wurde still. Daniel konnte die wütenden Blicke der Menschen spüren. „Clara Endicott hat nur zwei Feinde in dieser Stadt. Mich und Alfred Forsythe. Und ich gehöre nicht zu der Sorte Mensch, die Krieg gegen eine ehrbare Frau führt. Ich weiß nicht, ob Forsythe dahintersteckt oder ein anderer Großunternehmer, der nicht möchte, dass Clara Endicott der Industrie dasselbe antut, was sie den Minenbesitzern in England antun wollte. Ich weiß nur, dass irgendjemand in dieser Stadt weiß, wo Clara ist und wer sie entführt hat. Und, liebe Freunde …", Daniel beugte sich vor und betonte seine Worte, „… ich *bezahle gut* für diese Information." Sein Versprechen wurde von Fußgetrappel und Fäusten, die in die Luft gestreckt wurden, begrüßt.

Daniel hielt die Ausgabe des *Christian Crusade* hoch. „Clara Endicott hat diesen Artikel für euch geschrieben, und jetzt muss sie dafür leiden. Diese Frau ist bereit, dafür zu kämpfen, dass ihr faire Löhne bekommt und eure Kinder nicht hungrig ins Bett gehen müssen." Wieder brandete Zustimmung auf. Daniel sah in die entschlossenen Gesichter und wusste in diesem Moment, dass sie seine größte Hoffnung waren, um Clara zu retten, seine großherzige, tollkühne Clara, die er noch mehr liebte als das Leben. Er bekam einen Kloß im Hals, der ihn am Reden hindern wollte, aber er musste das hier zu Ende bringen, für Clara. „Diese Frau ist großherzig und tapfer, und wenn wir sie aus den Fängen ihrer Widersacher retten können, wird sie sich mit jeder Faser ihres Lebens dafür einsetzen, eure Situation zu verbessern. Diese Frau ist der beste Freund, den die Arbeiterklasse jemals hatte, und jeder, der mir sagen kann, wo ich sie finde, wird nie wieder einen Tag in Armut verbringen!"

Das Geschrei in der Menge wurde lauter, mächtiger und mündete schließlich in einem kraftvollen Sprechgesang. „Cla-ra, Cla-ra, Clara!" Daniel sah zu Clyde, dessen Augen vor Zuversicht strahlten. Wenn irgendein Gewerkschaftler in Baltimore wusste, wo Clara zu finden war, dann würden sie es in Kürze wissen.

KAPITEL 17

Seit Stunden tat Clara so, als schliefe sie. Auch wenn einer von Banes Männern sie gelegentlich mit der Stiefelspitze anstupste, blieb sie regungslos liegen. Würden sie sie umbringen, sobald sie merkten, dass sie wach war? Sie hatte angestrengt gelauscht und gehofft, etwas über ihre Absichten herauszufinden, aber alles, was sie hörte, war Bane, der über Schiffsrouten und Gezeitenkalender sprach. Sie kam nicht dahinter und döste weg. Wenn doch Daniel hier wäre. Was würde sie darum geben, seine selbstbewusste Stimme zu hören. Immer, wenn sie ängstlich oder verzweifelt war, hatte er sie getröstet und aufgefangen.

Traurigkeit und Angst machten sich in ihr breit. Sie würde Daniel wohl nie wiedersehen. Um Gnade zu bitten war sinnlos, denn dieser Bane schien nicht einen einzigen Funken Mitgefühl zu besitzen. Ihre Hände waren gefesselt, sie lag auf dem Boden eines verlassenen Lagerhauses, war noch immer benebelt vom Opium und umgeben von Banditen, die auf einen wahnsinnigen Halbstarken hörten. Hier würde sie niemals lebend wieder herauskommen.

Ich vermag alles durch den, der mich mächtig macht.

Die Worte kamen ihr ungewollt in den Sinn und Clara klammerte sich dankbar an diesen Vers. Jesus hatte sie nicht verlassen, auch hier nicht. Ihr Leben folgte seinem Plan, und sie durfte sich nicht von der Verzweiflung übermannen lassen.

„Sieh an. Dornröschen ist aufgewacht."

Banes kristallblaue Augen waren auf sie gerichtet. Mühsam richtete sie sich etwas auf. Ihr neu gewonnener Mut kam ins Wanken, als Bane auf sie zukam. Wie hatte sie ihn nur attraktiv finden können? In seinen kalten Augen steckte etwas Barbarisches, das ihr Angst machte und sie verunsicherte. Bane zog sie in eine Sitzposition und hockte sich neben sie. „Sie haben sicher Durst", sagte er mit freundlicher Stimme.

Clara schwor sich, von diesem Jungen nichts anzunehmen. Ihre Zunge fühlte sich so dick an, dass sie bezweifelte, überhaupt ein

Wort herauszubringen, aber dann sagte sie unter großer Anstrengung: „Ich lebe noch."

„Fürs Erste." Banes Hand schloss sich wie eine Fessel um ihren Arm und zog sie auf die Füße. Claras Kopf dröhnte und sie wankte, aber Bane führte sie zum Tisch und den Stühlen in der Ecke der Lagerhalle. Beim Anblick eines kleinen Messers in Banes Hand zuckte sie zusammen, aber er schnitt nur das Seil durch, mit dem ihre Handgelenke gefesselt waren. Clara sank auf den Stuhl und spürte, wie der Druck in ihrem Kopf immer größer wurde und in ihrem Schädel herumzuwandern schien. Das Gefühl war abscheulich, aber am schlimmsten war dieser unerbittliche Durst, der sie plagte. Bane schob ihr einen Krug mit Wasser hin, und Clara musste die Sitzfläche ihres Stuhls umklammern, um ihn nicht mit beiden Händen zu greifen und bis zum Grund leer zu trinken. Sie krallte sich an den Stuhl, bis ihre Knöchel weiß waren, und Bane schien ihre Qual zu amüsieren.

„Es ist nur Wasser. Ich habe nichts hineingetan."

Kondenswasser rann außen am Zinnkrug herab. Es sah aus wie das kühlste, sauberste Wasser, das sie jemals gesehen hatte. „Ich würde eher den Schweiß eines Pferdes trinken als etwas, was du mir vorsetzt."

Ein Mundwinkel kräuselte sich nach oben und verlieh Bane eine fast übernatürliche Schönheit. „Das würde ich schrecklich gern sehen, aber es ist leider kein Pferd hier. Ich schlage vor, Sie halten sich an das Wasser."

Clara stellte sich vor, wie schön kühl es ihre Kehle hinabrinnen würde. Der Watteball in ihrem Mund schien immer weiter anzuschwellen, und Clara wünschte sich nichts mehr, als nach dem Wasser zu greifen und es hinunterzustürzen.

Sie zwang sich, den Blick abzuwenden. Dabei entdeckte sie einen Mann, der zusammengerollt in einer Ecke auf einem Lager lag. Sein Gesicht war zur Wand gedreht, und im Gegensatz zu Banes anderen Handlangern trug er feine Kleidung. Clara erkannte einen dunklen Anzug und gute Lederschuhe.

„Mr Manzetti?", fragte Clara und stand auf. Der Mann bewegte sich nicht. Entsetzt sah sie Bane an. „Ist er tot?"

Bane zuckte mit den Achseln. „Ich hoffe nicht, denn das würde meinen Plan auf den Kopf stellen. Er genießt denselben süßen Traum, den Sie bis eben noch hatten."

Clara hörte genau hin und meinte, sein Atmen zu vernehmen. Ihr wurden die Knie weich und sie ließ sich wieder auf den Stuhl sinken.

„Was hast du mit uns vor?"

„Sie werde ich umbringen, aber Manzetti brauche ich noch." Bane sagte das so beiläufig, als würde er sich sein Abendessen wählen. Clara kämpfte die Angst nieder, die ihr Gehirn benebeln wollte. Sie musste hinter die kühle Maske gelangen und herausfinden, wer dieser Junge war. Das war ihre einzige Überlebenschance. Was war ihm lieb und teuer? Was hatte ihn schon in so jungen Jahren so verdorben?

Bane goss sich ein Glas Wasser ein und trank. Der Durst war bei diesem Anblick kaum zu ertragen, und Bane entging ihr sehnsüchtiger Blick nicht, als er das Glas hinstellte. „Es ist sauber", sagte er. „Das wäre doch das Letzte, was ich mir mitten beim Geschäftemachen antun würde."

Sie glaubte ihm und ihr Kopf wollte keinen klaren Gedanken mehr fassen, bis sie nicht diesen quälenden Durst gelöscht hatte. Noch bevor er seinen Satz zu Ende gesprochen hatte, hatte sie schon den Krug angesetzt. Sie stürzte das lebensrettende Wasser herunter und genoss mit jedem Schluck, wie die Watte heruntergespült wurde. Es floss rechts und links an ihrem Mund vorbei und auf ihr Kleid, aber sie musste einfach trinken.

Als der Krug leer war, stellte sie ihn ab und fühlte sich stark genug. Jetzt galt es herauszufinden, wer Bane war, wo seine Schwächen, seine Bedürfnisse lagen. „Nimmst du zu anderen Anlässen Rauschgift?", fragte sie.

„Niemals. Ich habe gesehen, was Opium mit dem Verstand macht und habe keinerlei Interesse daran, ein sabbernder Dummkopf zu werden."

„Und doch verkaufst du es", hakte sie nach. Sie hatte mitbekommen, wie gekonnt er die Droge abmaß und wog.

„Wenn Sie darauf anspielen, ob ich Skrupel habe, aus anderer Menschen Schwäche Geld zu machen, nein. Überall auf der Welt legen die Leute hartes Gold auf den Tisch, um dieses Gift zu schnupfen, zu trinken, zu rauchen oder sich geradewegs in die Venen zu spritzen. Wenn ich sie nicht beliefere, tut es ein anderer."

Clara horchte auf. Wer das Rauschgift nur auf der Straße verkaufte, würde sich nicht so ausdrücken. Von Baltimores Hafen erreichte man die ganze Ostküste und sogar Europa. Wenn Bane den Hafen benutzte, um Rauschgift zu verschiffen, dann war er viel mächtiger, als sie zunächst vermutet hatte.

Sie sah zu Mr Manzetti herüber, der noch immer bewusstlos dalag. Bane war also im Drogenhandel tätig, aber sie konnte nicht glauben, dass ihre Entführung damit zu tun hatte. Wofür hatte Bane Richards bestraft? Irgendetwas mit einer Waffe und einem Feuer. Und sie konnte sich nur an ein einziges Feuer erinnern.

„Hast du das Feuer in Daniel Tremains Haus gelegt?"

„Ich persönlich? Nein."

„Aber du hast es legen lassen." Sie dachte an Daniel, wie entsetzt er war, als er sein Heim in Flammen aufgehen sah. Kaum zu fassen, dass solch ein schreckliches Leid auf eine Laune dieses Halbstarken zurückging. „Was um Himmels willen hattest du davon?"

„Ich wurde großzügig dafür entschädigt."

„Von wem?"

„Das braucht Sie nicht zu interessieren."

„War es derselbe, der dich bezahlt hat, damit du mich entführst?"

Sein beiläufiges Achselzucken machte sie wütend. „Schon wieder stellen Sie Fragen, die ich nicht beantworten werde. Das wird allmählich ermüdend. Jetzt bin ich dran." Sein durchdringender Blick war verstörend. Er hatte das Gesicht und die Stimme eines Engels, aber seine Augen strahlten so viel Scharfsinn aus, dass es ihr schwerfiel, ihn anzusehen. „Verraten Sie mir eins", säuselte er. „Warum hasst Tremain Alfred Forsythe so sehr? Wenn das stimmt, was ich gelesen habe, dann hat er bereits ein Vermögen eingebüßt, nur weil er einen toten Mann nicht vergessen kann. Das hat ein wenig Schlagseite, finden Sie nicht?"

„Der tote Mann war sein Vater und er hat ihn sehr geliebt. Warum überrascht dich das?"

Bane zuckte wieder mit den Schultern. „Tut es eben. Ich kenne niemanden, der so viel Geld links liegen lassen würde, nur weil er bestimmte Prinzipien hat." Bane überlegte. „Irgendwie ist es bewundernswert."

Traurigkeit schwang in seiner Stimme mit, und zum ersten Mal merkte Clara, wie seine harte Fassade zu bröckeln begann. Sie stand noch immer Todesängste aus, aber ihre einzige Überlebenschance bestand darin, ihn zu verstehen. „Gab es denn noch nie jemanden, der dir etwas bedeutet hat?", wollte sie wissen. „Niemand, für den du bereitwillig Opfer bringen würdest?"

Bane lächelte bitter. „Der Mann, der meinem Vater am nächsten kommt, gehört nicht zu der Sorte Mensch, den man sein Leben lang bewundert. Wenn ihn jemand über die Klinge springen ließe, würde ich nur eins fühlen: Erleichterung."

Clara sah ihn erschrocken an. „Es würde dir also gar nichts ausmachen, wenn dein eigener Vater umgebracht wird?"

Bane schüttelte den Kopf. „Mein richtiger Vater ist schon lange tot. Ich spreche von dem Mann, der mich großgezogen hat. Er ist ein Unmensch und ich würde ihm keine Träne nachweinen."

Bane klang deutlich angewidert, aber Clara meinte, auch eine winzige Spur von Angst herauszuhören. „Ist er es, der dich dafür bezahlt, damit du diese abscheulichen Dinge tust?", fragte sie. „Wie Daniels Haus anzuzünden und mich zu entführen?"

Bane ließ einige Augenblicke verstreichen. „Wissen Sie, Clara, je weniger Sie darüber wissen, was hier vor sich geht, desto größer ist die Chance, dass Sie überleben."

„Ich dachte, ich wäre sowieso schon so gut wie tot."

„Ich auch." Für einen Augenblick sah Bane selbst überrascht aus.

„Und wieso hast du deine Meinung geändert?"

Er sah Clara prüfend an. „Ich mag Sie. Sie haben Richards Paroli geboten, als er in ihre Kutsche stürmte. Das hatte ich so nicht erwartet." Clara dachte daran, wie Richards ihr den Colt vor die Nase gehalten hatte. *„Mit einer Waffe eine Frau und ein Kind bedrohen. Ihre Mutter muss richtig stolz auf Sie sein."*

„Damit kann man dich also beeindrucken?"

„Mich beeindruckt nur eins: Wenn jemand den Mut hat, sich seinen Ängsten zu stellen. Könnte sein, dass Sie dazugehören."

„Und wenn ja? Wird das mein Leben retten?"

„Vielleicht ja, vielleicht nein."

Immer weiterreden, immer weiter, dachte Clara. „Glaubst du an Gott?", fragte sie aus einem plötzlichen Impuls heraus.

Diese Frage schien ihn zu überraschen, aber er dachte darüber nach. Dafür lehnte er sich zurück und verschränkte die Arme vor der Brust. Wie er sie dabei anstarrte, verunsicherte sie, aber sie zwang sich, seinem Blick standzuhalten. „Vielleicht", antwortete er schließlich.

„Was soll das heißen?"

„Weil ich an den Teufel glaube. Und wenn der Teufel existiert, dann wohl auch Gott, nehme ich an."

Sein Bekenntnis ließ sie erschaudern, aber jetzt durfte sie nicht aufhören. „Wieso glaubst du, dass es den Teufel gibt?"

Banes eigenartiges Lächeln entblößte seine weißen makellosen Zähne. „Weil ich ihn kenne, Miss Endicott." Beim Anblick ihres Entsetzens lachte er auf. „Sie halten mich für böse, aber glauben Sie mir, der Mann, für den ich arbeite, riecht nach der Hölle."

Clara konnte den Blick nicht mehr halten. Ihr Magen spielte verrückt und die Angst kehrte zurück. Sie betrachtete die Kisten, die diesen Raum vom Rest des Lagerhauses abtrennten. In ihnen steckte pures menschliches Leid. Wie viele Tausende würden sich dieses Gift einverleiben, sobald es das Lagerhaus verließ? Ehen würden zerbrechen, Kinder verzweifelt umherirren, weil ihre Eltern sich den Verstand vernebelten, Vermögen würden verloren gehen. Nur damit Alex Banebridge und seine Handlanger sich die Taschen vollstopfen konnten.

Ich vermag alles durch den, der mich mächtig macht.

Clara drückte die Schultern nach hinten und schöpfte neuen Mut. „Warum lässt du immer den Teufel gewinnen?"

Bane sah sie verdutzt an. „Was?"

„Warum lässt du zu, dass der Teufel dein Leben regiert? Wäre es nicht eine viel größere Herausforderung, ihm die Stirn zu bieten? Du hast selbst gesagt, dass dich nur beeindruckt, wenn jemand sich seinen Ängsten stellt. Und doch unterliegst du lieber dem Teufel, als dich ihm gegenüber zu behaupten."

„Sagen Sie bitte nicht, dass Sie eine von diesen scheußlichen Missionarinnen sind. Ich habe gerade Gefallen an Ihnen gefunden."

Clara beugte sich vor. Jeder Zentimeter näher an Bane ließ ihre

Nackenhaare sich noch höher aufstellen, aber es musste sein. „Wie mutig bist du? Mutig genug, um all das hier hinter dir zu lassen“, Clara deutete auf die Kisten, „und dich Gott zu übergeben? Glaub mir, leicht wird das nicht.“

„Stimmt es etwa, dass Sie die Tochter eines Reverend sind?“

„Ja.“

„Daher dieser alberne Unsinn über Gott.“ Bane nahm sein Messer und bohrte die Spitze in die Tischplatte. Die glänzende Klinge schickte helle Lichtstrahlen im Lagerhaus umher. „Manche Menschen sind nun mal nicht dafür gemacht, um mit den Engeln zu wandeln. Seit meinem sechsten Lebensjahr, als ich dem niederträchtigsten Menschen dieser Welt übergeben wurde, bin ich für die dunkle Seite des Lebens bestimmt.“

Clara sah sich ängstlich um. „Ist er hier?“

„Nein.“

„Dann gibt es keine Entschuldigung für dein Verhalten. Und schiebe nicht deine tragische Kindheit vor; du bist alt genug, um deine eigenen Entscheidungen zu treffen. Es gibt nichts auf dieser Welt, das dich davon abhält, aus diesem Lagerhaus zu spazieren und ein neues Leben anzufangen. Glaub mir, Alex.“

„Bane.“

„Wie bitte?“

„Ich heiße Bane.“

„Wie mutig bist du, Alex? Was meinst du, wie viel interessanter das Leben wäre, wenn du diesen Irrglauben infrage stellen würdest, dass du nur zum Bösen taugst? Würdest du dich nicht viel mehr selbst achten können, wenn du dich traust, diesem vermeintlichen Teufel die Stirn zu bieten?“

Bane drehte die Klinge noch schneller und lächelte Clara dabei an. „An Selbstachtung hat es mir noch nie gemangelt. Ich bin mein eigener Liebling, muss ich sagen.“

„Das spiegelt sich aber nicht gerade in den Leuten wider, mit denen du dich umgibst.“

Bane schien noch amüsierter. „Endlich ein Satz von Ihnen, wo wir wirklich einer Meinung sind.“

„Und warum *tust* du dann nichts dagegen?“ Clara deutete mit dem Kopf auf die Opiumkisten. „Wenn du das Opium in diesen Kisten vernichten würdest, anstatt damit die Schwächen der Menschen auszunutzen, wäre das ein hervorragender erster Schritt. Glaub mir, du kannst einen Neuanfang machen und dir deinen eigenen Weg suchen."

Banes amüsierter Blick war verflogen. „Wenn ich den Inhalt dieser Kisten zerstöre, wird ein so hoher Preis auf meinen Kopf ausgesetzt, dass jeder Verbrecher des ganzen Landes Jagd auf mich macht. Das wäre ein neuer Weg, zweifelsohne, aber wohl keiner, auf dem ich gehen möchte."

„Also hast du Angst? Angst, dich deinem Erzfeind zu stellen?"

Bane zuckte mit den Schultern. „Eines Tages werde ich ihm ebenbürtig sein. Aber jetzt noch nicht."

Clara war selbst überrascht, als sie nach seiner Hand griff. „Der Herr wird dich beschützen, Alex. Ich weiß nicht, welche schrecklichen Umstände dich damals in die Hände dieses Mannes gebracht haben, aber du bist stark genug, um ihm den Rücken zu kehren. Tu es noch heute."

Er zog ruckhaft seine Hand zurück, als hätte er sich verbrannt. „Sie sind ja eine regelrechte Plage."

„Ich werde dich nicht aufgeben und hier sitzen, während du mit diesem Rauschgift das Leben von Tausenden Menschen zerstörst und dabei deine eigene Seele Schaden nimmt. Gott hat dir die Freiheit geschenkt. Lass ab von deinem Weg. *Er wird dir vergeben.*"

Clara konnte nicht genau sagen, wann es passiert war, aber die Stimmung war gekippt. Bane schnitt mit dem Messer eine tiefe Kerbe in den Tisch, dabei hielten seine Finger den Griff fest umklammert. „Dieses erbärmliche Geschwätz macht mich ganz krank", schimpfte er verärgert. „Ihr tischt euren Kindern diese Märchen auf, von Güte und Sonne und Gnade, die sie wie eine Fee umflattern. Aber in der richtigen Welt werden Kinder aus den Armen ihrer Mütter gerissen und in einen Abgrund aus Verderben gestoßen, wo kein Sonnenstrahl je hingelangt! Wo ist da euer Gott?" Die Verachtung in seiner Stimme war nicht zu überhören, aber Clara ließ sich nicht von ihrem Vorhaben abbringen.

„Ich bin nicht blind für das Böse in dieser Welt", antwortete sie. Es saß ihr schließlich gegenüber. „Und ich weiß sehr wohl, dass mir Dinge in die Wiege gelegt wurden, die dir verwehrt geblieben sind.

Von mir wurde erwartet, ein gottgefälliges Leben zu führen, und mein Weg war oft leicht. Von dir hat das noch nie jemand erwartet. Und deswegen wäre es eine Heldentat von dir, wenn du dich Gott öffnen würdest. Es würde dich so viel Kraft und Mut kosten, dass alle, die dich je kannten, still vor dir den Hut ziehen müssten. Du kannst ein ehrenvolles Leben beginnen, heute noch."

Bane stand auf und ging zu einem Regal, auf dem Essen und Vorräte lagen. „Ich sage es Ihnen noch ein Mal. Hören Sie auf mit diesem Geschwätz über Gott."

Zum ersten Mal, seit er sich als führender Kopf bei diesem kriminellen Unterfangen offenbart hatte, war seine gleichgültige Miene verschwunden. Er versuchte, aufkommende Gefühle von Zorn zu unterdrücken. Bane waren von klein auf Bosheit und Niedertracht eingeflößt worden. Natürlich war es nicht leicht für ihn, dieses Leben hinter sich zu lassen, aber die Tatsache, dass sie noch am Leben war, hieß doch, dass sie zu ihm hindurchgedrungen war. „Es ist kein Zufall, dass du lebst, Alex", raunte sie. „Ich weiß nicht, warum du so viel Gewalt ertragen musstest, aber es ist noch nicht zu spät für eine Umkehr. Für diesen Schritt wirst du das Herz eines Gladiators brauchen. Wie mutig bist du wirklich?"

Bane drehte sich um. „Ich habe Sie gewarnt." Die kühle, unbeirrte Miene war zurück, als könne ihn nichts auf der Welt erschüttern. Er nahm seinen Stuhl und setzte sich neben sie. Noch bevor sie sich sammeln konnte, drückte er plötzlich ihren Unterarm auf den Tisch. Mit der anderen Hand stach er ihr eine Nadel ins Fleisch, und der Schmerz durchfuhr sie wie ein Blitz.

„Schlafenszeit", sagte Bane und die Welt verschwamm vor ihren Augen.

KAPITEL 18

Es vergingen volle sechsunddreißig Stunden, bevor sich die erste heiße Spur auftat. Daniel machte die ganze Zeit kein Auge zu. Er blieb in seinem Büro und war die zentrale Anlaufstelle für jegliche Art von Information.

Immer wieder drohte ihn die Erschöpfung zu übermannen, aber jedes Mal, wenn er einnicken wollte, schossen ihm Bilder von Clara durch den Kopf und erfüllten ihn mit neuer Angst um sie. Verzweifelt wälzte er die wenigen Details, die er über ihr Verschwinden wusste. Gab es je eine empfindlichere, zartere Frau als Clara? Sie hatte Angst vor Pferden, sie sprach nicht gern in der Öffentlichkeit, und doch hatte sie sich jahrein, jahraus diesen Ängsten gestellt, um das Richtige zu tun. Um das zu tun, was sie als Gottes Auftrag empfand. Und nun musste sie für Daniels Sünden leiden. Wer auch immer sie entführt hatte, es war seine Schuld.

Claras vom Feuerschein erleuchtetes Gesicht verfolgte ihn. Er hatte sie tatsächlich verdächtigt, das Feuer in seinem Haus gelegt zu haben, auch dann noch, als sie ihm ewige Treue geschworen hatte. Und bei allem, was ihm heilig war: Auch er würde ihr nie wieder den Rücken kehren.

Ganz allmählich ging die Sonne unter und beendete den Tag, an dem Daniel seine flammende Rede auf dem Umschlagplatz gehalten hatte. Seine Hoffnung auf eine schnelle Lösung schwand dahin. Eine Handvoll Leute war mit vagen Hinweisen zu ihm gekommen. Daniel setzte auf jeden Einzelnen davon einen seiner Männer an, aber es war offensichtlich, dass die meisten derjenigen, die sich gemeldet hatten, nur auf das Geld aus waren.

Daniel faltete die Hände, so fest es ging. *Bitte, Gott*, dachte er. *Bitte pass auf Clara auf. Ich habe noch nie zu dir gebetet, weil ich nicht weiß, ob es dich überhaupt gibt … aber Clara weiß es, und das genügt mir.*

Er fühlte sich etwas schuldig dabei, weil er sich Gott erst zugewandt hatte, als er keine andere Möglichkeit mehr sah und mit dem

Rücken zur Wand stand. Aber es war schließlich nur für Clara; er hatte nicht für sich selbst gebetet, sondern nur dafür, dass eine Frau mit einem so guten Herzen wie Clara nicht bestraft werden durfte.

Der nächste Tag war wieder eine endlose Qual. Hinweis um Hinweis trudelte ein, und jedes Mal, wenn jemand an seine Tür klopfte, schlug Daniels Herz höher, weil er hoffte, dass dieses Mal die Spur zu etwas führen würde. Aber erst am Abend des dritten Tages nach Claras Verschwinden tat sich die erste wirklich heiße Spur auf, in Form eines nervösen Eddie Maguire.

Es war seltsam, einen Mann von Maguires Statur und Ruf eingeschüchtert zu sehen, aber der Schweißfilm auf seiner Haut und das in den Händen zerknautschte Halstuch ließen keinen Zweifel daran.

„Das hier ist ein anonymer Hinweis, klar?", setzte Eddie an, als er auf dem Stuhl vor Daniels Schreibtisch saß. Clyde kam herein und musterte den finster dreinblickenden Gewerkschaftsführer der Konservenfabrikarbeiter, der sich mehrfach räuspern musste, bevor er fortfuhr.

„Die Nachricht kommt von einem meiner Männer", sagte er. „Er macht sich vor Angst in die Hosen, weil er befürchtet, als Singvogel enttarnt zu werden. Er will keine Belohnung, weil ihn das womöglich verrät. Er will nur der Lady helfen, das ist alles. Weil sie es nicht verdient hat, in die üblen Machenschaften von Bane verstrickt zu werden, welche das auch immer sein mögen."

Daniel starrte Eddie an. „Wer ist Bane?", fragte er leise.

Eddie rutschte hin und her. „Bin nicht sicher. Niemand hat ihn je gesehen, aber er scheint einen finsteren Plan zu verfolgen, und wer sich ihm in den Weg stellt, wird liquidiert. Ich habe gehört, dass er irgendwo aus dem Westen kommen soll … vielleicht aus Kalifornien. Er kontrolliert die Opiumlieferungen nach und über Neuengland." Eddie wischte sich die Stirn mit dem Halstuch.

„Und weiter?"

„Ja, also … mein Informant meinte, er habe gehört, dass Bane ein Lagerhaus unten beim Hafen von Locust Point benutzt. Dort sollen Vorräte hingebracht worden sein, weil wohl einige Geiseln genommen werden sollten."

Daniel war hellwach. „Welches Lagerhaus?"

„Das weiß ich nicht."

„Es gibt Hunderte dort unten", stöhnte Clyde. „Sagen Sie mir den Namen Ihres Informanten und ich grenze die Sache ein."

„Sie verstehen das nicht, oder?", platzte Maguire heraus. „Dieser Mann hat Familie. Er ist sowieso schon ein großes Risiko eingegangen, als er mir davon erzählt hat. Ich werde ihn ganz bestimmt nicht verpfeifen, damit Banes Schakale das Fleisch von seinen Knochen nagen." Eddie stand auf.

„Ich mache das nur für die Lady, nicht für Sie. Heute hoffe ich, dass Sie Miss Endicott finden, aber morgen sind wir beide wieder im Krieg. Und ich will, dass Sie vergessen, wer Ihnen das gesagt hat. Übrigens: Wenn Sie es mit Bane aufnehmen wollen, sollten Sie sich lieber eine Armee zulegen."

KAPITEL 19

Als sie dieses Mal aus dem Opiumrausch erwachte, wusste Clara schon, was sie erwartete. Ihr Schädel brummte, und der höllische Durst machte die Zunge erneut zu einem Watteball, der sich kaum bewegen ließ. Schon die Augenlider zu heben war ein Kampf, aber eigentlich kaum nötig. Clara roch das Sägemehl, fühlte den vertrauten Steinfußboden und wusste, wo sie war. Das Schlimmste war aber dieses laute, wiederkehrende Schlagen, das in ihrem Kopf tausendfach dröhnte.

Als sie es endlich schaffte, ihre Augen zu öffnen, sah sie die Geräuschquelle. Bane und dieser schreckliche McGahee vernagelten eine Kiste nach der anderen. Clara sah sich um und entdeckte Mr Manzetti, der noch immer bewegungslos in der Ecke lag, aber es hatte sich etwas verändert. Clara drehte den Kopf und bemerkte, dass die Stapel mit Kisten um sie herum verschwunden waren. Die Lagerhalle war fast leer geräumt.

Sie richtete sich auf und lehnte sich an die Backsteinwand. „Wo ist das Opium?", krächzte sie.

Bane und McGahee drehten sich um. „Da draußen, wo es hingehört", meinte Bane mit einigen Nägeln zwischen den Lippen. Ein paar Kisten standen noch offen herum, aber McGahee füllte sie mit Whiskeyflaschen und Bane nagelte sie zu. Hinten an der Wand standen Dutzende Stoffballen. Seide, Baumwollstoff, Musselin. Die Dosis musste ziemlich hoch gewesen sein, da sie nichts von all dem Hin- und Hergeräume mitbekommen hatte.

„Da steht Wasser auf dem Regal, wenn Sie wollen", meinte Bane. „Es ist sauber." Clara glaubte ihm. Auch wenn er ihr in den wenigen Stunden ihrer Bekanntschaft Schreckliches angetan hatte, gelogen hatte er nie. Nicht dass sie es ihm nicht zutraute, aber der blaue Fleck auf ihrem Arm war Beweis genug, dass Bane sie mit Leichtigkeit unter Drogen setzen konnte, ohne auf faule Tricks zurückzugreifen. Vorsichtig stand sie auf und lief zum Regal. Allein die Bewegung und das Wasser halfen schon, das Dröhnen in ihrem Kopf erträglicher zu machen. Clara beobachtete, wie Bane neue Kisten mit Diebesgut auspackte und bemerkte zum ersten Mal, dass an seinem Ohr ein Diamant glitzerte. Eine Frucht seiner illegalen Profite, ohne Zweifel.

Mr Manzetti lag noch immer unbeweglich auf seinem Lager. Wie die anderen reagieren würden, wenn sie zu ihm ging, konnte sie nicht einschätzen, aber sie beschloss, nicht um Erlaubnis zu fragen sondern es einfach herauszufinden. Sie kniete sich neben Manzetti und legte ihm eine Hand auf die Schulter. Bane ignorierte sie.

„Mr Manzetti? Können Sie mich hören?" Sie stupste ihn stärker an. Sein Gesicht blieb schlaff, der Mund offen und das leise Schnarchen blieb unverändert.

„Vergessen Sie's", knurrte McGahee. „Bane hat ihm genug verpasst, dass er noch ein paar Tage weiterträumt." Clara sah zu Bane herüber, aber er befüllte unbeirrt die Kisten weiter.

„Ich bin keine Expertin, was Opium betrifft, aber ich habe genug davon bekommen, um zu wissen, dass es nicht gesund sein kann, Mr Manzetti endlos damit vollzupumpen. Du solltest dich schämen."

Bane schwang unbeeindruckt den Hammer. „Sie klingen wie eine Lehrerin. Warum machen Sie sich überhaupt solche Sorgen um ihn? Sie sind doch diejenige, die bald vor ihren Schöpfer tritt."

Der Gedanke hatte Clara nicht eine Sekunde losgelassen. „Also sollte ich mir schon einmal einen Sarg aussuchen? Ist es das, was du sagen willst?"

„Hinsetzen", befahl Bane. Der Anblick von Handschellen ließ Clara sehr schnell ruhig werden. „Ich werde Sie nicht umbringen, aber ich muss McGahee helfen, die Stoffballen hier wegzuschaffen. Und jetzt her mit Ihrer Hand." Und schon fand Clara sich an ein Rohr gefesselt wieder, das an der Wand entlanglief. Die Tore des Lagerhauses wurden aufgeschoben und einige Männer, die Clara am Vortag gesehen hatte, führten einen Pferdewagen herein.

„Kommen Sie gar nicht erst auf die Idee zu schreien, während die Tore auf sind", warnte sie Bane. „Ich breche Ihnen das Genick, bevor Sie auch nur ein Geräusch gemacht haben."

Clara sah zu, wie neue Whiskeykisten abgeladen und die Stoffballen aufgeladen wurden. Bane trug den Männern anschließend auf, die Ballen zur Camden Station zu fahren. Hinter dem Wagen zog er die Tore zu und sie war wieder allein mit ihm.

Der Junge nahm das Brecheisen und öffnete die erste Kiste. Die Whiskeyflaschen stellte er auf den Tisch.

„Warum nimmst du die ganzen Flaschen aus den Kisten, um dann andere Kisten damit zu befüllen?“ Das war das Einzige, was er scheinbar den ganzen Morgen lang getan hatte.

„Die Lieferung geht in den Westen, und ich möchte nicht, dass man sieht, wo sie ursprünglich herkam.“

„Und warum nicht?“

Bane sah sie an, als wäre sie ein Dummkopf. „Steuern, Miss Endicott. Ich bin kein großer Freund vom Steuernzahlen.“

„Oh“, meinte Clara und schalt sich für ihre eigene Dummheit. Wer Brandstiftung beging und mit Opium handelte, ließ sich auch kein kleines Schmuggelgeschäft entgehen. Banes kriminelle Pfade schienen kein Ende zu haben, aber sie wusste, dass sie den Gesprächsfaden nicht abreißen lassen durfte. Je mehr sie miteinander redeten, desto wahrscheinlicher war es, dass er sie als Mensch wahrnahm, dem man nicht einfach das Genick brach. Gestern hatte sie einen Funken Menschlichkeit in ihm wahrgenommen und ihre einzige Überlebenshoffnung war, diesen Funken wiederzufinden und noch stärker zu entfachen.

Clara legte das Gesicht an das Rohr. Ihr Körper fühlte sich noch immer an, als würde ihr Schlamm durch die Adern gepumpt, und das kühle Rohr verschaffte ihrem glühenden Gesicht Erleichterung. „Schade, dass du das Opium weggeschickt hast“, sagte sie. „Es wird im Leben vieler Menschen eine Menge Leid verursachen.“

Bane hebelte den nächsten Deckel auf. „Sagen Sie mir nicht, Sie haben schlaflose Nächte wegen ein paar Abhängigen.“

So konnte sie nicht mit ihm reden. Er drehte sich ständig weg von ihr. Sie musste ihm in die Augen sehen können. „Wenn du mich losmachst, werde ich dir erklären, warum dir die ‚paar Abhängigen‘ nicht egal sein sollten.“

Bane schnaubte. „Träumen Sie weiter.“

„Mach mich los und ich beweise es dir. Ich schwöre, ich werde nicht weglaufen.“

Ihr Schwur schien Wirkung zu zeigen. Bane kam und löste die Handschellen.

„Das Problem ist, dass nicht nur die Abhängigen Schaden nehmen“, setzte Clara an und rieb sich die schmerzenden Handgelenke. „Als ich in London lebte, gab es einen schlimmen Fall von einer Mutter und ihrer Tochter.“ Clara konnte sich noch gut daran erinnern, weil die Geschichte so furchtbar gewesen war, dass einige Redakteure der Londoner *Times* sie nicht abdrucken wollten.

„Die Frau lebte in Indien, weil ihr Mann Offizier der dort stationierten britischen Armee war. Sie hieß Mrs Stockton, und ihre sechsjährige Tochter Hannah. Als ihr Mann an einem Fieber starb, beschloss sie, nach England zurückzukehren, aber sie hatte nur wenig Geld. Die britische Krone wollte ihr glücklicherweise die Überfahrt auf einem Schiff der Marine ermöglichen. Aber Mrs Stockton hatte in Indien eine schlimme Opiumsucht entwickelt. Sie kaufte, so viel sie konnte, bevor sie sich zum Hafen von Mangalore aufmachte, aber als sie die Hafenstadt erreichte, waren ihre Vorräte schon mächtig zusammengeschmolzen, und sie befürchtete, mitten auf dem Ozean auf dem Trockenen zu sitzen. So eine Überfahrt dauert über einen Monat.“

Bane hielt den Hammer still und hörte zu. Die plötzliche Stille in der Lagerhalle fühlte sich eigenartig an. „Und so verkaufte Mrs Stockton ihre Tochter Hannah an ein Bordell. Für zwei Pfund Opium“, sagte Clara leise.

Bane rutschte der Hammer aus der Hand und fiel mit einem Knall zu Boden. Angewidert starrte er Clara an.

„Es dauerte eine ganze Weile, bis alles herauskam“, fuhr Clara fort. „Als Mrs Stockton England erreichte, verkaufte sie ihren Körper, um ihrer Sucht frönen zu können, aber irgendwann machte die Familie ihres Ehemanns sie ausfindig und wollte wissen, was aus dem Mädchen geworden war. Als sie nichts dazu sagen konnte, wandte sich die Familie an die Polizei. Diese nahm Ermittlungen auf und fand heraus, dass Hannah nicht an Bord des Schiffes gewesen war. Mrs Stockton wurde ins Gefängnis gesteckt, wo ihre Opiumsucht erst wirklich sichtbar wurde. Sie legte ein Geständnis ab und erhängte sich mit einem Bettlaken.“ Clara rieb sich erneut das Handgelenk und schämte sich zugleich dafür, wegen dieser Lappalie zu jammern, wo das Kind doch viel schlimmeres Leid erfahren haben musste. „Ich habe mich immer gefragt, ob sie sich wegen des Verrats an ihrem eigenen Kind erhängt hat oder weil sie wusste, dass sie im Gefängnis nicht an Opium kommen würde. Wir werden es wohl nie erfahren."

„Was ist mit dem Kind passiert?" Banes Hände waren zu Fäusten geballt.

„Hannah wurde nie gefunden", antwortete Clara. „Es verging fast ein Jahr, bis Mrs Stocktons Tat an die Öffentlichkeit kam. In Mangalore wurde sofort eine Suchaktion eingeleitet, aber das Kind war längst verschwunden, spurlos."

Bane war wie ausgewechselt. Seine Kiefermuskeln arbeiteten, seine Augen waren nur noch feurige Schlitze. Er fing an, im Lagerhaus auf und ab zu gehen.

„Es ist also nicht nur der Abhängige, der durch die Drogen Schaden nimmt", legte Clara nach, „sondern jeder Abhängige hat ein Kind, einen Partner, Eltern." Sie sah sich um. „Wie viel Opium war in den Kisten?"

Clara erwartete keine Antwort, aber sie kam. „Neunhundert Pfund."

Fast eine *halbe Tonne* Opium. Aber vielleicht war es noch nicht zu spät; vielleicht hatte Bane die Macht, die Lawine aufzuhalten. Die Geschichte der kleinen Hannah Stockton hatte ihn aus dem Gleichgewicht gebracht, und einen besseren Zeitpunkt, zu ihm durchzudringen, würde es nicht geben.

„Wohin geht die Lieferung?"

„Kuba. Und New Orleans."

Clara war überrascht, dass er ihr so bereitwillig Auskunft erteilte. „Und wie kommt es dort hin?"

„Vergessen Sie es. Ich habe es nicht mehr in der Hand."

„Aber du weißt, wo es ist. Auf welchem Weg verlässt es Baltimore?"

„Mit der *Albatross*. Sie segelt mit der Flut morgen früh. In achtzehn Stunden."

Clara richtete sich auf. „Dann haben wir achtzehn Stunden, um die Fracht zu löschen. Lass nicht zu, dass dieses Gift deine Seele zerstört. Du kannst einen neuen Weg einschlagen, und ich werde dir dabei helfen. Gott wäre sehr stolz auf deinen mutigen Schritt."

Bane nahm das Brecheisen und machte sich an die nächste Kiste. „Ich sagte Schluss mit diesem Geschwätz über Gott."

Clara kniete sich vor ihm hin.

„Clara, ich stecke viel zu tief drin", wehrte Bane ab. „Es tut mir leid, was mit diesem Kind passiert ist. Ich habe noch nie darüber nachgedacht, dass sich der Opiumhandel auch auf Kinder auswirkt."

Dieses Mal stand ihm die Reue deutlich ins Gesicht geschrieben. „Wenn ich wüsste, dass es dem Mädchen in Indien hilft, würde ich diese Lieferung sofort aufhalten. Ich würde keine Sekunde zögern, aber es ist zu spät für Hannah, und außerdem wäre es mein sicherer Tod."

„Du weißt also zu viel?"

„Ich weiß *alles*. Wenn ich mich von ihm lossagen würde, würde er jeden einzelnen Stein im ganzen Land umdrehen, bis er mich findet. Bitte, hören Sie auf mit diesem Bekehrungsversuch. Ich stecke viel zu tief drin und komme da nicht lebend raus. Wenn das Opium verschwindet, solange ich dafür verantwortlich bin, hänge ich noch vor dem nächsten Vollmond am Baum."

Clara gab ihm den nächsten Nagel. „Ich dachte, du würdest vor allem die Menschen respektieren, die sich ihren Ängsten stellen. Die *Albatross* aufzuhalten fällt für mich in diese Kategorie!"

„Eher in die Kategorie schierer Wahnsinn." Bane schlug die letzten Nägel in die Kiste und schob sie mit Schwung in die Ecke, aber Clara entging sein nachdenklicher Blick nicht.

Bane brauchte fast eine Stunde, um den Whiskey umzupacken. Nach jeder Kiste vervollständigte er gewissenhaft eine Liste. „Sogar Kriminelle haben Schiffsfrachtbriefe", sagte er zwischendurch.

Irgendwann hielt er inne. „Waren Sie schon einmal verliebt?", fragte er.

Clara drehte den Spieß um. „Und du?"

„Verliebt? Vielleicht. Ich weiß es nicht."

Immer weiterreden, dachte Clara. „Erzähl mir davon."

Bane wurde tatsächlich etwas rot. „Dann doch lieber dieses Bekehrungsthema."

Also sprach Clara, die gerade ihre erste Lektion im Schwarzmarktschmuggel gelernt hatte, über Gott und sein Erlösungsangebot. Mit jedem Satz fiel ein wenig Anspannung von ihr ab und Frieden breitete sich in ihr aus. Sie tat genau das, was Gott von ihr wollte. Sie versuchte, einen Jungen zu retten, der schon so viel Zerstörung angerichtet hatte, und seine Energie und Intelligenz auf etwas Positives zu richten.

Bane gebot ihr Einhalt. „Wenn es stimmt, was Sie sagen, dann kann ich mich also aus dieser Lawine ausklinken und Gott nimmt mich mit offenen Armen an. Wenn ich meinen falschen Wegen abschwöre."

„Ja. Noch heute kannst du Gottes Erlösungsangebot annehmen", bestätigte Clara. „Lass dein altes Leben hinter dir und schau nicht zurück. Ich kann dir dabei helfen, einen Neuanfang zu machen."

Bane sprang auf und marschierte wieder durch die Lagerhalle. „Wenn ich dieses finstere Netzwerk verlasse, wird sich jeder Verbrecher im ganzen Land nach mir die Finger lecken. Ich weiß, wo die ganzen Gelder landen, wo die Leichen vergraben sind. Ich kenne die Distributionswege für die gesamten Opiumlieferungen. Was Sie von mir verlangen, ist, in den Rachen des Todes hineinzuspazieren." Trotzdem strahlte Bane. Clara konnte fast sehen, wie sein brillanter Kopf alle Möglichkeiten durchspielte, und sie merkte, wie sie kurz davor war, ihn umzustimmen.

„Das wird anfangs beängstigend sein, ich weiß", sprach sie ihm Mut zu. „Aber Gott wird dich beschützen. Ganz egal, wie finster deine Seele oder dein Leben ist, er wird dich nicht verlassen. Wenn du Gott dein Leben übergibst, wird er dein Schild sein, egal, was kommt."

Bane sah sie auf einmal mit einer Entschlossenheit an, die sie nicht erwartet hatte.

„Beweisen Sie es."

Clara erschrak. „Wie bitte?"

Sein bohrender Blick machte ihr Angst. Bane griff nach einem Messer und rammte es durch die Frachtliste in den Tisch. Clara war wie hypnotisiert. Das Messer wackelte noch eine ganze Weile, nachdem Bane seine Hand schon weggenommen hatte.

„Wenn Sie wirklich glauben, dass der Herr die beschützt, die sein Werk tun, dann möchte ich sehen, wie *Sie* in den Rachen des Todes spazieren", sagte Bane. „Ich möchte sehen, wie Sie auf ein Schiff marschieren, das vor Verbrechern nur so wimmelt, und das Opium über Bord werfen. Heute Nacht. Gott beschützt die Seinen? Beweisen Sie es mir. Beweisen Sie, dass Sie den Mut haben, den Sie von mir verlangen."

Clara fühlte sich, als hätte sie jemand vor den Kopf geschlagen. Vor Angst vergaß sie sogar das Atmen und starrte ihn nur mit offenem Mund an.

„Ich bringe Sie zu den Docks und auf das Schiff", fuhr Bane fort. „Ich möchte sehen, wie Sie mitten in ein Drogengeschäft platzen und es vereiteln. Wenn Sie wirklich glauben, dass Gott Sie zu mir geführt hat, damit die Welt ein Stückchen besser werden kann, dann können Sie jetzt keinen Rückzieher machen. Ich werde Sie auf die *Albatross* bringen, und dann werden Sie das Opium über Bord werfen." Er lächelte süffisant. „Ich komme sogar mit. Wenn Sie sagen, das ist Gottes Plan für mich, dann werde ich es tun. Aber Sie gehen zuerst, ohne Wenn und Aber."

Clara dachte an die Kisten. Es waren über dreißig. Wie um alles in der Welt sollte sie dreißig Kisten voller Opium über Bord werfen und ungesehen wieder davonkommen? Ihr Herz pochte wie wild. Die Wärme im Lagerhaus machte sie schwindelig. „Bane, ich weiß doch überhaupt nichts über Schiffe ..."

„Deswegen bin ich ja dabei." Er lächelte grimmig. „Entweder Sie machen mit ... oder die ganze Sache hat sich erledigt."

Bane lief zum Tor des Lagerhauses und zog es mit einem kräftigen Ruck auf. Das Rattern des Tores in seinen Schienen ließ Clara zusammenzucken. Sonnenstrahlen durchfluteten die staubige Halle und entfernte Straßengeräusche erreichten ihr Ohr. „Sie können gehen, Miss Endicott. Ich werde Sie nicht aufhalten. Aber wenn Sie durch dieses Tor gehen, wird die *Albatros* mit ihrer ganzen Fracht morgen früh in See stechen, und ich werde genau wissen, was für eine Christin Sie sind."

Kinderlachen und die Rufe eines Obstverkäufers drangen in die

Halle. Wenn sie jetzt ging, konnte sie in weniger als einer Stunde in Sicherheit sein. Dieser Albtraum wäre endlich vorbei, sie konnte wieder zurück in ihr Leben und versuchen, die Sache mit Daniel wieder in Ordnung zu bringen.

Aber sie würde mit der Gewissheit weiterleben, dass sie im Angesicht der Versuchung versagt hatte. Es lag in ihrer Hand, einen jungen Mann vor einem Leben als Verbrecher zu retten. Aber dafür würde sie bis auf den Grund ihrer Seele tauchen müssen, um den nötigen Mut zu finden.

Clara zwang sich, den Blick von den Sonnenstrahlen und dem offenen Tor abzuwenden. Ihre Beine kribbelten bei dem Gedanken aufzuspringen und in die Freiheit zu laufen. Es würde nur wenige Sekunden dauern, und Bane hatte versprochen, sie nicht aufzuhalten. Er wartete mit einer Mischung aus Hohn und Hoffnung in seiner Miene, aber Clara war noch immer wie gelähmt vor Angst.

Ich vermag alles durch den, der mich mächtig macht.

Wieder fiel ihr der Vers ein, und da wusste sie, was zu tun war. Zweifeln und verzagen hatte keinen Sinn; sie musste auf Gott vertrauen und sich seinem Willen unterordnen. „Du machst den Plan“, sagte sie leise. „Und ich führe ihn aus.“

Bane schüttete drei Löffel Zucker in den starken Kaffee und schob Manzetti die Tasse zu.

„Trinken Sie“, sagte er beiläufig, beobachtete aber insgeheim jede Bewegung des Mannes. Das Zittern der Kaffeetasse hatte nachgelassen und seine Augen waren wacher geworden. Sie konnten nicht gehen, bevor Manzetti völlig nüchtern war, und es hatte fast den ganzen Nachmittag gedauert. Nach sechs Stunden ließ die Wirkung des Opiums endlich nach. Clara hatte Manzetti zwischen immer neuen Kaffeepausen überredet, in der Lagerhalle herumzulaufen, die Muskeln zu dehnen und durchzuatmen. Als Manzetti endlich wieder Herr seiner Sinne war, eröffnete ihm Clara die Geschehnisse der letzten Tage. Sie kamen nicht besonders gut bei ihm an.

„Dieser Rotzjunge versucht Sie umzubringen, und jetzt will er unsere Hilfe, um die Suppe auszulöffeln, die er sich eingebrockt hat? Da reiße ich ihm lieber die Arme ab", dröhnte er.

Bane ließ das kalt. Wer im Haus des Professors aufgewachsen war, ließ sich nicht von jemandem einschüchtern, dessen einzige Waffe körperliche Gewalt war. „Das gäbe doch eine riesengroße Schweinerei", gab er lässig zu bedenken.

Manzetti stürmte auf ihn zu und blieb so nah vor ihm stehen, dass er seinen hitzigen Atem spürte. Bane verbot sich zusammenzuzucken oder gar einen Schritt zurückzuweichen, auch wenn Manzetti ihn um einen Kopf überragte. „Wenn Clara nicht hier wäre, würde ich dich zu Fischfutter verarbeiten", zischte Manzetti.

„Mr Manzetti", ging Clara dazwischen. „Sie werden uns zum Hafen fahren. Die Männer, die die *Albatross* bewachen, kennen Bane und werden seine Befehle befolgen. Sie werden das Schiff verlassen, und wir werfen das Opium über Bord."

„Welche Wache ist denn so dumm und verlässt das Schiff?"

„Sie werden tun, was ich ihnen sage", bestätigte Bane. Schließlich war er der Thronfolger des Professors und jeder Einzelne von ihnen hatte ihm Treue geschworen. Bane hatte hart an seinem Ruf gearbeitet. Und nun war er drauf und dran, diesen Ruf für Claras Erlösungsangebot zu zerstören.

„Ich traue ihm kein Stück", protestierte Manzetti. „Glauben Sie wirklich, dass dieser Schulschwänzer sich Tausende von Dollars entgehen lässt? Nur weil Sie ihn herausgefordert haben?"

Bane lümmelte sich auf einen Stuhl und ließ seinen Schuh locker vom großen Zeh hängen. „Geld bedeutet mir nichts", sagte er gemächlich. „Es interessiert mich viel mehr, ob Miss Endicott genug Rückgrat hat, um das hier durchzuziehen." Er zog den Schuh wieder an und bemerkte, wie Clara nervös auf ihrem Daumennagel kaute.

Lass mich jetzt nicht hängen, Clara. Egal, wie sehr sie hin- und hergerissen war, er durfte sie jetzt nicht drängen. Er wollte wissen … nein, er musste wissen, ob sie wirklich überzeugt war von dem, was sie predigte.

„Clara und ich werden an Bord gehen, während Sie die Wachen im Hafen beschäftigt halten", sagte er.

„Niemals", entgegnete Manzetti und wandte sich an Clara. „Miss

Endicott, Daniel wird mich bei lebendigem Leib häuten, wenn ich Sie wie ein Schaf zur Schlachtbank auf dieses Schiff gehen lasse. Wenn irgendjemand mit diesem Kerl an Bord geht, dann ich.“

Bane schüttelte den Kopf. „Nein. Clara wird gehen. Clara oder niemand.“

„Bane sagt, ich kann mich als Junge verkleiden“, schlug Clara vor. „Seine Sachen passen mir, und ich werde mit einem Sack auf der Schulter mein Gesicht verdecken. Als Kutscher gehe ich leider überhaupt nicht durch. Das müssen schon Sie machen, Mr Manzetti.“

Manzetti starrte Bane finster an. „Ich mache das für Miss Endicott, nicht für Sie.“

Clara schöpfte Hoffnung. Vielleicht war sie tatsächlich der erste wirklich gute Mensch, den Bane je getroffen hatte.

Die Mondsichel tauchte die Stadt in fahles Licht, als der Wagen auf dem Kopfsteinpflaster in Richtung Hafen rollte. Das Klappern der Hufe und das Rumpeln der Räder schienen in der nächtlichen Stille unnatürlich laut. Ob jemandem der Pferdewagen auffallen würde?

Sie waren im Begriff, eine Bande von Verbrechern auszutricksen. Claras Herz schlug so laut, dass man es sicher in der ganzen Stadt hören konnte. Manzetti lenkte das Gefährt, während sie hinten neben Bane saß und sich gemeinsam mit ihm von den Schlaglöchern in der Straße hin und her schaukeln ließ. Noch nie in ihrem Leben hatte sie Männerkleidung getragen, und es fühlte sich eigenartig an, ihre Beine in Hosen vor sich ausgestreckt zu sehen. Ein weites Hemd, eine Weste und eine Kappe, die sie über ihr hochgestecktes Haar gezogen hatte, vervollständigten ihr neues Aussehen. Bane hatte ihr etwas feuchten Kaffeesatz ins Gesicht gerieben, um diesen „Porzellanteint“ loszuwerden, den man als Junge einfach nicht hatte.

„Meinst du wirklich, es funktioniert?“, fragte Clara, als sie den Hafen erreichten. Für ihren kriminell unerfahrenen Verstand klang Banes Plan vernünftig, auch wenn er sich sicherheitshalber bis an die Zähne bewaffnet hatte, bevor sie das Lagerhaus verlassen hatten. Ein Revolver steckte in seinem Halfter am Gürtel, ein Schnappmesser war in seinem Stiefelschaft verborgen, und in seiner Tasche hatte er einen Apparat in der Größe eines Apfels, der *„ein hübsches Spektakel lostreten“* sollte.

Bane hatte längst wieder seine distanzierte, kühle Art angenommen. „Wir bringen das zu Ende“, sagte er selbstsicher. „Wir werden wohl beide den Sonnenaufgang sehen, aber die Chancen, dass ich Weihnachten noch erlebe, stehen nicht besonders gut.“

Clara schluckte. Noch vor zwei Tagen hatte er ihr Todesangst eingejagt, und nun war es ihr auf einmal sehr wichtig, was aus ihm wurde. „Weil du mich nicht umgebracht hast?“

Bane schnaubte. „Nein, nicht deswegen. Der Mann, dem das Opium gehört, ist das Problem.“

„Der Herrscher eures Schattenreichs?“

„Genau der.“ Bane lächelte grimmig. „Eins sollten Sie wissen: Egal, was passiert, ich bin froh, dass Sie mit mir an Bord dieses Schiffes gehen. Sie haben mir etwas gegeben, woran ich glauben kann. Das ist das erste Mal in meinem Leben, und es fühlt sich …“ Er suchte nach Worten. „Es fühlt sich einfach richtig an.“

Kurz darauf war sein Gesicht voller Sorge. „Hören Sie, Clara. Erzählen Sie niemandem, was Sie heute Nacht getan haben. Der Drache, dem das alles hier gehört, wird sehr blutrünstig werden, und glauben Sie mir, seinen Atem wollen Sie nicht im Nacken haben. Ich werde bis zum letzten Blutstropfen schwören, allein dafür verantwortlich gewesen zu sein. Und Sie müssen mir versprechen, dass Sie sich nicht in Gefahr bringen, indem Sie der Welt davon erzählen. Das ist es nicht wert.“

Clara betrachtete sein hübsches Gesicht und konnte kaum glauben, dass er eigentlich noch ein Junge war. Seine Augen sprachen eine andere Sprache. „In Ordnung, Alex. Versprochen.“

Bane lachte, als sie seinen Namen sagte. „Sie geben wohl nie auf, was?“

Clara legte ihre Hand auf seine. „Niemals. Weil du ein Held bist, Alex. Ein richtiger Held.“

KAPITEL 20

Nach Eddie Maguires Hinweis umgab sich Daniel mit einer ganzen Armada von Söldnern, um die Lagerhäuser im Hafengebiet zu durchkämmen. Es waren über hundert Gebäude, einige zwei-, andere vierstöckig, und in jedem gab es Dutzende von Räumen, wo man eine kleine, ängstliche Geisel verstecken konnte.

Clyde und Daniel arbeiteten sich von Halle zu Halle und durchsuchten Hunderte von Lagerräumen. Jedes Mal, wenn sie sich Zugang zu einer neuen Halle verschafften, spürte Daniel, wie sich sein Brustkorb zusammenzog. Er hatte Angst vor dem, was ihn erwartete – Clara und Manzetti, gefesselt und geknebelt in einer Ecke? Ein blutiger Fleck am Boden? Clara war nun schon seit fast vier Tagen verschwunden, und die Hoffnung, sie lebend und unversehrt zu finden, schwand mit jeder Stunde. Daniel musste sich zwingen, rational zu denken. Systematisch.

Es war schon nach Mitternacht, als sie das richtige Lagerhaus entdeckten. Der große Raum sah aus wie all die anderen, aber das kanariengelbe Kleid, das zusammengeknüllt in der Ecke lag, gehörte Clara. Mit zitternden Knien ließ Daniel sich auf den staubigen Boden nieder und drückte das Kleid an sich. Er war zu spät gekommen.

„Das hatte sie an, als Manzetti sie abgeholt hat", bestätigte Clyde mit kreidebleichem Gesicht. Alles war da – ihr Korsett, der Unterrock. Sogar die Wildlederpumps.

Clyde griff nach dem gelben Stoff und hielt ihn vor eine der flackernden Laternen. „Keine Blutflecken. Und alle Knöpfe sind noch dran."

Immerhin etwas. Clara hatte nicht geblutet oder wild um sich geschlagen, als diese Tiere ihr das Kleid ausgezogen hatten. Wahrscheinlich war sie bewusstlos oder tot gewesen. Denn ohne sich zu wehren, hätte sie niemandem gestattet, diese Dutzende kleiner Knöpfe aufzumachen.

Bevor ihn die blinde Wut übermannen konnte, stand Daniel auf und fing an, die Lagerhalle zu durchsuchen. Er nahm sich jede leere Kiste vor, das Vorratsregal und alles, was ihm irgendeinen Hinweis darauf geben konnte, woher die Besetzer dieser Halle stammten oder wohin sie gegangen waren.

„Dreht jeden Stein um", befahl Daniel. „Jede Kiste, jedes bisschen Unrat. Sucht nach Dokumenten, Rechnungen, Karten … nach allem, was uns auch nur den geringsten Hinweis geben könnte. Jedes kleine Detail ist wichtig." Daniel spähte angestrengt im Licht der flackernden Laternen umher. Er war angewidert davon, dass Clara die letzten Stunden ihres Lebens in diesem dreckigen Loch verbringen musste. Da fiel ihm das Messer auf dem Tisch ins Auge. Es steckte senkrecht in der Tischplatte und durchbohrte ein Blatt Papier.

Er zog das Messer heraus und hielt den Zettel vor die Laterne. Es war ein Frachtbrief der HMS *Albatross*. Clyde tauchte neben ihm auf.

„Die *Albatross* ist ein Schiff, oder?"

Clyde nickte. „Wahrscheinlich. Die Zahlen geben die Position der Fracht im Frachtraum an. Das weiß ich von den Medizinlieferungen."

Wer auch immer hier gewesen war, kam also von der *Albatross* oder war dorthin unterwegs. Mehr Anstoß brauchte Daniel nicht. „Ein paar Männer bleiben hier und bewachen das Lagerhaus, bis die Polizei kommt. Der Rest folgt mir. Wir müssen zum Hafen!"

Die *Albatross* war ein Zweimaster und hatte im Hafen festgemacht. Ein Geflecht aus Landungsstegen erstreckte sich im Hafenbecken, ein Irrgarten aus rechtwinkligen Pfaden über dem Wasser, der Kähnen, Ruderbooten und Schiffen Heimat bot. Claras und Banes Schritte klangen hohl, als sie über die Stege gingen und auf die *Albatross* zuhielten. Clara hatte ein großes Bündel auf den Schultern, Bane ein noch größeres. Fast bekam sie einen Krampf, so fest umklammerte sie ihren Leinensack. *Ich vermag alles durch den, der mich mächtig macht.*

Da war er wieder, ihr Mutmacher, und sie konnte ihn gut gebrauchen. Dies war mit Abstand die angsteinflößendste Situation, die sie je erlebt hatte. Als sie das Schiff erreichten, erschienen zwei Gesichter über der Reling. Die Männer hatten Stiernacken und schauten argwöhnisch zu ihnen herunter. Bane nahm seine Mütze ab. Sein weißblondes Haar schimmerte im Mondlicht. „Zeidermann, kommen Sie her."

„Ja, Sir."

Eine Strickleiter wurde über die Kante geworfen und der Matrose kletterte daran herunter. Das letzte Stück sprang er auf den Steg. Clara rutschte das Herz in die Hose. Sie hatte nicht bedacht, dass sie eine wacklige Strickleiter würde hochklettern müssen, noch dazu mit dem Bündel voller Kleidung. Schwer war es nicht, aber Bane hatte ihr aufgetragen, vornübergebückt zu laufen, so als würde sie eine schwere Last tragen. Die Last des Todes. Wie vereinbart wandte sie das Gesicht in Richtung Sackleinen und versuchte, den Anblick von Blut zu ignorieren. Es war Banes Blut. Er hatte sich auf der Innenseite des Knöchels geritzt und das Blut auf den Stoff sickern lassen, *„damit es noch echter aussieht"*.

Zum Glück hatte Bane eine Lösung für die Strickleiter parat. „Wir brauchen die Gangway", befahl er Zeidermann. „Die Säcke sind zu schwer. Und noch eins: Sie und alle anderen werden das Schiff für einige Minuten verlassen. Wir brauchen keine Zeugen."

Zeidermann zögerte. „Ich weiß nicht, Bane. Die Fracht sollte immer durch ein paar Gewehrläufe gesichert sein."

Bane blieb völlig ruhig. „Ich möchte keine Zeugen, habe ich gesagt. Es geht um eine Privatsache. In der nächsten Viertelstunde werde ich den Inhalt dieser zwei Säcke in kleine, nicht identifizierbare Teile zerstückeln. Und dann werde ich sie den Fischen zum Fraß vorwerfen. Wollen Sie wirklich dabei sein?"

Zeidermann wurde bleich. „Nein, Sir." Zeidermann räusperte sich. „Wir können das Schiff auch von hier aus bewachen. Einen Augenblick, ich lasse die Gangway herunter." Er räusperte sich noch einmal. „Sir."

Zeidermann kletterte wieder nach oben und kurz darauf wurde eine lange Planke heruntergelassen. Clara stieg hinauf und versuchte vergebens, wegen des leichten Wellengangs nicht zu torkeln. An Bord heftete sie den Blick aufs Deck und wandte das Gesicht von der Crew ab. Sie konnte drei Paar Stiefel ausmachen, die in Richtung Gangway unterwegs waren. Einem der Männer gefiel es offensichtlich überhaupt nicht, seinen Posten zu verlassen, aber Zeidermann war unerbittlich. „Tu es einfach … keine Fragen, los jetzt!", raunte er ihm zu.

Als die Männer unten auf dem Steg waren, beugte sich Bane über die Reling. „Ihr habt nichts gesehen. Ihr habt nichts gehört."

„Aye aye, Bane", gab eine unsichere Stimme zurück.

Clara und Bane waren allein auf der *Albatross*. „Folgen Sie mir", sagte Bane. Zum Frachtraum waren es nur wenige Schritte und kaum war sie die Stufen hinuntergestiegen, da empfing sie der süße, drückende Gestank, den sie in den vergangenen Tagen nur zu gut kennengelernt hatte. Im Frachtraum war es bis auf das kleine Rechteck aus Mondlicht am Boden finster. Bane entzündete ein Streichholz und steckte damit den Docht einer kleinen Paraffinlampe an, die den Frachtraum und die Kisten darin in einen gespenstischen gelben Schein tauchte.

„Und jetzt?", fragte Clara.

„Schaffen Sie allein eine Kiste hoch bis zur Verschanzung?"

„Was ist die Verschanzung?"

Bane sprang die wenigen Stufen hinauf und schlug gegen die oberste Planke. „Die Reling hier oben", erklärte er.

Clara umfasste eine der rauen Eichenkisten und schleppte sie nach oben. Dann hob sie sie auf die Holzplanke. Es war schwer, aber machbar. Sie nickte Bane zu.

„Gut. Lassen Sie die hier stehen. Wir bringen sie mit den anderen nach Backbord, wo man uns nicht sehen kann. Und dann werfen wir sie alle gemeinsam über Bord. Los."

Clara ließ sich das nicht zweimal sagen. In Männerkleidung waren die Treppen ein Leichtes. Eine Kiste nach der anderen schleppte sie nach oben und war dabei fast so schnell wie Bane. Es dauerte keine zehn Minuten, und vierunddreißig Opiumkisten lagerten Backbord. Sie warteten nur noch darauf, ins Wasser gestoßen zu werden. Bane hockte sich nieder und hob die erste auf die Verschanzung.

„Das ist wahrscheinlich die erste anständige Tat in meinem Leben", sagte er. Dabei sah er Clara so nachdenklich an, als sei ihm noch nie der Gedanke gekommen, es könne sich lohnen, etwas aus seinem Leben zu machen.

„Vielleicht wird ja eine Gewohnheit daraus“, gab Clara zurück und hoffte, dass sie recht behielt. Wenn Bane sich dem Guten verschreiben sollte, konnte er alles erreichen.

„Das werden wir ja sehen“, ächzte Bane und schob die erste Kiste über die Kante. Ein Platschen zerriss die nächtliche Stille und Clara zuckte zusammen.

„Los jetzt“, mahnte Bane. „Zeidermann und seine Leute werden zwar alle Geräusche ignorieren, aber wir dürfen keine Zeit verlieren.“

Clara griff nach der nächsten Kiste und wünschte, sie hätte Handschuhe. Das grobe Holz drückte sich tief in ihr Fleisch. Sie musste auf die Zehenspitzen gehen, um die Kiste auf die Verschanzung stellen zu können. Dann gab sie ihr mit voller Kraft einen Schubs. Einen Augenblick später kam das befriedigende Platschen von unten und fünfundzwanzig Pfund Opium lösten sich im salzigen Meerwasser auf.

Bane schob derweil Kiste um Kiste über Bord. Clara versuchte mit ihm Schritt zu halten, aber er war fast doppelt so schnell wie sie. Sie hatten ihr Werk fast vollendet, als hinter ihnen plötzlich Schritte zu hören waren.

„Zeidermann, bis' du das?“, rief eine betrunkene Stimme.

Bane erstarrte und sah irgendjemanden hinter Clara an. „Nicht umdrehen“, zischte er. „Was machen Sie hier, Hansen? Ich hatte Zeidermann gesagt, alle sollen das Schiff verlassen.“

Clara hatte eine Kiste in der Hand und konnte sich vor Angst nicht rühren. Es waren nur noch drei Kisten übrig. Bane machte einen halben Schritt zur Seite und verdeckte sie, so gut er konnte, aber jeder halbwegs vernünftige Mensch musste sofort begreifen, was sie da taten.

„Bin auf dem Vorderdeck eingeschlafen und habe so ein Platschen gehört“, sagte die lallende Stimme. „Macht ihr 'n da?“

„Geht Sie nichts an, Hansen. Wenn Sie die nächste Minute noch erleben wollen, springen Sie sofort über Bord, und zwar gleich hier. Sonst jage ich Ihnen eine Kugel in den Kopf.“

Clara hoffte inbrünstig, dass der Matrose klein beigab, aber die

Schritte kamen näher. „Seid ihr verrückt geword'n?", rief er. „Das ist bestes Opium. Der Professor lässt uns alle über die Klinge springen!"

Bane schaltete augenblicklich um. Er steckte den Revolver zurück in das Halfter und bückte sich nach der nächsten Kiste. „Sie glauben tatsächlich, wir werfen das Opium über Bord? Sie Esel, das sind die Überreste von Richards, diesem Dummkopf. Ich habe doch gesagt, ich will keine Zeugen." Bane ließ die Kiste über Bord gleiten und Clara tat es ihm gleich. Die letzte Kiste stand vor ihnen.

Aber Hansen hatte Lunte gerochen. Er stürzte zum Frachtraum und riss die Klappe auf. „Ihr habt das Opium über Bord geschmiss'n! Seid ihr wahnsinnig?" Er rannte in Richtung Gangway und legte die Hände an den Mund. „Bane wirft das Opium über Bord! Kommt her, ihr Landratten, aber im Schweinsgalopp! Bane wirft ..."

Noch bevor er den Satz vollenden konnte, hatte Bane sich schon auf den Matrosen gestürzt und ihn über Bord geschubst. Clara griff nach der letzten Kiste und machte kurzen Prozess. Dann sah sie Bane fragend an.

„Lauf!", war alles, was er sagte. Er schnappte sie so fest am Arm, dass sie befürchtete, er würde ihr die Schulter auskugeln. Dann zerrte er sie in Richtung Gangway. Clara stolperte die lange Planke hinunter und landete auf den Knien, aber Bane zog sie sofort wieder hoch. Sie rannten auf den rettenden Kai zu. Da tauchten vor ihnen die vier Männer auf, die Hansens Rufen gehört haben mussten. Wie eine wild gewordene Horde stürzten sie auf Bane und Clara zu.

Der Rettungsweg war ihnen abgeschnitten. Bane zog Clara auf einen anderen Steg. Die Höhe der Schiffe machte es ihren Verfolgern schwer, sie genau zu orten, und die beiden hasteten durch das Geflecht aus Landungsstegen und suchten einen anderen Weg zum Kai.

Sie liefen so schnell, dass Clara erst gar nicht bemerkte, dass die Planken abrupt endeten und sie in einer Sackgasse steckten. Bis zum Kai waren es noch über einhundertfünfzig Meter und die Männer waren ihnen dicht auf den Fersen. Manzetti hatte geistesgegenwärtig den Wagen bereitgestellt, aber von hier aus bestand keine Hoffnung, ihn zu erreichen.

Der einzige verbleibende Steg, der bis zum Kai führte, war auf der anderen Seite des Segelschoners, neben dem sie zum Stehen gekommen waren. „Wir müssen da hinauf und von dort auf den anderen Steg springen“, rief Bane. Ihre Verfolger suchten noch nach dem richtigen Weg durch das Labyrinth, aber es würde nur wenige Augenblicke dauern, bis sie ihn fanden.

Bane griff nach einem Seil und kletterte nach oben über die Reling. Clara bezweifelte, dass sie genug Kraft hatte, um sich nach oben zu ziehen, aber das Geräusch der herannahenden Schritte gab ihr den nötigen Energieschub. Mit einem großen Ruck sprang sie an der Bordwand hoch und schwang ein Bein über die Reling. Bane griff um ihre Taille und half ihr aufs Schiff. Dann zog er alle Seile ein. „Schnell“, rief er und machte sich auf die andere Seite des Schoners.

Bis zum Steg waren es über drei Meter. Claras Mut sank. „Das schaffen wir nicht“, platzte sie heraus und war sich sicher, dass sie im kalten Wasser landen würden, egal, wie sehr sie sich auch beim Sprung abstießen.

Bane griff nach ihrer Hand. „Vertrau mir“, sagte er nur. Flink wie eine Katze sprang er auf die Reling.

„Ich glaube nicht, dass ich das kann“, wehrte Clara ab.

Bane blieb stehen. „Dieses Mal wirst du mir einfach vertrauen müssen.“ Er zog sie hoch, bis sie ebenfalls auf der Reling stand. Clara konnte hinter sich hören, wie ihre Verfolger versuchten, auch ohne Seil auf das Schiff zu gelangen.

„Bei drei springen wir. Mit dem linken Fuß zuerst. Drück dich mit aller Kraft ab, so gut du kannst. Wir halten uns fest und springen gemeinsam. Entweder wir schaffen es beide, oder wir gehen gemeinsam unter.“

Trotz der Verbrecher direkt hinter ihnen und der Angst, sich das Genick zu brechen oder unterzugehen, spürte Clara erneut diese innere Ruhe. Sie nickte Bane zu, und als er bis drei gezählt hatte, sprang sie mit aller Kraft nach vorn.

Gerade, als sie auf dem Steg landete und ihre Hände auf dem rauen Holz entlangschabten, krachten hinter ihr Schüsse. Entsetzt sah Clara, wie Bane neben ihr zusammenbrach. Ein Blutfleck bildete sich auf seinem Hemd.

Daniel hörte die Schüsse, noch bevor er den Hafen erreicht hatte. Er beugte sich im Sattel nach vorn und trieb sein Pferd an. Im fahlen Mondlicht konnte er kaum sehen, wohin der Weg ging. Er kniff die Augen zusammen. Er konnte nur die geisterhaften Umrisse von Schiffen erkennen, die auf dem Wasser schaukelten. Ein Wald aus Masten füllte das Hafenbecken. Welche davon zur *Albatross* gehörten, konnte er nicht sehen. Sie würden Schiff für Schiff überprüfen müssen, genau wie bei den Lagerhallen.

Da vernahm er Hufgeklapper und sah einen Pferdewagen auf sich zurasen. Daniel brachte sein Pferd zum Stehen.

Manzetti?

Auf dem Kutschbock stand ein Hüne von Mann und ließ die Peitsche über zwei wild gewordenen Pferden knallen. Manzetti nahm kaum Notiz von ihm und steuerte direkt an ihm vorbei. Dabei rief er nur „Clara!" und zeigte in Richtung der Stege. Daniel wirbelte herum und sah zwei Figuren im Dämmerlicht, die über die Steganlage hetzten, während der eine sich beim anderen abstützte. Bevor er erkennen konnte, um wen es sich handelte, blieben sie stehen, und die eine Figur warf etwas hinter sich. Dann stürmten sie wieder los.

Eine Explosion erhellte den Nachthimmel. Einen Augenblick lang konnte Daniel alles klar erkennen: die Umrisse der Schiffe, die verzweigten Stege und die zwei Männer, die nach Kräften auf den Kai zuliefen.

Daniel trieb sein Pferd an und folgte Manzetti, der bis zum Kai vorgefahren und vom Kutschbock gesprungen war, um die hintere Klappe zu öffnen.

„Wo ist Clara?", rief er.

„Auf dem Steg! Dort, auf dem Steg!", gab Manzetti zurück.

Daniel sah angestrengt hin und versuchte, neben den beiden Männern noch jemanden auszumachen. Da fiel dem kleineren Mann beim Versuch, seinen Kumpan zu stützen, die Mütze vom Kopf. Blonde Locken kamen zum Vorschein.

„Clara!"

ꟗ

Der Knall war so laut, dass Claras Ohren dröhnten. Sie und Bane gingen auf die Knie. Clara fing sich mit ihrer freien Hand ab und spürte, wie die ganze Steganlage bebte. Um sie herum segelten Funken durch die Luft und Clara befürchtete, dass der Steg jeden Augenblick nachgab. Als sie sich umsah, fehlten bereits die Planken rings um den Schoner und machten es ihren Verfolgern unmöglich, sie zu erreichen.

„Weiter", rief Bane. „Ich weiß nicht, wie lange der Rest uns noch tragen wird."

Frischer Mut überkam Clara. Sie und Bane hatten alles riskiert, um es mit den Dämonen aufzunehmen, und sie hatten gewonnen. Der Kai war keine zehn Meter mehr entfernt. Clara stützte Bane am Arm und lief mit ihm auf Manzetti zu, der wie verrückt winkte. Im fahlen Licht war es schwer zu sehen, aber da stand ein zweiter Mann neben ihm. Er sah aus wie … konnte das Daniel sein? Tatsächlich. Er starrte sie an, als wäre sie ein Geist, und Clara wollte nur noch schneller laufen. *Er war gekommen, um sie zu retten!*

Noch bevor sie den Kai erreicht hatte, erwachte er aus seiner Starre und stürzte auf sie zu. „Clara!"

Die Erleichterung stand ihm ins Gesicht geschrieben. Clara wollte ihm sagen, wie froh sie war, aber der Überschwang der Gefühle und das plötzliche Zittern raubten ihr die Sprache.

Manzetti kam dazu, half Bane auf und geleitete ihn zum Wagen.

Endlich fand Clara die Sprache wieder. „Alles ist gut, Daniel, wir haben es geschafft … wir haben es tatsächlich geschafft …" Zumindest wollte sie das sagen, aber Daniel schlang auf einmal so fest die Arme um sie, dass sie kaum Luft bekam. Sie spürte nur, wie ihre Füße den Kontakt zum Boden verloren und seine starken Arme sie hielten.

„Oh, Clara, ich liebe dich über alles, und ich habe es so satt, dass du immerzu verschwindest."

Ihre Augen wurden feucht. „Ich liebe dich auch, Daniel. Und ich hatte solche Angst, dass ich dir das niemals würde sagen können." Am liebsten hätte sie die Zeit anhalten und sich nie wieder aus seiner Umarmung gelöst. Sie wollte lachen und weinen und sich von

Daniel necken lassen. Tränen liefen ihr übers Gesicht vor Erleichterung, aber auch vor Enttäuschung, weil sie wusste, dass Daniel und sie in ihr altes Leben zurückkehren würden. Er glaubte nicht an Gott, und das Vertrauen zwischen ihnen war gestört. Aber zumindest war ihnen der Versuch vergönnt, den Schaden zu beheben.

Sie löste sich aus seiner Umarmung und wischte sich die Tränen ab. „Alex ist verletzt. Wir müssen ihn von hier fortbringen." Daniel nickte nur und lief mit ihr zu Manzetti, der Bane schon hinten auf den Wagen gelegt hatte und Daniel die Zügel seines nervös tänzelnden Pferdes reichte. Daniel stieg auf und bot Clara seine Hand.

„Komm. Du kannst mit mir reiten."

Clara zögerte und sah zu Alex hinüber. Clyde war da und drückte seine Wunde am Bauch ab. Es war kein Platz mehr für sie. Aber Daniels Pferd war noch von der Explosion ganz verschreckt. Wenn sie jetzt hinter Daniel aufsitzen wollte, würde es noch nervöser werden. Sehnsüchtig schaute Clara auf den Kutschbock.

„Daniel, ich habe Angst vor Pferden."

Vom Pferdewagen erklang ein gequältes Lachen.

„Was ist daran so lustig, Bürschchen?", knurrte Manzetti.

„Clara", keuchte Bane. „Nach allem, was du die letzten Tage durchgemacht hast, fürchtest du dich, auf ein Pferd zu steigen?"

Es war in der Tat lächerlich.

Claras Blick wanderte zwischen Daniel und dem Sattel hin und her. Dann fasste sie sich ein Herz. „Ich schaffe das", sagte sie. „Hilf mir hoch."

Bane verkrampfte sich und versuchte stillzuhalten, obwohl der Wagen über das Kopfsteinpflaster rumpelte. Jeder Ruck und jeder Stoß löste unsägliche Schmerzen aus. Der Mann namens Clyde, den Manzetti als Arzt bezeichnet hatte, drückte die ganze Zeit auf seine Schusswunde im Bauch. Vielleicht half dieser Druck, aber aus Banes Sicht war es die reinste Tortur.

Nicht weniger schlimm waren die andauernden Liebesschwüre von Tremain. Seit sie den Hafen verlassen hatten, war das Gespräch zwischen ihm und Clara nicht mehr abgerissen. Es schien, als sei Tremain bis über beide Ohren verliebt. Er schwor ihr, sie nicht mehr aus den Augen zu lassen, und sagte ihr in einem fort, wie schön sie war, wie mutig, wie wertvoll.

Der Arzt maß Bane den Puls und konzentrierte sich darauf, den Druck auf die ungeheuer schmerzende Schusswunde konstant zu halten. Bane schloss die Augen und versuchte, die Erinnerung an die ungebremste Freude auf Claras Gesicht zu verdrängen, als sie Daniel Tremain entdeckt hatte. Bane stand es nicht zu, um Clara zu werben. Dass sie so viel älter war als er, war nicht das Problem; Clara war einfach viel zu gut für so jemanden wie ihn. Aber dennoch fühlte er sich zu ihr hingezogen.

Der Wagen fuhr durch ein Schlagloch, und Bane schämte sich für sein qualvolles Stöhnen. Der Schmerz kam nun in Wellen und sein Körper verkrampfte sich.

„Musst du dich übergeben?“, fragte der Arzt.

Bane konnte nicht antworten.

„Nick wenigstens mit dem Kopf, wenn du willst, dass ich dich auf die Seite rolle“, wies ihn Clyde an. „Ich will nicht, dass du mir hier erstickst.“

So schlimm es auch war, Bane wollte nicht auf die Seite gerollt werden. Der Schmerz war auch so schon kaum zu ertragen. „Nein“, keuchte er. „Geht schon.“ Er versuchte sich auf den Sternenhimmel zu konzentrieren.

Heute Nacht hatte er die Freiheit erlangt … oder nicht? Egal, wie grausam sein Schicksal auch war, er würde nie wieder auf dieses düstere Anwesen in den Wäldern von Vermont zurückkehren müssen. Er war der eisernen Herrschaft des Professors entronnen und konnte eigene Wege gehen. Es war anders verlaufen als in seinem ursprünglichen Plan, aber eigentlich sogar besser. Bane lächelte und genoss zum ersten Mal in seinem Leben das Gefühl von Freiheit.

„Ich werde jetzt meine Hand wegnehmen und nachsehen, ob du noch blutest“, sagte Clyde. Bane stöhnte auf, als der Arzt den Druck verringerte. Die Sterne über ihm wurden blass, drehten sich, und schon riss ihn ein stechender Schmerz wieder zurück ins Hier und Jetzt. Clyde hatte die Hand wieder auf seine Wunde gedrückt. „Es blutet noch. Halte durch, Junge.“

Bane versuchte nicht zu lächeln. Hatte dieser Mann überhaupt eine Ahnung, mit wem er redete? Clydes besorgter Blick würde wahrscheinlich in Angst umschlagen, wenn er wüsste, dass er bis zum Handknöchel im Blut eines Schwerverbrechers steckte.

Aber stimmte das noch? Er hatte einen Neuanfang gemacht. Wie hatte Clara es formuliert? „*Du kannst ein ehrenvolles Leben beginnen, heute noch.*" Bane kämpfte gegen die Übelkeit an. Er war bereit für sein neues Leben und wollte so leben, wie Clara es ihm beschrieben hatte. Er wollte Drachen zur Strecke bringen, Berge erklimmen und etwas Gutes aus seinem Leben machen. In den nächsten Jahren würde es seine ganze Aufmerksamkeit erfordern, den Häschern des Professors zu entgehen, aber irgendwann würde er Fuß fassen und aufhören können wegzulaufen. Die Welt, die Clara ihm zeigte, erschien viel zu reizvoll, um sie vom Professor zerstören zu lassen.

KAPITEL 21

Nie im Leben könnte ich als Krankenschwester arbeiten, dachte Clara und beobachtete, wie Clyde die Nadel durch Banes Bauchwunde trieb. Dabei war die Miene ihres Bruders völlig ausdruckslos im Gegensatz zu Banes verkrampftem Gesicht, der bei jedem Stich die Zähne zusammenbiss und Claras Hand umklammerte.

Als sie Claras Elternhaus auf Bolton Hill erreicht hatten, ging bereits die Sonne auf. Clara hoffte, dass Bane hier ein, zwei Tage vor den Häschern des Professors sicher war, um sich zu erholen und darüber nachzudenken, wohin er gehen wollte.

Manzetti hatte Bane ins Gästezimmer getragen, das gleich neben Claras Zimmer lag, und Clyde hatte die Kugel aus seinem Bauch entfernt. Clara hatte sich einen Hocker genommen und neben das Bett gesetzt, um Banes Hand zu halten. Das Morphium, das Clyde Bane angeboten hatte, hatte dieser abgelehnt. „Ich verzichte", hatte er gestöhnt. „Was auch immer jetzt kommt, ich habe es verdient."

Obwohl Clyde ihr versichert hatte, dass Bane nicht lebensgefährlich verletzt war, wollte sie ihn nicht allein lassen, nicht nachdem sie so weit gekommen waren.

Und vor allem nicht, weil Daniel wie ein Löwe im Käfig vor der Tür auf und ab lief. Clyde hatte darauf bestanden, dass ihm nur eine Person assistierte, und Clara war froh, dass er Daniel aus dem Zimmer verbannt hatte. Ihm wäre es zuzutrauen, dass er den Jungen lynchte, sobald er auch nur eine Ahnung hatte, wer Bane war. Es war keine vier Tage her, dass Bane in Daniels Haus hatte Feuer legen lassen und anschließend ihre Entführung eingefädelt hatte. Sie wollte, dass Bane versorgt und über alle Berge war, bevor Daniel die Puzzleteile zusammengefügt hatte.

„Schere", verlangte Clyde und vernähte den letzten Stich. Clara drückte sie ihrem Bruder in die Hand und stellte die Schüssel mit dem blutroten Wasser beiseite. „Fertig", sagte Clyde. Clara konnte sehen, wie die Anspannung teilweise von Bane abfiel. „Ich brauche jetzt Daniel, damit er Alex festhält, während ich ihn fest verbinde."

Clara öffnete die Tür, um Daniel zu rufen, aber sein Gesicht erschien sofort im Türspalt. Er sah müde aus, erschöpft, und sie wollte ihn in den Arm nehmen und ihm zärtlich das schwarze Haar aus der Stirn streichen. Aber das musste warten, bis Bane aus dem Haus und in Sicherheit war.

„Clyde braucht dich. Du sollst Alex festhalten, während er ihn verbindet." Sie nahm den Hocker beiseite und machte Platz. „Seid vorsichtig", mahnte sie, als die beiden Bane aufrichteten. Er wurde noch blasser als zuvor und Clara rechnete jeden Augenblick damit, dass er das Bewusstsein verlor. Insgeheim hoffte sie es sogar, damit er wenigstens für eine kurze Zeit keine Schmerzen mehr hatte. Clyde arbeitete schnell und präzise, und der frisch verbundene Bane wurde wieder auf das Bett gelegt.

Clara hob Banes zerrissenes und blutiges Hemd auf. „Ich hole dir eins von meinem Vater." Aber eigentlich wollte sie Daniel nicht mit Bane allein lassen. Es war noch keine Zeit gewesen, ihm zu erzählen, was sich in den vergangenen Tagen zugetragen hatte. Unter keinen Umständen durfte sie zulassen, dass er mit Bane sprach. Es sei denn, sie war dabei, um im Notfall zu schlichten.

Sie ging zur Tür und rief nach Manzetti. Dann erklärte sie ihm, wo er das Zimmer ihres Vaters und die Hemden finden würde.

„Und jetzt ruh dich aus", ordnete Clyde an, als Bane wieder lag. „Es wird noch mindestens zwei Tage dauern, bis du wieder aufstehen kannst. Du wirst noch ein bis zwei Wochen höllische Schmerzen haben, aber in einem Monat bist du so gut wie neu."

„Daraus wird nichts" erwiderte Bane angestrengt. „Ich werde bei Anbruch der Dunkelheit aufbrechen."

Clyde zog eine Augenbraue hoch. „Sei nicht dumm. Ich habe gerade eine halbe Stunde gebraucht, um ein perfektes Kunstwerk aus Stichen zu fabrizieren. Ich werde nicht zulassen, dass du das wieder zerstörst."

Bane lächelte und zuckte kaum sichtbar mit den Schultern. „Wie Sie meinen, Doc."

Clara wusste, dass er nicht bleiben würde. So schnell wie möglich würde er das Haus verlassen. Dabei waren sicher jetzt schon Dutzende Männer dabei, Baltimore nach ihm zu durchkämmen. Clyde fuhr fort und erklärte, wie Banes Wunde zu versorgen war, wann der Verband gewechselt und welche Wundsalbe aufgetragen werden musste. Als ihr Bruder festlegte, dass er sich nur wenig bewegen und viel schlafen sollte, sank Clara der Mut. Bane würde nicht den Luxus eines weichen Bettes oder einer helfenden Hand haben, die ihm die Verbände wechselte. Schon in wenigen Stunden würde er auf der Flucht sein.

Es klopfte und Manzetti trat mit einem weißen Hemd ein. Zumindest konnte sie den Jungen in sauberer Kleidung auf die Reise schicken. „Hier, das Hemd für Bane", sagte Manzetti, reichte es Clara und verließ den Raum.

„Bane?", hörte Clara Daniels ungläubige Stimme. Clara zuckte zusammen.

Schnell schob sich Clara zwischen Daniel und das Bett. „Eigentlich heißt er Alex. Alexander Banebridge."

„Bane." Daniel spuckte das Wort geradezu aus. Clara warf einen Seitenblick aufs Bett, wo Alex ruhig die Hände faltete und aussah wie der Inbegriff von Gelassenheit.

„Ja, Bane", sagte er. „Clara nennt mich Alex, weil sie findet, das klingt zivilisierter. Aber ich bevorzuge Bane."

Daniel schob Clara beiseite, sprang zum Bett und schwebte wie ein Racheengel über dem Jungen. „Ich schwöre bei allem, was mir heilig ist, dass ich dich in Stücke reißen werde."

Bane lächelte. „Clara würde dir das niemals verzeihen."

Daniel wirbelte zu Clara herum. „Weißt du, wer dieser Junge ist? Dass er deine ganze Entführung angezettelt hat?"

„Ich weiß sehr genau, wer er ist und was er getan hat." Sie fragte sich, ob Daniel das mit dem Brand auch schon wusste, beschloss aber, es nicht anzusprechen. Zielstrebig schob sie sich wieder zwischen Daniel und das Bett. „Bane tut es leid, was er getan hat, und ich habe ihm bereits vergeben. Und das erwarte ich auch von dir."

„Niemals!"

„Bane hat sich bekehrt, Daniel. Und wenn unser Herr ihm vergeben hat, dann sollen auch wir das tun."

„Er ist ein brutaler, widerlicher Drogenschmuggler. Abschaum!"

„Und deswegen ist seine Kehrtwende umso beeindruckender."

Die Blitze aus Daniels Augen nahmen zu. „Clara, ist dir klar, dass dieser Bengel hinter deinem Rücken jedes Mal hämisch grinst, wenn du nur deinen Mund aufmachst?“

Clara drehte sich um und erwischte gerade noch Banes Grienen. „Bane kann einen den letzten Nerv kosten, Daniel. Er ist noch dabei zu lernen, wie man sich als anständiger Mensch verhält, und das wird auch noch eine Weile dauern, aber er hat sich das Recht auf einen Neuanfang verdient. Und ich werde nicht zulassen, dass du ihm diese Chance nimmst.“

„Er macht es schon wieder.“ Clara brauchte sich nicht einmal umzudrehen.

„Hör auf, Alex“, sagte sie entnervt. „Wie soll ich für irgendeine Art von Waffenstillstand zwischen euch sorgen, wenn ihr euch beide aufführt wie Dreijährige?“ Es hatte keinen Sinn, Bane zu beschützen, wenn er Daniel hinter ihrem Rücken ständig provozierte. Clara ging zur Tür. „Ich gehe jetzt. Bane, du weißt dir ja zu helfen.“

Daniel wartete nicht einmal, bis die Tür zu war, bevor er Clara nachlief. Von allen leichtsinnigen und gefährlichen Situationen, in die Clara sich im Laufe der Jahre gebracht hatte, war dies mit Abstand die dümmste. Bane war derjenige, vor dem sich Eddie Maguire fast in die Hosen machte, und Clara führte sich vor diesem Skorpion wie eine wild gewordene Henne auf? Daniel folgte ihr bis in ihr Zimmer.

„Damit du dir im Klaren bist“, setzte er an und zwang sich, ruhig zu bleiben, „Bane ist derjenige, der alle Fäden deiner Entführung in der Hand hatte. Er kontrolliert den Opiumschmuggel der gesamten Ostküste. Wusstest du das?“

„Ja.“ Clara öffnete ihren Kleiderschrank und holte ein einfaches Musselinkleid heraus. „Ich ziehe mich jetzt um. Würdest du bitte rausgehen.“

Sie trug noch immer die Männerkleidung vom Bootssteg. Dem Bootssteg, den Bane in die Luft gejagt hatte, während sie noch darauf gestanden hatten.

„Ich werde dich nicht allein lassen. Nicht solange diese Schlange hier im Haus ist.“

Clara drückte sich das Kleid an die Brust. „Schön. Dann beschütze mich, aber von der anderen Seite der Tür aus."

Daniel wollte sie am liebsten schütteln, bis sie zur Besinnung kam, aber je früher sie aus diesen Hosen heraus war, desto besser. Daniel hatte so eine Ahnung, von wem die Sachen stammten, und der Anblick seiner anmutigen, zarten Clara in der Haut dieser Schlange war einfach widerlich. Er verließ das Zimmer und lehnte die Stirn gegen die geschlossene Tür. Das waren die vier längsten Tage seines Lebens gewesen. Sein Haus war zerstört, jemand hatte versucht, ihn hereinzulegen und hinter Gitter zu bringen, und die Frau seines Herzens war fast umgebracht worden. Aber er hatte Clara zurückbekommen. Daniel musste lächeln. Solange Clara an seiner Seite war, verblassten alle anderen Probleme. Noch nie in seinem Leben hatte er etwas so Schönes gesehen wie in dem Augenblick, als sie ihn im Hafen erkannt und auf ihn zugelaufen war. Ihr goldblondes Haar hatte geweht und ihre Augen geleuchtet.

„Lass dein Haar offen", sagte er durch die Tür.

„Das wäre wohl kaum angemessen." Ihre Stimme klang dumpf, als würde sie sich gerade das Kleid über den Kopf ziehen.

Daniel legte eine Hand an die Tür. „Clara, ich wäre hin und weg, wenn du heute mal eine Ausnahme machen könntest und ein klein wenig unanständig wärst. Lass dein Haar offen, bitte."

Als sie die Tür öffnete, wurden ihm die Knie weich. Sie trug ein weißes Kleid mit blauen Blumen darauf, das Haar fiel ihr auf die Schultern und ihr Lächeln war strahlend wie der Sonnenaufgang. Daniel setzte an, um ihr zu sagen, wie schön sie war, aber er brachte kein Wort über die Lippen.

„Gehen wir nach unten, wo wir in Ruhe reden können", sagte sie leise. Auf der Treppe schob sie ihre Hand in seine. Diese einfache, vertraute Geste erfüllte ihn mit einem stillen Hochgefühl. Sein ganzer Reichtum, seine berühmten Erfindungen, all das konnte von ihm aus im Staub versinken, solange er sein Leben mit Clara verbringen durfte. Er musste nur noch dahinterkommen, wie es zu ihrer Entführung hatte kommen können und wer ihn hereinlegen wollte. Und dann würde er um ihre Hand anhalten. Wenn sie darauf bestand, dass er mit in die Kirche ging, dann ging er eben in die Kirche. Und wenn er auf dem Kopf stehen und den *Messias* singen musste.

„Ich möchte, dass du Bane vergibst", sagte sie, kaum war die Tür zum Arbeitszimmer geschlossen.

Daniel schloss die Augen und spürte, wie die Erschöpfung ihn übermannte. Er konnte kaum noch stehen, aber wenn Clara darauf bestand, dass er Bane diese grässliche Untat vergab, dann würde er auch dafür einen Weg finden. Daniel machte die Augen wieder auf und betrachtete Clara, die im Morgenlicht vor ihm stand. Ihr Blick war voller Hoffnung und ihre Hände gefaltet, fast so, als würde sie beten. Ihr Gesicht strahlte und diese porzellanweiße Haut ihrer Unterarme … Sein Blick blieb an einem hässlichen blauen Fleck hängen. Er drehte ihr Handgelenk nach oben, um die Wunde genau zu sehen. Sie war violett, fleckig und hatte einen tiefroten Punkt in der Mitte.

Clara wollte ihren Arm zurückziehen, aber er hielt sie fest. „Wer hat das getan?", krächzte er.

Clara sah zu Boden. „Bane."

„Es sieht aus wie eine Einstichstelle."

„Ist es auch."

Daniel ließ ihren Arm fallen und ging im Zimmer auf und ab. Nur mit Mühe konnte er dem Drang widerstehen, die Treppe hinaufzuspringen und dem Patienten dort oben die Luft abzudrücken. Er beugte sich über Reverend Endicotts Schreibtisch und krallte sich an der Tischplatte fest, um nicht loszulaufen. „Was hat er dir angetan? Was *genau*?"

„Es war Opium", sagte Clara und Daniel kniff die Augen zu, um dem aufbrausenden Ärger zu widerstehen. Seine kleine Clara, festgehalten und mit Drogen vollgepumpt durch diesen Satansbraten. „Ich weiß noch immer nicht genau, was er vorhatte", fuhr Clara fort, „aber jemand hat ihn damit beauftragt, mich umzubringen und es dir und Manzetti in die Schuhe zu schieben."

„Alfred Forsythe." Es war eine Feststellung, keine Frage.

Clara schüttelte den Kopf. „Ich glaube nicht."

Daniel schnaubte verächtlich. Clara war tatsächlich so naiv zu glauben, dass ein Gespräch genügen würde, die Feindschaft zwischen ihm und Forsythe beizulegen. Sie hatte keine Ahnung, wie tief ein Mann sinken konnte, wenn sein Vermögen auf dem Spiel stand.

Clara kam zu ihm. „Bane hat mir nicht verraten, wer ihn beauftragt hat, aber er meinte, dass du besser aufpassen solltest, mit wem du dich umgibst."

Nur ein sehr kleiner Kreis von Leuten bildete die Speerspitze seines Unternehmens, und er vertraute jedem davon blind. „Dieser Bane will Zwietracht zwischen mir und meinen Leuten säen. Seit über einem Jahrzehnt schwitze ich gemeinsam mit ihnen für unseren Erfolg. Ich kenne diese Leute, Clara, und ich vertraue ihnen. Und damit bleibt nur Alfred Forsythe, der schon immer den einfachsten Weg genommen hat und alle um sich herum nach Strich und Faden betrügt, um zu bekommen, was er will."

Clara schüttelte den Kopf. „Ich glaube nicht, dass es Forsythe ist. Wirklich nicht."

„Na schön", knurrte Daniel. „Aber Bane setzt keinen Fuß vor die Tür, bevor er nicht ausgepackt hat."

„In Ordnung." Clara legte ihm eine Hand auf die Schulter. „Da ist noch mehr, Daniel." Ihre Stimme war so sanft, als wolle sie ihn trösten, dabei war sie es, die misshandelt worden war und Trost brauchte. Er nahm ihre Hand, küsste ihre Handfläche und legte sie sich zärtlich an die Wange.

„Sag, was du sagen musst. Ich werde ruhig bleiben."

Clara holte tief Luft. „Bane war derjenige, der den Brand in deinem Haus legen ließ."

Daniel sank auf den Schreibtischrand nieder. Clara redete und redete, Bane sei es nicht persönlich gewesen, aber er hörte nicht mehr zu. Die Zerstörungswut dieses Satansbratens mit dem Engelsgesicht schien kein Ende zu kennen, und bei Gott, er wusste, was Clara jetzt von ihm verlangen würde. Nur wusste er nicht, ob er so stark war.

„Er hat sich verändert, Daniel. Ich habe ihm vergeben und ich vertraue ihm."

Daniel griff nach ihrem Handgelenk und zeigte auf den blauen Fleck. „Du vertraust einem Mann, der dich gegen deinen Willen unter Drogen setzt? Der mitten in der Nacht mein Haus ansteckt? Sag mir, was ich tun soll, Clara. Die andere Wange hinhalten? Wollen wir ihm als Nächstes die Fackel für das Haus deines Vaters reichen?"

Clara zog ihren Arm weg. „Hörst du nicht, was ich gesagt habe?

Bane hat sich *bekehrt*, Daniel. Er war ein Verbrecher der übelsten Sorte, aber niemand, der sein altes Leben wirklich endgültig hinter sich lassen will, hätte vollbracht, was er heute Nacht getan hat." Daniel ließ sich berichten, wie Bane das Opium zerstört und damit ein ganzes Netzwerk aus Verbrechern gegen sich aufgebracht hatte. „Wenn jemand seine Sünden bereut, dann vergibt ihm Gott. Seine Vergebungsbereitschaft kennt keine Grenzen und wir sollten uns daran ein Beispiel nehmen."

Seit Clara aus London zurück war, hatte sie ihm mit dieser Vergebungsgeschichte in den Ohren gelegen. Zuerst Forsythe und jetzt Bane. Er sah Clara an. Ihr Blick war so flehend, so hoffnungsvoll. Für sie schien es ein Leichtes zu sein, anderen zu vergeben, was sie ihr angetan hatten.

„Das ist nicht leicht für mich, Clara."

Sie legte ihm die Hände an die Wangen. „Ich weiß, was ich von dir verlange. Ich weiß, wie viel du für dein Leben gekämpft, geschuftet und geopfert hast. Natürlich fällt es dir schwer, jemandem zu verzeihen, der dir das zerstört. Aber es sind die schweren Aufgaben, die aus Männern große Männer machen." Sie stellte sich auf Zehenspitzen. „Sei ein Held, Daniel. Werde ein Mann, der einen schweren Sturm überstehen kann und am Ende noch stärker ist als zuvor."

Was für ein Mann wollte er sein? Waren ihm die Steine und der Mörtel seines zerstörten Hauses wichtiger als die Liebe seines Lebens? Wollte er sich von einem minderjährigen Strolch das eigene Leben auf den Kopf stellen lassen? Daniel beugte sich vor.

„Wenn Bane sich tatsächlich bekehrt hat, dann wird er mir sagen, wer ihn bezahlt hat."

„Ja."

„Und ich schwöre beim Grab meines Vaters: Wenn er es wagt, Ian Carr anzuschwärzen, weiß ich, dass er mit Forsythe unter einer Decke steckt. Ich wette, die beiden sind dicke Freunde."

„Ich glaube, Bane hat überhaupt niemanden mehr", sagte Clara betrübt.

Sie machten sich auf den Weg nach oben und Daniel wusste, dass Clara sich irrte.

Bane hatte immer noch Clara.

KAPITEL 22

Mit verschränkten Armen stand Daniel in der Ecke und sah zu, wie Clara sich zu Bane ans Bett setzte. „Sag uns jetzt bitte die Wahrheit“, setzte sie leise an. „Ich möchte nicht für den Rest meines Lebens darauf warten, wann der Nächste meine Kutsche überfällt.“

Bane lächelte Clara fast selig an. Es sah ganz anders aus als das höhnische Grinsen von vorher. Wenn Daniel es nicht besser wüsste, würde er glauben, der Junge wäre in Clara verschossen.

„Ich habe es doch schon gesagt“, antwortete Bane. „Dein Räuberbaron sollte sein Geschäftsumfeld säubern, wenn er dich beschützen will. Ich wäre niemals so leichtsinnig gewesen, wenn du zu mir gehören würdest.“

Daniel biss die Zähne zusammen. Wenn der Junge Clara mit einer falschen Bewegung belästigte oder Ian Carrs Namen beschmutzte, würde er ihm den Hals umdrehen.

„Wenn du ein wenig genauer sein könntest, würde uns das sehr helfen“, bat Clara.

Banes Blick wanderte langsam zu Daniel. „Sie sollten sich lieber Ian Carr noch einmal vorknöpfen“, sagte er.

„Du bist es nicht wert, seinen Namen überhaupt in den Mund zu nehmen“, knurrte Daniel.

Bane zuckte mit den Schultern. „Vielleicht nicht. Aber als Vater ist Carr leider zu nichts zu gebrauchen. Sein Sohn ist ein fauler Jammerlappen, mit einer Geliebten, die er sich gar nicht leisten kann und einer Vorliebe für die schönen Dinge des Lebens. Als ich mit Jamie Carr sprach, hatte er nur eines im Kopf: all den Reichtum, der ihm durch die Lappen gegangen ist, weil Sie den geplanten Börsengang rückgängig gemacht haben.“

Daniel überlegte. Es stimmte, dass Jamie Carr schon immer der Antrieb fehlte, der aus seinem Vater einen herausragenden Geschäftsmann gemacht hatte. Ian war oft verzweifelt und entsetzt über das lasterhafte Verhalten seines Sohnes, aber wie um alles in der Welt sollte der Mord an Clara Jamie zu Reichtum bringen?

„Ich sollte Manzetti und Clara entführen, das war der Plan", fuhr Bane fort. „Manzetti sollte unter Drogen gesetzt und so für einige Tage aus dem Verkehr gezogen werden. Lange genug für uns, um Clara aus dem Weg zu räumen und Beweise in Manzettis Haus zu platzieren. Außerdem wollten wir an Claras Leiche Hinweise auf Manzetti hinterlassen, genauso wie ein dickes Bündel Scheine von Ihrem Bankkonto. Wir haben vor einer Weile einen ganzen Batzen Geld von Ihrer Bank abgehoben. Das Fälschen einer Unterschrift ist eins meiner Talente, das viel zu selten zum Einsatz kommt, und es ist geradezu lächerlich, wie leicht sich Ihre Bank hinters Licht führen ließ."

Clara schüttelte ungläubig den Kopf. „Aber welchen Sinn hätte es, Daniel den Mord an mir in die Schuhe zu schieben? So wäre Jamie Carr doch bestimmt nicht reich geworden. Daniels ganzes Vermögen wäre an seine Schwestern gegangen."

Daniel gefror das Blut in den Adern. „Wenn ich aus dem Unternehmen geworfen worden wäre, hätte Ian den Börsengang doch noch durchgesetzt. Er hätte unsere ganze Technologie an Alfred Forsythe verkauft und das Unternehmen hätte an der Börse gewaltig abkassiert. Jamie Carr wäre so reich wie jeder Vanderbilt oder Carnegie geworden." Aber stattdessen wartete nun eine Gefängniszelle auf ihn und Ian Carr würde es das Herz brechen.

„Aber warum hast du Daniels Haus niedergebrannt?", wollte Clara wissen. „Wie passt das in den Plan?"

Da war es wieder, dieses abfällige Schmunzeln. „Oh, das war meine Idee. Ich habe es Jamie Carr erklärt: Niemand hätte geglaubt, dass Daniel dich wegen eines läppischen Zeitungsartikels aus dem Weg räumen lässt. Wir mussten es so aussehen lassen, als ob er wütend auf dich ist. Weil du die Arbeiter gegen ihn aufgewiegelt hast. Er sollte denken, dass dein aufrührerischer Artikel letzten Endes das Feuer in seinem Haus verursacht hatte. Und wie ich gehört habe, hat er mir gut in die Hände gespielt, als er dich im Angesicht des Feuers vor Dutzenden von Zeugen angebrüllt hat."

Daniel schloss entnervt die Augen. Claras Leben hatte an einem seidenen Faden gehangen, und wer war schuld daran? Zwei Halbstarke, die jeder ihre eigenen falschen Ziele verfolgten. Und jetzt griff die Sache um sich und drohte auch noch Ian Carr mit sich zu reißen. Ian, der sich seiner angenommen, der ihm vertraut hatte und ihm einen Weg aus der Armut gezeigt hatte.

„Und warum hast du deine Meinung geändert?", wollte Daniel wissen.

Der Blick des Jungen sprang kurz zu Clara, und Daniel meinte zu sehen, dass er rot wurde. „Ich hatte einfach keine Lust, sie umzubringen. Mehr nicht."

Gnade ihnen Gott; Bane hatte sich in Clara verliebt.

Clara hörte, wie Daniel erschöpft gegen die Wand sackte. „Mir reicht's", sagte er kurz darauf und stürmte aus dem Zimmer. Clara hatte ihn kaum verstanden, so leise kam der Satz. Erst als sie seine Schritte auf der Treppe und anschließend die Haustür zuschlagen hörte, begriff sie, was los war.

Clara stürzte die Treppe hinunter und folgte ihm nach draußen. Die Sonne brannte und sie musste die Augen zusammenkneifen. Ihre Seidenslipper waren nicht zum Rennen gedacht, und bald hatte sie kleine Steinchen darin. Als sie Daniel endlich auf der gepflasterten Straße einholte, humpelte sie.

Er würdigte sie kaum eines Blickes. „Du brauchst nichts zu sagen, Clara. Ich weiß, was du von mir verlangst, aber ich weiß nicht, ob ich das kann. Wenn ich noch eine Sekunde mit diesem Bengel in einem Raum sein muss, muss ich mich übergeben."

Clara fasste ihn am Arm. „Daniel, bitte. Sag mir, wie ich es für dich leichter machen kann." Daniel blieb abrupt stehen und sie stieß fast mit ihm zusammen.

„*Du* willst mich trösten … wie lächerlich. Verstehst du denn nicht, Clara? Ich selbst bin verantwortlich für diese ganze Katastrophe. Es ist meine Schuld, dass du entführt wurdest, meine Schuld, dass Ian bald seinen einzigen Sohn verliert. Das sind alles die giftigen Konsequenzen meiner Privatfehde mit Alfred Forsythe."

„So ein Unsinn", entgegnete Clara. „Das war Jamie Carr. Dafür bist du doch nicht verantwortlich."

„Na schön. Jeder trägt hier seine Schuld, aber das ändert nichts daran, dass ich derjenige bin, der den ganzen Stein ins Rollen gebracht hat." Aus Daniels Blick sprach keine Wut mehr, sondern nur noch Leid und Qual. Mit zitternden Fingern strich er ihr über die Wange.

„Clara, ich wollte dich immer nur glücklich machen. Dir ein kleines Stückchen Freude zurückgeben. Du hast mir so viel geschenkt. Damals, als ich noch in den Stahlwerken gearbeitet habe, wollte ich dir die Welt zu Füßen legen, aber ich konnte mir kaum die Kleider leisten, die ich am eigenen Leib trug. Es gab nichts, was ich nicht für dich tun wollte. Unsere Freundschaft war für mich wie ein verstohlener Blick ins Paradies."

Clara drückte seine Hand an die Wange und fürchtete, jeden Augenblick wie ein kleines Kind losheulen zu müssen, aber Daniel war noch nicht fertig.

„Ich habe dir nie viel Gutes getan", bekannte er. „Wegen mir wurdest du als junges Mädchen nach England geschickt, und seit du zurück bist, habe ich dir immer nur noch mehr Ärger gemacht. Du hast so wenig von mir verlangt, und ich habe dich bei jedem Schritt enttäuscht."

„Das ist nicht wahr! Daniel ..." Sein Finger auf ihren Lippen brachte sie zum Schweigen.

„Wenn du mich gebeten hättest, dir Kieselsteine vom Mond zu holen, hätte ich nicht eher geruht, bis ich einen Weg gefunden hätte. Stattdessen hast du mich darum gebeten, Forsythe und Bane zu vergeben. Es wäre ein Leichtes, dir vorzuspielen, dass alles vergessen und vergeben ist, aber das wäre eine Lüge. In mir tobt noch immer die rasende Wut, und ich möchte sie leiden sehen für alles, was sie angerichtet haben."

Er drehte ihren Arm so, dass das helle Tageslicht auf den blauen Fleck und die Einstichstelle fiel. Dann küsste er ihre Verletzung vorsichtig. Als er sich wieder aufrichtete, konnte Clara die Anstrengungen der letzten Tage an seinem Gesicht ablesen.

„Aber ich *werde* einen Weg finden, dir deinen Wunsch zu erfüllen", sagte er und strich ihr eine Strähne hinters Ohr. Dann küsste er sie auf die Stirn. „Ich weiß noch nicht, wie, aber ich werde es schaffen. Clara, ich werde dich lieben, bis zu meinem letzten Atemzug. Bisher ist es mir nicht besonders gut gelungen, dich glücklich zu machen, aber ich werde hart daran arbeiten."

Er hob ihr Kinn und gab ihr einen Kuss. „Jetzt muss ich allein sein und nachdenken. Gib mir etwas Zeit, Clara, und ich verspreche dir, ich finde einen Weg."

Clara blieb stehen und sah ihm nach. Mit jeder Faser ihres Lebens wollte sie ihm hinterherlaufen, ihm ihre Unterstützung anbieten, Verständnis oder zumindest eine Schulter zum Anlehnen.

Aber Daniel hatte recht. Sie konnte ihm nicht helfen. Mit sich selbst ins Reine zu kommen und sich dem Frieden Gottes zu öffnen, damit ihn die jahrzehntelange Feindschaft nicht länger vergiftete, das konnte nur er allein.

Als Clara mit einem Tablett zu Bane kam und ihm das Abendessen servieren wollte, war er zu ihrer Überraschung angezogen und auf den Beinen. Offensichtlich hatte er es schon bis in ihr Zimmer geschafft, denn er trug die Männerkleidung, die sie am Morgen ausgezogen hatte.

„Leg dich wieder hin!", rief sie erschrocken und befürchtete, dass seine frisch genähte Wunde aufreißen würde, wenn es nicht längst geschehen war. Hastig stellt sie das Tablett auf dem Nachttisch ab und wollte ihn schnell zum Bett zurückgeleiten.

„Vorsichtig mit dem Tablett", sagte Bane. „Das sieht aus wie Hühnerbrühe, und mit der springt man nicht so achtlos um." Ausgehungert beäugte er die schwankende Suppe in der Schüssel.

„Es ist Hühnerbrühe, und du kriegst erst etwas davon, wenn du dich hinsetzt und dich wie ein Patient benimmst."

Bane setzte sich artig auf die Bettkante und griff nach der Schüssel. Bevor Clara auch nur sagen konnte, dass sie ihn lieber liegen sehen wollte, trank er schon gierig die Brühe. „Keine Zeit fürs Patientenleben", wehrte er zwischen großen Schlucken ab. „Ich muss Baltimore verlassen, bevor die Sonne wieder aufgeht."

„So schnell?" Die Erkenntnis, dass sie sich von Bane in wenigen Stunden auf Nimmerwiedersehen verabschieden musste, machte sie traurig. Hier zu Hause fiel es ihr leichter, die Gefahr auszublenden, in der sich Bane befand, aber er hatte sie offensichtlich keine Sekunde aus den Augen verloren.

„Es darf auf keinen Fall jemand erfahren, dass ich hier untergekommen bin“, erklärte Bane. „Je früher ich die Stadt verlasse, desto sicherer für uns alle. Manzetti meinte, er würde mich zu den Bahngleisen fahren. Ich werde einfach auf einen Güterzug aufspringen.“

Bane widmete sich wieder intensiv der Hühnerbrühe. Clara dachte betrübt darüber nach, dass dies für lange Zeit Banes letzte warme Mahlzeit sein würde. Bevor sie sich in dem ernüchternden Gedanken verlieren konnte, meldete sich ihr praktischer Verstand und sie ging noch einmal in die Küche, um eine zweite Schüssel mit Hühnerbrühe zu holen. In einen kleinen Beutel tat sie Brot und Käse und durchsuchte die fast leere Speisekammer nach irgendetwas, das Bane nützlich sein könnte. Brot und Käse erschienen ihr so unzureichend für seine Flucht.

„Für die Reise“, sagte sie und legte den Beutel neben ihm auf das Bett. Wie sollte Bane in diesem Zustand laufen, geschweige denn auf einen Güterzug aufspringen?

„Danke“, antwortete Bane und machte sich über die zweite Schüssel her. Clara hing ihren Abschiedsgedanken nach.

Bane musste ihr trauriger Blick aufgefallen sein, denn er grinste sie plötzlich wieder so verwegen an wie zuvor. Dabei griff er an sein Ohr und zog sich einen der winzigen Diamantstecker heraus. Bevor sie reagieren konnte, hatte er ihn ihr schon durch den Kragen ihres Kleides gestochen. „Damit du dich an mich erinnerst“, sagte er. „Wenn ich das nächste Jahr überlebe, schicke ich dir den anderen.“

Clara bemühte sich zu lächeln. „Ich werde darauf warten.“

KAPITEL 23

Daniel starrte auf das Dokument, das vor ihm auf dem mächtigen Schreibtisch aus Walnussholz lag. Wenn er es unterschrieb, bedeutete das seine endgültige Kapitulation. Alfred Forsythe würde sich den Bauch mit so vielen von Daniels Erfindungen vollschlagen, wie er nur konnte. Sein Unternehmen würde noch fetter und reicher werden. Daniel konnte fast die diebische Freude seines Anwalts Lou Hammond spüren, als er zum Stift griff und seinen Namen unter das letzte Dokument setzte.

„Ian Carr wird hocherfreut sein", jubelte Hammond und wedelte den Vertrag hin und her, um die frische Tinte zu trocknen. Daniel sah finster drein. Ian würde in nächster Zeit wohl keinen Grund haben zu feiern. In einer der schwierigsten Unterredungen seines Lebens hatte Daniel ihm von Jamies Machenschaften erzählt. Als Ian schließlich begriff, wozu sein einziger Sohn imstande war, hatte er geweint wie ein kleines Kind.

„Reichen Sie das einfach bei der Bezirksbehörde ein. Ich lasse am Montag meine Sekretärin ein Lizenzangebot für *Forsythe Industries* aufsetzen."

Daniel war überrascht, wie leicht ihm der Auftrag über die Lippen ging. Er hätte nie gedacht, dass er den Tag erleben würde, an dem sein Unternehmen Alfred Forsythe den Zugang zu seinen Erfindungen ermöglichte. Jedes Mal, wenn Forsythe seine Gleise früher austauschen musste oder seine Züge wegen der schlechteren Ausstattung Schaden nahmen, hatte Daniel mit Genugtuung an seinen Vater gedacht. Schon über zehn Jahre lang war der Hass auf Forsythe seine Motivation.

Nun war es an der Zeit, seinen Vater in Frieden ruhen zu lassen.

Daniel wartete, bis sein Anwalt mit den wichtigen Schriftstücken verschwand, und ging dann zum Fenster, um das Treiben in der Nachmittagssonne zu beobachten. Kleidungsstücke lagen im Büro verstreut, ein brandneuer Rasierkasten stand auf einem der Aktenschränke. Daniel hatte die vergangenen drei Tage hier im Büro verbracht. Lorna verstand nicht, warum er nicht zu ihr kam. Nach dem Feuer war Katie bei ihr eingezogen, und es machte durchaus Sinn, dort unterzuschlüpfen. *„Du hast das Haus schließlich bezahlt"*, hatte Lorna gesagt.

Wie konnte er seinen Schwestern erklären, dass er allein sein musste? Sie hielten ihn für eine Art unbesiegbaren Helden, der nur mit den Fingern schnipsen musste, und alle seine Probleme waren gelöst. Seine inneren Kämpfe durfte er nicht vor seinen Schwestern austragen. Sie würden nur versuchen, ihn aufzuheitern und die Dämonen, die ihn zerfraßen, kleinreden.

Denn was wird es einem Menschen nützen, wenn er die ganze Welt gewönne, aber sein Leben einbüßte?

Ohne es zu wollen, kam ihm dieser Vers in den Kopf. Diesen Satz hatte er oft genug gehört. Er wusste genau, dass er sich auf ihn bezog. Jahrelang hatte er sich mit seiner Zeit und seinem Geld dem Haus gewidmet, und dann war es innerhalb von einer Stunde bis auf die Grundmauern abgebrannt. Waren die Gemälde und Kristallgläser es wert gewesen, Clara so anzuschreien? Gerade hatte er Dokumente unterschrieben, die ihm mehr Geld einbringen würden, als er zu Lebzeiten würde ausgeben können, und doch brachte ihm das kein bisschen Freude. Nichts. Wonach er sich sehnte, war Frieden, und den konnte man sich nicht kaufen. Leider brachte es auch keinen Frieden, Forsythe im Staub zu zertreten. Seine Rache hatte ihm oft ein Gefühl des Sieges beschert, aber niemals Frieden. Und nun musste er einen anderen Weg finden, den Durst seiner Seele zu stillen.

Sein Blick blieb am Kirchturm hängen. Noch nie hatte er den Wunsch verspürt, einen Fuß in die Kirche zu setzen. Er wusste, er würde sich dort mit den Narben der Vergangenheit beschäftigen müssen, die er lieber ignorierte. Sich mit einem Herzen voller Rachegedanken auf eine Kirchenbank zu setzen kam ihm wie Heuchelei vor. Er musste den Durst nach Rache loslassen. Noch immer war sein Herz vergiftet und verbittert, aber der Krieg war vorbei. Forsythe hatte gewonnen. Er konnte nur hoffen, dass die Verbitterung mit der Zeit verblassen und heilen würde.

Dass seine Schwestern in die Kirche gingen, hatte für ihn immer außer Frage gestanden. Er wollte, dass sie in den Lebensregeln Jesu den Trost und die feste Basis fanden, auf die so viele Menschen bauten. Sein Durst nach Rache hatte ihm ein gottesfürchtiges Leben stets verboten; er musste wohl kaum eine Kirche betreten, um das bestätigt zu sehen.

Erinnerungen wurden wach. Es fiel ihm schwer, seine Mutter nicht als den Schatten ihrer selbst zu sehen, aber einst war sie eine eifrige Kirchgängerin gewesen, die sich an ihrer Familie und ihrem Glauben erfreut hatte. Wer hatte am Ende wen enttäuscht? Es war die Entscheidung seiner Mutter gewesen, sich einen Strick um den Hals zu legen, während ihre Töchter nebenan waren … Und trotzdem konnte sich Daniel nicht des Gedankens erwehren, dass Gott seine Mutter enttäuscht hatte. Hätte die Liebe Jesu sie nicht retten sollen? Hatte er sie etwa nicht in den dunkelsten Stunden in seiner Hand gehalten?

Sich diesen grauenvollen Erinnerungen zu stellen war der Preis, den Clara von ihm verlangte, bevor sie mit ihm in eine gemeinsame Zukunft zu gehen bereit war. Das Äußerliche war getan. Forsythe hatte Zugang zu seinen Erfindungen. Und nun kam der schwere Teil.

Daniel griff nach seiner Jacke und ging nach draußen. Er fühlte sich von dem Kirchengebäude angezogen, als könne er darin die Antworten auf seine Fragen finden.

Die schwere Holztür knarrte und Daniel schlüpfte hinein. Er setzte sich in die letzte Bank und tausend Gedanken stürmten auf ihn ein. Für Clara wollte er ja alles tun und sagen, aber wie sollte er sein Herz davon überzeugen, etwas zu akzeptieren, was ihm instinktiv widerstrebte? Er hatte mit seiner Unterschrift den Rachefeldzug gegen Forsythe beendet. Er hatte zugelassen, dass Bane medizinisch behandelt wurde und Claras Haus als freier Mann verlassen durfte. Wie viel würde Clara noch von ihm verlangen? Daniel war mit seinen Gedanken allein, bis nach einer Weile ein Geistlicher auf dem Mittelgang erschien und zu ihm trat.

„Sir? Ich kann mich nicht an Ihr Gesicht erinnern. Mein Name ist Reverend Lewis."

„Ich bin kein Kirchenmitglied", antwortete Daniel. „Ich war nur in der Gegend und hatte den Impuls, hier hereinzukommen."

„Sie dürfen gern bleiben, solange Sie möchten. Oder haben Sie irgendwelche Fragen?"

Das Angebot des Geistlichen stand im Raum. Er schien Daniel nicht erkannt zu haben und genau so hatte Daniel sich es gewünscht. Dieser Geistliche war ein Fremder, dem er vermutlich nie wieder begegnen würde.

„Es gibt da eine Frau, die ich heiraten will", setzte Daniel an. Dies war das erste Mal, dass er seine Absichten laut äußerte, und seine Worte hallten in der leeren Kirche wider. Daniel holte tief Luft. „Sie ist eine gläubige Frau, und wird darauf bestehen, dass ich mich klar zur Kirche bekenne, bevor sie eine Hochzeit in Betracht zieht."

Der Geistliche lächelte. „Gibt es etwas, was Sie daran hindert, diesen Glaubensschritt zu gehen?"

Das Bild seiner Mutter kam ihm in den Sinn und er ballte die Hände zu Fäusten. „Meine Mutter hat Selbstmord begangen", sagte er matt. Allein schon das Wort fühlte sich schändlich an, ein widerlicher Fremdkörper an diesem heiligen Ort des Friedens.

„Es tut mir sehr leid, das zu hören."

Daniel nahm all seinen Mut zusammen und sprach den Gedanken aus. „Meine Mutter war eine sehr gläubige Frau, aber wenn ich in die Kirche eintrete, dann werde ich glauben müssen, dass meine Mutter in der Hölle brennt."

Der Geistliche bekam große Augen. „Es tut mir leid, dass Ihnen das irgendjemand weisgemacht hat", sagte er. „Ich weiß nicht, warum Ihre Mutter das Geschenk des Lebens abgelehnt hat, aber Jesus starb am Kreuz für unsere Sünden, und das schließt die Sünde des Freitods ein. Nichts, noch nicht einmal die selbstzerstörerischen Taten ihrer Mutter, können sie von der ewigen Liebe Gottes trennen. Lassen Sie sich von solchen Gedanken nicht davon abhalten, in das Licht des Herrn zu treten."

Während der Geistliche sprach, brach sich die Sonne einen Weg durch die Wolken. Die Sonnenstrahlen ließen die Buntglasfenster leuchten und tauchten die Kirche in ein warmes Licht. Es mochte Zufall sein oder ein Wink des Herrn.

Daniel bestaunte das Licht, die goldenen und safranfarbenen Schatten, die es warf, und da war es auch schon wieder verschwunden. Die Abenddämmerung setzte ein. Das Leuchten war nur wenige Augenblicke da gewesen, aber es hatte genügt. Die Erinnerungen an seine Mutter waren wie von einem Schleier befreit. Erleichterung machte sich in ihm breit. Wenn die Liebe Jesu sie sogar noch nach den grauenvollen letzten Minuten ihres Lebens halten konnte, dann war sie auch jetzt bei Gott geborgen.

„Die Zeichen für Gottes Liebe sind nicht immer sichtbar“, fuhr der Geistliche fort, „aber der Herr wird auf Ihrem Weg immer wieder seinen Segen ausstreuen. Wenn Sie lernen, diese zarten Samen wahrzunehmen, wird es vielleicht nicht mehr so schwer sein, in gutem Glauben sonntags neben Ihrer Verlobten in der Kirche Platz zu nehmen.“

Die Worte des Geistlichen hallten in Daniel nach. Der Herr hatte ihn tatsächlich gesegnet. Er war in eine liebevolle Familie geboren worden; er hatte einen gesunden Verstand und war körperlich gesund. Ein einfacher Gedankenblitz hatte ihn aus seiner trostlosen Welt aus Kohleöfen und heruntergekommenen Etagenwohnungen bis zu Clara Endicotts Tür geführt, wo er das kostbare Geschenk ihrer Freundschaft bekommen hatte. Obwohl sie bald darauf über ein Jahrzehnt durch einen Ozean voneinander getrennt waren, war ihre innere Verbindung nicht abgebrochen. Und selbst als Clara beinahe einen anderen Mann geheiratet hatte, hatte Gott sie rechtzeitig gewarnt.

Er dachte daran, wie Clara Hand in Hand mit Bane den Steg heruntergestürmt kam. Vielleicht hatte Gott ihm selbst diesen hinterlistigen Jungen als eine Art Lektion zugeteilt. Wenn ein Vollblutverbrecher wie Bane sein Leben umkrempeln konnte, dann sollte Daniel den Mut besitzen, es ihm gleichzutun.

Er musste innerlich lächeln und dabei bewegten sich seine Mundwinkel leicht nach oben. Mittlerweile saß Reverend Lewis neben ihm in der Kirchenbank und sah ihn besorgt an. Es wäre höchst unpassend, in diesem Augenblick zu lachen. Unter keinen Umständen durfte er sich jetzt gehen lassen, aber der Gedanke, dass Bane ein Geschenk Gottes sein könnte, war einfach zu komisch. Daniel grinste wie ein Dummkopf, auch wenn der Geistliche sicher dachte, er habe seinen Verstand verloren.

Claras Vater war mit einer erfolgreichen Reform in der Tasche aus New York zurückgekehrt. Lloyd hatte sich mit einer Mischung aus Schrecken und Stolz von Clara erzählen lassen, was sich in der Woche seiner Abwesenheit zugetragen hatte. Die Sache unter den Tisch zu kehren hatte wenig Sinn; Jamie Carrs Festnahme war das Tagesgespräch in ganz Baltimore und Clara hatte der Polizei den ganzen Vormittag Rede und Antwort gestanden.

Über Bane hatte sie so wenig wie möglich gesagt und die Ereignisse auf der *Albatross* ganz verschwiegen. Sie hatte sich Banes Warnung zu Herzen genommen; sollte ihre Beteiligung an der Vernichtung des Opiums herauskommen, dann schwebten sie und ihre Familie in Lebensgefahr.

„Das würde sicher einen guten Artikel ergeben", überlegte ihr Vater, während er es sich auf seinem Arbeitsstuhl bequem machte. „Der Niedergang des Jamie Carr ist ein klassisches Beispiel für die Gefahren, die das Anspruchsdenken für unsere Jugend bedeuten kann. Es könnte ein sehr lehrreicher Artikel werden."

Clara hatte es sich am Fenster gemütlich gemacht und sah ihren Vater ungläubig an. Die Tragödie, die Ian Carr ereilt hatte, hatte nichts in einer Zeitung verloren, egal, wie lehrreich sie auch war. „Das könnte ich Daniel niemals antun", wehrte sie ab. „Ihm wurde regelrecht übel, als er begriff, was das für seinen Partner bedeuten würde."

Clara war erstaunt, wie mürrisch ihr Vater auf Daniels Namen reagierte. Sie wandte den Blick ab und sah lieber den Zaunkönigen zu, die draußen ihr Winternest bauten. Gut, Daniel war in den vergangenen Wochen nicht gerade ein Gentleman gewesen, und im Augenblick schien er völlig vom Erdboden verschluckt zu sein. Fast fünf Tage waren seit seinem plötzlichen Abschied vergangen, und das einzige Lebenszeichen von ihm bestand aus einem Brief seines Anwalts, die Klage gegen sie sei fallen gelassen worden. Weiter nichts. Dass ihr Vater nach wie vor an Daniel zweifelte, war nicht verwunderlich, aber er wollte ihre vorsichtige Wiederaussöhnung wohl nicht gefährden.

„Es geht hier nicht um Daniel, sondern um deine Karriere als Journalistin. Clara, du hast erstaunliches Talent, Menschen zu erreichen. Wirf das bitte nicht weg."

„Ich werfe es nicht weg. Ich möchte die Situation nur nicht ausnutzen. Daniel würde es nicht wollen, dass die persönliche Tragödie seines Freundes in der Öffentlichkeit breitgetreten wird. Und ich werde meine Kontakte nicht dazu verwenden, um in die Privatsphäre dieser Familie einzudringen. Nie wieder werde ich meine Beziehung zu Daniel für irgendeinen Artikel instrumentalisieren. Ich habe meine Lektion gelernt."

Ihr Vater zog eine Augenbraue hoch. Diese simple Geste hatte stets genügt, um die kleine Clara in ihre Schranken zu weisen. „Kind, die wahre Liebe deines Lebens ist das Schreiben, nicht Daniel Tremain. Du darfst dein feines Gespür für die Menschen und dein Talent, die öffentliche Meinung zu beeinflussen, nicht verschwenden."

Clara hielt dem Blick ihres Vaters stand. Ihr Leben lang hatte sie zu seinen Füßen gesessen und seine Weisungen behandelt, als kämen sie direkt von oben. Kaum jemand bewirkte so viel Gutes wie ihr Vater und umso seltsamer war die Erkenntnis, dass auch er einmal im Unrecht war.

„Vater, du weißt, wie sehr ich dich bewundere und welchen Respekt ich vor deiner unermüdlichen Arbeit habe. Aber ich bin kein Tonklumpen, den du in eins deiner Meisterwerke verwandelst. Ich schreibe, wenn der Geist Gottes mich anrührt." Sie wandte sich wieder den Zaunkönigen zu, die gerade einen Grashalm in ihr Nest woben. Das universelle Streben aller Lebewesen, sich häuslich niederzulassen, forderte ihr ein Lächeln ab. „Und das mit der Liebe meines Lebens hast du leider falsch verstanden. Das Schreiben ist mir wichtig, und ich werde es wohl nie aufgeben … aber die Liebe meines Lebens habe ich getroffen, als ich elf Jahre alt war. Es wäre sicher wundervoll, internationale Berühmtheit zu erlangen wie Tante Helen oder so wacker zu sein wie Clyde, aber wenn ich das ganze Drumherum weglasse, dann möchte ich eigentlich nur Daniel Tremains Frau sein. Ich habe das Gefühl, als wären wir füreinander bestimmt. Keine andere Sehnsucht in meinem Leben war je so stark oder lang anhaltend."

„Und wenn dieser Mann dein Schicksal ist, wo ist er dann?"

Gute Frage! Clara richtete sich auf. „Daniel muss sich erst über einige Dinge klar werden. Sein Haus ist abgebrannt, und auch mit seinem Partner Ian muss er einiges klären …" Sie verstummte. Daniel sollte hier sein, an ihrer Seite. Seine andauernde Abwesenheit weckte in ihr das Bedürfnis, ganz Baltimore auf den Kopf zu stellen. Sie war bereits bei Lorna gewesen, wo man ihr gesagt hatte, dass Daniel ausgezogen sei. Sie hatte es in seinem Büro versucht, aber die Angestellten hatten ihr nur bestätigt, dass er einige Male dort übernachtet und sie ihn kaum zu Gesicht bekommen hatten. Clara war versucht, so lange in seinem Büro auszuharren, bis er wieder auftauchte, aber das kam ihr dann doch zu verzweifelt vor. Daniel wusste, wo sie wohnte, und war offensichtlich in der Lage, ihr Haus zu finden, wenn er dazu bereit war.

Mit einer Hand hielt Clara den zappelnden Fisch fest und mit der anderen versuchte sie zum dritten Mal erfolglos, den Angelhaken aus seinem Maul zu lösen. So ein winziger Haken, aber wie man das dünne Stück Metall aus dem glibberigen Fischmaul ziehen sollte, war ihr schleierhaft. Sie war die schlechteste Anglerin aller Zeiten.

Clydes letzte Woche in Baltimore war angebrochen, und er hatte sich vermehrt darüber beklagt, wie sehr ihn das Stadtleben einengte. Also hatte er sie überredet, in diesem Park einen ruhigen Tag an der frischen Luft zu verbringen, aber Clara hatte vergessen, dass Clydes Naturverbundenheit nicht übertragbar war.

Sie sah Clyde verzweifelt an. „Ich geb's auf. Gnade! Ich schwenke die weiße Fahne."

Clyde verdrehte theatralisch die Augen und nahm ihr den Fisch ab. „Seit Anbeginn der Zeit sind die Menschen in der Lage, Fische aus dem Wasser zu ziehen und in den Kochtopf zu werfen. Wenn es von dir abhängen würde, würde unsere gesamte Zivilisation jämmerlich verhungern." Fasziniert beobachtete Clara, wie Clyde den Haken herauszog, den Bauch der Forelle mit einem kleinen Messer aufschlitzte und sie noch filetiert hatte, bevor er mit Reden fertig war. „Stell dir das nur mal vor. Die gesamte Menschheit … tot, weil du so zimperlich bist."

Clara wischte sich die Hände am Rock ab. „Ich weiß zumindest, wo der nächste Fischmarkt ist und was genau ich einkaufen muss, damit ein gutes Essen auf den Tisch kommt. Das ist wohl weitaus effektiver als dieser Ausflug in die Wildnis."

Clyde besah sich die Parkbänke, die sauberen Wege und die flache Steinmauer, die den Park umgab. „*Wildnis*, verstehe."

Clara musste lächeln. Vielleicht war ein eingezäunter Park am Stadtrand von Baltimore nichts im Gegensatz zum Dschungel oder der Wüste, die Clyde gewohnt war, aber mehr konnte sie heute nicht vertragen.

Sie hielt Clyde ihren Haken hin, der ihn mit einem kleinen Köderfisch bestückte, und warf die Angel wieder aus. Eigentlich war sie nur mitgekommen, um nicht ständig an Daniel denken zu müssen. Inzwischen bereitete ihr sein Verschwinden keine Sorgen mehr, sondern es machte sie wütend. Es war bereits eine ganze Woche vergangen, seit er sie auf dem Bürgersteig stehen gelassen hatte. Jeden Tag, wenn sie die Nachrichten las, beschäftigten sich ihre Gedanken wieder neu mit Daniel. Der Aktienkurs von *Forsythe Industries* hatte sich fast verdoppelt, als bekannt wurde, dass Forsythe für seine Gleise den neuen Stahl aus Daniels Labor verwenden würde.

Aber niemandem konnte sie sich wirklich anvertrauen. Ihr Vater war davon überzeugt, dass Daniel sie nur von ihrer wahren Bestimmung abhielt, und Clyde beäugte sowieso jeden Mann argwöhnisch, der sich für Clara interessierte. Auch wenn Clyde und Daniel während der schweren Zeit ihrer Entführung stillschweigend eine Art Waffenstillstand vereinbart hatten, war Clyde noch immer der Meinung, niemand sei gut genug für seine kleine Schwester.

Clara spürte das unmissverständliche Zucken ihrer Angel und seufzte. „Nicht schon wieder." Sie zog den Fisch heraus und sah zu, wie er auf dem Rasen zappelte.

Clyde hockte sich vor sie und gab ihr Anweisungen. „Zuerst musst du den Fisch gut festhalten. Genau das ist nämlich dein Problem. Und schon hast du … Komm, gib her, ich mache das."

„Nein, ich möchte es ja lernen", protestierte Clara. Den ganzen Vormittag über hatte sie versucht, es auf Clyde abzuwälzen, und nun, wo sie bereit war, nahm er ihr den Fisch weg.

Aber auch Clyde kam dieses Mal nicht voran. Er hockte vor ihr, schien aber ziemlich abgelenkt zu sein. Zweimal hatte er den Haken fast heraus, aber dann zögerte er wieder und spähte an Clara vorbei.

Clara drehte um und sah geradewegs in die Nachmittagssonne. Erst konnte sie fast nichts erkennen, aber dann sah sie einen Mann, der auf sie zuritt.

War das Daniel?

Clara stockte der Atem. Schließlich erhob sie sich.

„Dein Vater meinte, dass du hier bist", sagte Daniel und stieg ab. Clara ließ den Blick über seine breiten Schultern und seine frische, gesunde Haut schweifen. Er lächelte breit und seine Augen strahlten. „Hast du etwa dieses Massaker veranstaltet?", scherzte er und zeigte auf die Fische.

Clara war unendlich erleichtert, ihn unter den Lebenden zu finden, aber dann gewann ihre Verärgerung schnell die Oberhand. Sie warf die Angel zu Boden. „Diese Fische hier hat Clyde abgeschlachtet", sagte sie beiläufig. „Ich bin völlig krank vor Sorge wegen dir, aber du scheinst ja vor Gesundheit zu strotzen, also kann ich wohl aufhören, mir Gedanken zu machen."

Bei ihren Worten schaute er ein wenig schuldbewusst drein und trat von einem Bein aufs andere. „Ich hatte dir doch gesagt, dass ich etwas Zeit für mich brauche."

„Sieben Tage", beschwerte sich Clara. „In dieser Zeit hat Gott die ganze Welt geschaffen, aber ich darf wohl froh sein, dass du jetzt schon fertig bist."

Daniel grinste fröhlich. „Ja, ich bin fertig!" Sein Gesicht strahlte Optimismus aus, und dieses draufgängerische Lächeln war so unwiderstehlich. „Komm, wir reiten ein Stück. Clydes Messer macht mich nervös."

„Dieses kleine Messerchen jagt dir Angst ein?"

„Nicht wirklich, aber der Frau meines Herzens in Gegenwart ihres Bruders den Hof zu machen ist nicht gerade der Traum eines Mannes. Ich dachte, wir könnten rüber zum alten Konservatorium reiten. Dass es heute abgerissen wird, wusstest du, oder?"

Clara hatte die ganze Woche über beobachtet, wie die Abrissarbeiter ihre Gerätschaften aufgebaut und das alte Gebäude nach und nach in eine leere Hülle verwandelt hatten. Wehmut machte sich in ihr breit. „Ja", sagte sie zögerlich. „Aber ich glaube, ich möchte lieber nicht dabei zusehen. Schon der Gedanke daran macht mich traurig."

„Willst du mir damit sagen, dass du nicht zu der Beerdigung eines guten alten Freundes gehen willst?"

„Zu einer Beerdigung, ja", entgegnete Clara, „zu einer Hinrichtung durch die Abrissbirne lieber nicht."

Warum strahlte Daniel so? Wann hatte er das letzte Mal so glücklich ausgesehen. Es war vor dem Tod seines Vaters gewesen. „Clara, ich versuche dich hier gerade wegzulotsen, damit wir irgendwo ungestört sein können. Sei doch nicht so schrecklich unkooperativ."

Clyde stöhnte. „Jetzt steig schon auf das Pferd. Wenn ich auch nur für eine Sekunde an seinen Motiven zweifeln würde, würde er sowieso den Sonnenuntergang nicht mehr erleben."

Claras Blick wanderte zwischen dem wachsenden Fischhaufen am Bachufer und Daniels anziehendem Lächeln hin und her. „Immerhin besser als Fische ausnehmen", murmelte sie und schlüpfte in ihre Jacke. *„Aber nicht viel."* Vor allem, weil ein Ritt auf einem riesigen schwarzen Pferd auf sie wartete.

„Wunderbar." Daniel stieg auf und reichte ihr die Hand. Clara versuchte, ihre Angst zu unterdrücken. Als das Pferd in einen Trab verfiel, schlang sie die Arme um Daniel. Irgendwie fühlte sie sich immer sicherer, wenn sie sich an ihn schmiegen konnte. Sie hatte zwar noch ein Hühnchen mit ihm zu rupfen, aber das konnte warten. Im Augenblick war sie nur unendlich erleichtert, dass es ihm gut ging. Und dieses Gefühl wollte sie genießen.„Ich habe dich wirklich vermisst", raunte sie ihm ins Ohr.

Seine warme Hand legte sich auf ihre. „Ich dich auch. In letzter Zeit habe ich dieses verrückte Verlangen, etwas Schönes für dich zu tun."

Sie schlang ihre Arme noch fester um ihn. „Das muss ja ein heftiger Schock gewesen sein."

„Ja, und es hat ein bisschen gedauert, mich daran zu gewöhnen. Entschuldige die Verspätung."

„Erzähl schon!"

„Clara, du willst dir doch nicht die ganze Überraschung verderben?"

Sie stupste ihn an. „Ich bin schon überrascht, dass ich überhaupt mit dir auf diesem Pferd sitze."

„Geduld ist eine Tugend, Clara."

Auf diese Weise setzte sich ihre Unterhaltung fort. Als sie die Straße nach Bolton Hill erreichten, säumten immer mehr Häuser und Geschäfte die breiten Wiesen. Mit einem Mann zusammen auf einem Pferd zu reiten war nicht angemessen, und einige Damen warfen Clara schiefe Blicke zu. Aber Clara hatte in den vergangenen Wochen zu viel durchgemacht, um noch viel auf die Meinung der anderen zu geben. Sie schmiegte sich nur noch enger an Daniel.

Endlich erreichten sie Bolton Hill, und Clara erkannte das Konservatorium am Ende der Straße. Mehrere leere Pferdewagen standen schon bereit, wohl, um die Trümmer abzutransportieren.

Sie stiegen ab und Clara betrachtete das alte Gemäuer. Unter dem spitzen Dach hatte sie die besten Stunden ihres Lebens verbracht. Sie versuchte sich jede Schräge und jedes Detail fest einzuprägen. Vom Innern des Gebäudes her drangen Hammerschläge; wahrscheinlich wurden gerade die tragenden Wände durchbrochen, damit mit dem Abriss begonnen werden konnte.

„Ich glaube, ich möchte das lieber nicht sehen."

Daniel griff nach ihrer Hand. „Komm, wir gehen hinein." Er ließ ihr keine Gelegenheit zum Protest, ging mit langen Schritten auf das Konservatorium zu und zog sie mit sich. Sie waren keine fünf Schritte weit gekommen, als irgendetwas im Gebäude zusammenbrach. Clara zuckte zusammen und fragte sich, welche geliebte alte Wand oder welcher Balken gerade aus seiner Verankerung gerissen worden war.

„Daniel … ist das nicht zu gefährlich?"

„Vertrau mir." Es gab keine Eingangstür mehr; sie war längst ausgehängt und fortgeschafft worden, damit der Schutt leichter abtransportiert werden konnte. „Ich mochte die alte Tür", sagte Clara wehmütig. Sie war außergewöhnlich schön gewesen, mit Bleiverglasung und den gusseisernen Verzierungen. Wenn beim Öffnen der Tür das bunte Licht durch die abgeschrägten Glasscheiben fiel, hatte sie immer das Gefühl gehabt, das alte Gemäuer würde sie willkommen heißen.

„Ich weiß. Deswegen habe ich sie ja auch aushängen lassen, damit sie keinen Schaden nimmt. Die Arbeiter werden für die Renovierungsphase noch eine provisorische Tür einbauen."

Sie betraten die Eingangshalle und Clara war vom geschäftigen

Treiben wie gebannt. Arbeiter schwärmten wie Bienen durch das Haus. Sie beobachtete fasziniert, wie ein Mann einen Teil der handgeschnitzten Treppe entfernte, als Daniels Worte zu ihr vordrangen. „Renovierungsphase? Du meinst Abrissphase."

Daniel legte ihr beide Hände auf die Schultern und strahlte. „Nein, ich meine Renovierungsphase. Ich habe den Kasten gekauft."

Clara fiel die Kinnlade herunter. Waren Daniel die goldenen Erinnerungen an ihre Kindertage so wichtig, dass er das Gebäude retten wollte? Sie war verblüfft. Und erleichtert zugleich.

„Aber ich dachte, die Konzerte finden alle im neuen Opernhaus statt."

„Sollen sie auch. Ich werde hier *wohnen*", erklärte er. „Von meinem alten Haus ist ja nicht mehr viel übrig, wie du vielleicht weißt."

„Aber du kannst alte Gemäuer doch nicht ausstehen. Ich dachte, du wolltest immer alles neu haben und modern."

„Das tue ich auch, aber dieser alte Kasten hat es mir nun mal angetan, also bin ich kompromissbereit. Das heißt natürlich nur, wenn du bereit bist, ihn mit mir zu teilen."

Clara erstarrte. Um sie herum hämmerte es und Männerstimmen hallten in den leeren Räumen wider.

„Clara, ich habe viel nachgedacht in den letzten Tagen. Ich muss dir dafür danken, dass du nicht lockergelassen hast. Dass du immer wieder von mir verlangt hast, ich solle mein Leben in Ordnung bringen. Ich war jedes Mal wütend, weil es leichter war voranzustürmen, als stehen zu bleiben und alte Wunden aufzureißen. Aber du hättest nicht immer wieder davon angefangen, wenn du nicht geglaubt hättest, dass wir das schaffen können. Ich habe mittlerweile begriffen, dass Gott auch in meinem Leben am Wirken ist. Er hat meine Mutter nie verlassen, weder vor noch nach ihrem Tod. Und er hat auch mich nicht verlassen, obwohl ich mir mehr als zehn Jahre lang nur auf die eigene Schulter geklopft habe und nicht bereit war, ihm die Ehre für meine Errungenschaften zu geben."

Es schien zu schön, um wahr zu sein, aber es war tatsächlich Daniel, ihr frotzelnder, starrköpfiger Freund, der voller Wärme und Hingabe von Gott sprach. „Wenn wir verheiratet wären, würdest du dann mit mir die Gottesdienste besuchen?"

„Ja."

„Aber würdest du nur mir zuliebe mitkommen?", hakte sie nach. „Ich hätte kein gutes Gefühl, zusammen Kinder großzuziehen, wenn du es nur als Pflicht ansiehst. Sie brauchen zwei gläubige Eltern."

Daniel lächelte sie an, offen und ehrlich. „Hör zu, Clara. Ich bin davon überzeugt, dass Gott uns schon füreinander bestimmt hatte, als wir noch in der Wiege lagen. Er hat es geschafft, dass zwei Menschen, deren Hintergrund und Temperament kaum unterschiedlicher sein könnten, sich so stark zueinander hingezogen fühlen, dass kein Ozean breit genug, kein Jahrzehnt lang genug und keine Verwandten manipulativ genug waren, sie auseinanderzubringen. Wie sonst hätte ich den Weg aus der Stahlfabrik bis vor deine Tür finden sollen? Das war Gottes Werk, nicht unseres."

Der Augenblick war so vollkommen, dass Clara Angst hatte, ihn zu zerstören. „Das wusste ich schon immer." Und nun wusste es auch Daniel, und die Bruchstücke ihres Lebens waren dabei, sich zu einem wunderschönen Bild zusammenzufügen.

„Ich möchte, dass du meine Frau wirst, damit ich dich küssen kann, wann immer ich will. Damit ich diese vermaledeiten Haarnadeln herausziehen und sehen kann, wie dir dein Haar über die Schultern fällt. Ich möchte, dass du meine Frau wirst, damit ich mich nachts umdrehen und dir beim Schlafen zusehen kann. Ich möchte unsere Kinder mit so vielen Instrumenten verwöhnen, wie wir in diesen alten Kasten kriegen können." Er küsste ihre zitternden Finger. „Und? Was sagst du?"

Alles in seinem Gesicht strahlte Sehnsucht aus. Auch seine Hände bebten, und dass er die Luft anhielt, zeigte Clara, wie aufgeregt er war. Der ungestüme, übertrieben selbstbewusste Daniel hatte Angst, sie könnte ihm tatsächlich einen Korb geben.

Clara lächelte zurück. „Was ich sage? Ich sage Ja!"

Bevor sie ihren Satz vollenden konnte, spürte sie schon, wie sie hochgehoben und im Kreis herumgewirbelt wurde. Mitten zwischen einem Dutzend Arbeiter, die unermüdlich ihre Hämmer schwangen, küsste Daniel sie überschwänglich, als gäbe es kein Morgen.

EPILOG

Den schiefen Tönen, die aus dem Klavier dröhnten, fehlte jeglicher Rhythmus, Genauigkeit und jede Art von Stil. Sie waren ein dreister Angriff auf jedwede musikalische Seriosität. Clara schielte auf die Uhr, die an einer Kette von ihrer Taille baumelte und seufzte erleichtert. Endlich war die Klavierstunde ihres Sohnes vorbei.

„Das reicht für heute, Matthew. Komm, wir suchen uns etwas anderes."

Das Gehämmer auf den Tasten hörte auf. „Nur noch ein bisschen!" Matthew bettelte mit seinem engelsgleichen Stimmchen um mehr Zeit, wie an jedem Tag.

„Mein Schatz, jetzt darf deine Schwester das Musikzimmer benutzen. Wie soll sie denn Klavier lernen, wenn du es die ganze Zeit besetzt?" Lilly war fünf und zeigte noch weniger musikalisches Talent als ihr siebenjähriger Bruder. Nach einem Jahr Unterricht schien ihr Können sogar noch nachgelassen zu haben. Zwar hatten beide die endlose Begeisterung für Musik geerbt und jedes Instrument mit Feuereifer ausprobiert, das sie und Daniel ihnen vorgesetzt hatten, aber die Liebe zur Musik ging leider nicht automatisch mit musikalischem Talent einher. Clara war froh, dass Daniel ihr Haus gut hatte dämmen lassen. So mussten sich die Nachbarn die Katzenmusik nicht anhören, die täglich aus ihrem Musikzimmer drang.

Lilly schien immer genau zu spüren, wann sie dran war, und stand plötzlich neben Clara. Begierig schaute sie auf das Klavier. „Darf ich jetzt?"

„Ja, Darling, jetzt bist du dran." Clara musste lachen, weil Lilly schon so ungeduldig war. Mit großen Augen und ausgestreckten Armen stürzte sich die Kleine auf das Klavier.

Matthew klammerte sich an den Klavierhocker. „Muss ich wirklich schon aufhören?"

„Ja", sagte Daniel, der hinter Clara stand. „Und jetzt sei ein braver Junge und hol die Post von draußen."

Clara drehte sich zu Daniel, der im Türrahmen stand. Er sah attraktiv aus wie eh und je, die Augen strahlten und er hatte sein magisches Lächeln aufgesetzt. Clara beobachtete, wie er Lilly auf den Klavierhocker hob. „Und was wirst du heute für uns spielen, kleine Lady?“ Er zog einige Noten mit einfachen Melodien heraus, die er für sie geschrieben hatte.

Lilly sah nicht hin. „Mein eigenes Lied“, tönte sie aufgeregt und begann die Tasten zu bearbeiten. Dabei tanzten ihre dunklen Locken. Daniel warf Clara einen vielsagenden Blick zu. Nach acht Jahren Ehe war es Clara ein Leichtes, den bestürzten Gesichtsausdruck zu deuten. *Wie konnte uns so etwas nur passieren? Wie kommen wir nur zu solch unmusikalischen Kindern?*

Clara beugte sich vor und gab Lilly einen Kuss auf die Stirn. „Dein Vater und ich kommen in einer Stunde wieder und hören uns dein neues Lied an.“ Es war eine Erleichterung, die Tür des Musikzimmers zu schließen und sich wie oft abends in das übergroße Arbeitszimmer zurückzuziehen.

„Vielleicht dauert es einfach noch ein bisschen“, versuchte sich Daniel an einer Erklärung, während er hinter seinem Schreibtisch Platz nahm. Er massierte mit Daumen und Zeigefinger seine Nasenwurzel, wie um Lillys Tonlawine wegzumassieren, aber Clara sah schon, wie die Lachfältchen wieder hervorkamen.

„Es ist aussichtslos“, sagte sie. „Als ich so alt war wie Lilly, habe ich Schubert gespielt.“ Ihr machte das mangelnde musikalische Talent ihrer Kinder nicht allzu viel aus. Sie waren gesunde und fröhliche Kinder, die eben nur nicht merkten, welches Grauen sie der Welt bescherten, wenn sie ein Instrument in die Hand nahmen. Clara hatte genug von ihrem Vater gelernt, um zu wissen, dass eines Tages ihre wahren Talente zutage treten würden, und wenn es so weit war, würde sie für die beiden da sein.

Matthew kam hereingestürmt. „Hab die Post“, rief er. „Darf ich jetzt nach oben und Gitarre üben?“ Clyde hatte dem Jungen vergangenen Monat eine Gitarre aus Mexiko geschickt, aber auch für Saiteninstrumente schienen seine Finger nicht gemacht.

Clara deutete auf die Briefe in seiner Hand. „Erst übst du Lesen. Dann darfst du Gitarre spielen.“

Matthew beäugte den obersten Umschlag. „Der hier ist für Mister Daniel Tremain“, las er.

„Und von wem kommt er?“, hakte Clara nach. Der Absender war meist schwerer zu lesen, und Matthew brauchte eine Weile, bis er den Namen der Bank entziffert hatte, mit der Daniel Geschäfte machte. Wann immer Post von auswärts kam, ging Daniel mit Matthew zum großen Globus in der Zimmerecke und half ihm, die Stadt zu finden. Der nächste Brief kam vom Patentamt in Washington. Matthew erkannte die Adresse sofort. Er drehte den Globus zur entsprechenden Stelle und zeigte auf die Stadt. Dann nahm er sich den letzten Brief vor.

„Der hier ist für dich, Mama. Aber es steht kein Absender drauf.“

„Eigenartig. Welche Stadt steht links oben in der Ecke?“

Matthew mühte sich mit den Buchstaben ab, bis Daniel ihm half. „London“, sagte er schließlich. Daniel ging mit Matthew wieder zum Globus, während Clara neugierig den Umschlag öffnete. Es waren mehr als acht Jahre vergangen, seit sie London verlassen hatte, aber sie hielt noch immer Kontakt mit Mr Benjamin, ihrem ehemaligen Redakteur bei der *Times.*

Im Umschlag war nichts außer einem Zeitungsausschnitt. Kein Brief, keine persönliche Nachricht. Es war ein Artikel aus der *Times*, in dem es um einen Einsatz des Marineinfanteriekorps der Vereinigten Staaten in Bombay ging.

Clara runzelte die Stirn. Die Vereinigten Staaten hatten keine Militärpräsenz in Indien, aber sie wusste, dass Marinesoldaten die amerikanischen Botschaften bewachten. Sie las weiter und plötzlich verstand sie den Zusammenhang des Artikels.

„Was ist?“, fragte Daniel.

„Matthew, geh nach oben.“ Dafür brauchte der Junge keine zweite Einladung. Begeistert rannte er los. Clara wartete, bis sie ihn auf der Treppe hörte und kurz darauf das Schlagen seiner Tür. Dann wandte sie sich Daniel zu.

„Ich weiß nicht genau, wer mir das geschickt hat … wahrscheinlich mein früherer Redakteur bei der *Times*, Mr Benjamin. Er wusste, dass ich großes Interesse an einer Geschichte über ein junges Mädchen hatte, das in Indien zur Prostitution gezwungen wurde. Es war eine schreckliche Tragödie, die damit begann, dass ihre Mutter opiumabhängig war. Das Mädchen wurde dann weiter verkauft und war für immer verloren, aber offensichtlich konnte sie nach all den Jahren gerettet werden." Clara hielt Daniel den Zeitungsartikel hin. „Scheint, als wäre ein Trupp US-Marinesoldaten auf die Suche gegangen und hätte sie schließlich in Bombay gefunden. Das arme Kind."

Sie wollte den Umschlag gerade wegwerfen, als etwas über die Umschlagklappe rollte und zu Boden fiel. Clara sah genau hin und entdeckte einen winzigen Diamantohrring, der auf dem Orientteppich glitzerte.

Ein Schauer lief ihr über den Rücken.

Plötzlich pochte Claras Herz wie verrückt und sie musste sich einen Augenblick sammeln. Dann zupfte sie den Artikel aus Daniels Händen und las ihn noch einmal. Ihr Blick huschte über die Zeilen, bis sie gefunden hatte, was sie suchte. Mit bebender Stimme fasste sie es für Daniel zusammen.

„Hier steht, dass die Soldaten von einem gewissen Second Lieutenant Alexander Christian angeführt wurden. Aufgrund eines Gerüchts, dass ein weißes Mädchen versklavt und verkauft worden sei, durchsuchte er zusammen mit sechs Soldaten die Dörfer im östlichen Maharasthra. Hier steht, dass Lieutenant Christian die Kleine persönlich in die britische Botschaft gebracht hat, wo sie mit ihrer Familie wiedervereint wurde."

Daniel sah sie verwirrt an.

„Das war *Bane*", hauchte Clara atemlos. „Alexander Banebridge. Er hatte mir doch gesagt, dass die halbe Welt auf der Jagd nach ihm sein würde, also hat er mit Sicherheit seinen Namen geändert." Sie bückte sich und hob den kleinen Diamantstecker auf. Sein Zwilling, den Bane ihr wenige Stunden vor seiner Flucht gegeben hatte, lag oben in ihrer Schmuckschatulle. Seitdem waren Jahre vergangen und sie hatte nichts von ihm gehört, aber er erinnerte sie täglich daran, Bane in ihre Gebete einzuschließen. Egal, ob er noch lebte oder längst gefasst und umgebracht worden war.

„Bane, du alter Teufelskerl." Der Diamant funkelte im hereinströmenden Sonnenlicht, und Clara dachte an die Nacht zurück, als er seinem alten Leben ein für alle Mal den Rücken zugekehrt hatte.

„Ich schätze, wir dürfen überrascht sein, dass er nicht tot ist oder im Gefängnis sitzt", sagte Daniel trocken. Er klang nicht begeistert, aber Clara wusste, dass er keinen Groll mehr gegen ihn hegte. Bane hatte sich Daniels Bewunderung schon vor langer Zeit verdient. „Du hast diesen sehnsüchtigen Blick“, stellte Daniel fest. „Fast wie eine Henne, die eins ihrer Küken vermisst. Ich lasse Bane für dich ausfindig machen, wenn du ihn unbedingt sehen willst.“

Clara lief zum Fenster. Sie war froh und erleichtert, dass Bane lebte und sein Leben umgekrempelt hatte. Sicherlich hatte er sich den Nachnamen „Christian“ mit voller Absicht gegeben, weil er fortan als Christ leben wollte. „Ich glaube nicht, dass er gefunden werden will. Der Artikel ist fast zwei Jahre alt. Wahrscheinlich wollte er alle seine Spuren verwischen, bevor er uns den Brief schickt. Er könnte praktisch überall sein.“

Daniel schnaubte. „Und wenn er am Südpol ist. Wenn du ihn wiedersehen willst, finde ich ihn.“

Clara rollte den Ohrstecker zwischen den Fingerspitzen und starrte auf die langen Schatten auf dem Rasen vor dem Fenster. „Ich glaube, ich würde ihn tatsächlich gern wiedersehen“, sagte sie schließlich. „Ich wollte schon immer wissen, was aus ihm geworden ist. Er ist ein großes, ungelöstes Rätsel in meinem Leben.“

„Wenn Bane ein großes Rätsel ist, was bin dann ich?“

Clara lächelte. „Du bist mein Fels. Du bist der Anfang und das Ende all meiner Träume.“

Clara schmiegte sich an Daniel und genoss das sichere Gefühl, genau dort zu sein, wo sie hingehörte. Still lächelte sie vor sich hin und dankte Gott für die einfachen Freuden, die das Leben wertvoll machten.

Weitere Titel von Elizabeth Camden

Ein Schritt ins Ungewisse
ISBN 978-3-86827-596-4
304 Seiten, Paperback

Washington 1891.
Kate Livingston ist begeistert, als ihr eine Stelle in der Forschungsabteilung eines renommierten Krankenhauses angeboten wird. Doch dann erfährt sie, dass sich hinter dem weltberühmten Arzt Dr. T. M. Kendall, ihrem zukünftigen Chef, kein anderer verbirgt als ihr einstiger Widersacher Trevor McDonough. Ausgerechnet für den Mann, der ihr einst das ersehnte College-Stipendium wegschnappte und damit ihre einzige Chance zu studieren nahm, soll sie jetzt arbeiten?
Als Kate die Stelle wider besseres Wissen antritt, ahnt sie nicht, dass dieser Schritt ins Ungewisse ihr Leben komplett auf den Kopf stellen wird …

Die Grenzen der Wahrheit
ISBN 978-3-86827-663-3
309 Seiten, Paperback

Washington 1897.
Anna O'Brien ist Bibliothekarin in der berühmten Library of Congress und führt ein eher vorhersehbares Leben. Doch dann stolpert sie über eine Karte, die auf Fehler in einem alten Bericht hinweist. Vor Jahren soll ein Schiff angeblich während eines Wirbelsturms gesunken sein, doch das neue Material stellt das eindeutig infrage. Anna beantragt die Korrektur des Berichts – und plötzlich werden ihr an allen Ecken und Enden Steine in den Weg gelegt. Sogar mit Entlassung droht man ihr.
In ihrer Verzweiflung wendet Anna sich an den Kongressabgeordneten Luke Callahan und bittet ihn um Hilfe. Denn sie kann den alten Fall nicht einfach ruhen lassen: Ihr Vater kam bei diesem Schiffsunglück ums Leben. Doch ist die Wahrheit es wert, alle ihre Träume für die Zukunft aufs Spiel zu setzen … und die von Luke gleich mit?

Das Anwesen
ISBN 978-3-96362-004-1
286 Seiten, Paperback

Hudson Valley, 1898: Sophie van Riijn ist fasziniert von der Arbeit des neu gegründeten Wetteramts und dem Versuch, genaue Wetterprognosen zu erstellen. Jeden Tag ermittelt sie akribisch die neuesten Wetterdaten ihres Heimatortes und meldet diese an die Zentrale. Ihre Wetterstation hat sie wie gefordert am höchsten Punkt des Dorfes errichtet. Auf dem Dach von Dierenpark, einer verlassenen Villa auf einer Klippe über dem Hudson River.
Als überraschend ein Angehöriger des Besitzers auftaucht, ist dieser alles andere als begeistert darüber, dass Sophie sich unerlaubt an dem Gebäude zu schaffen gemacht hat. Quentin ist fest entschlossen, die Villa abreißen zu lassen und all den finsteren Legenden, die sich um das Anwesen ranken, ein für alle Mal den Garaus zu machen. Er hat nicht mit dem Widerstand von Sophie gerechnet …

Weitere historische Romane von Francke

Jody Hedlund
Wenn du für mich bist
ISBN 978-3-96362-005-8
329 Seiten, Paperback

New York & Illinois, 1857: Elise Neumann, Tochter einer Hamburger Bäckersfamilie, steht vor großen Herausforderungen. Nach dem Tod ihrer Eltern, die mit ihnen in die USA immigriert sind, muss sie sich um ihre jüngeren Schwestern kümmern. Doch New York wird von einer Finanzkrise erschüttert und Arbeitsplätze sind rar. Schließlich bleibt Elise keine andere Wahl, als Näherin zu werden und in den Westen zu gehen. Dort werden Arbeitskräfte händeringend gesucht.
Als sie den sympathischen Städteplaner Thornton trifft, scheint sich das Blatt für Elise endlich zu wenden. Sie ahnt nicht, dass Thorntons Vater ihn und seinen Bruder zu einem aberwitzigen Wettstreit angestiftet hat. Und dass Thornton fest entschlossen ist, diesen zu gewinnen. Koste es, was es wolle …

Jody Hedlund
Auf den Spuren meiner Schwester
ISBN 978-3-96362-046-1
336 Seiten, Paperback

New York City, Sommer 1858.
Marianne Neumann hat eine geheime Mission: Sie will ihre vermisste Schwester Sophie finden, die sie in Illinois vermutet. Deshalb lässt sie sich von einem Kinderhilfswerk anstellen, um Waisen und Straßenkinder in die ländlichen Gebiete von Illinois zu begleiten und ihnen dort ein neues Zuhause zu suchen. Auf der langen Zugfahrt in den Westen lernt sie ihren lebenslustigen Kollegen Andrew Brady kennen und schätzen. Gemeinsam kümmern sie sich hingebungsvoll um die Kinder. Doch ihre Reise wird von tragischen Ereignissen begleitet, die ihre Mission infrage stellen. Und unter der heiteren Oberfläche von Andrew tun sich mit einem Mal Abgründe auf, die Marianne mit in die Tiefe zu ziehen drohen.

Jody Hedlund
Die Stimme meines Herzens
ISBN 978-3-86827-561-2
336 Seiten, Paperback

Britische Kolonien, Massachusetts, 1763. Susanna ist die Tochter einer wohlhabenden Pfarrersfamilie, die in vornehmen Kreisen verkehrt. Sie hat das Herz auf dem rechten Fleck und unterrichtet die Töchter armer Witwen. Doch ihr scharfer Verstand sehnt sich nach höherer Bildung, die ihr als Frau verwehrt blieb, und ihr Herz nach einem ebenbürtigen Gesprächspartner. Da wird ihr Benjamin vorgestellt, ein mittelloser Anwalt mit unkonventionellen Ansichten. Susanna gerät in höchste Gefahr, als sie seine heimlichen Aktivitäten gegen die britische Kolonialmacht unterstützt. Doch während die Vertrautheit zwischen ihnen wächst, scheint der Abgrund zwischen ihren Welten immer größer zu werden …

Jody Hedlund
Ein Bräutigam aus gutem Haus
ISBN 978-3-86827-458-5
336 Seiten, Paperback

Michigan 1881, in einer Gemeinde von deutschen Auswanderern: Annalisas Mann kommt auf mysteriöse Weise ums Leben. Da die junge Mutter die Farm allein nicht halten kann, lässt ihr Vater in der alten Heimat nach einem neuen Ehemann für sie suchen. Eines Tages erscheint der galante Carl Richards auf ihrer Farm. Er hat zwei linke Hände, doch mit seiner charmanten und fürsorglichen Art zieht er Annalisa in seinen Bann. Durch ihn begegnet Annalisa etwas von der Liebe Gottes, auf die sie schon nicht mehr zu hoffen wagte. In dieser Situation kommt die Ankunft von Annalisas Zukünftigem äußerst ungelegen. Und leider ist Carl nicht der, für den alle ihn halten …